有一种力量，叫文学；
有一种美好，叫回忆；
有一种感动，叫青春；
有一种生命，在鲁院！

鲁迅文学院·百草园文集

红酥手

郝炜华

◎ 著

HONG SU SHOU

知识出版社

表现普通民众日常生活的酸甜苦辣，表扬他们坚忍、孝爱、崇尚美德的优秀品质，更表达对生活和生命的敬畏。

图书在版编目（CIP）数据

红酥手/郝炜华著. --北京：知识出版社，
2017. 1
　　（鲁迅文学院百草园文集）
　　ISBN 978-7-5015-8593-9

　　Ⅰ. ①红… Ⅱ. ①郝… Ⅲ. ①中篇小说-小说集-中
国-当代②短篇小说-小说集-中国-当代Ⅳ.
①I247. 7

中国版本图书馆 CIP 数据核字（2017）第 009476 号

红酥手

出 版 人	姜钦云	
责任编辑	易晓燕	
装帧设计	游梽渲	
出版发行	知识出版社	
地　　址	北京市西城区阜成门北大街 17 号	
邮　　编	100037	
电　　话	010-88390659	
印　　刷	北京一鑫印务有限责任公司	
开　　本	787mm×1092mm　1/16	
印　　张	14. 25	
字　　数	280 千字	
版　　次	2017 年 2 月第 1 版	
印　　次	2020 年 2 月第 2 次印刷	
书　　号	ISBN 978-7-5015-8593-9	

定　　价　39. 00 元

C目录
ontents

走一步退一步

1

　　从银行出来，秦美丽直接去了"心远"茶行。上个月这家店还在装修，这个月就开门迎客了。秦美丽一进门，两个年轻的服务员立刻迎了上来。她们向秦美丽介绍店里的主打产品——武夷山"大红袍"。这些每斤价格在 600 元以上的茶叶盛在圆形、方形等扁平的铁盒子内，按照不规则的图形摆在深黄色的木头格子里。秦美丽一格一格看下去，在层层叠叠的茶叶里看到几套做工精美的茶具。秦美丽居住的城市以制作瓷器闻名，其中不乏技艺精湛的上等茶具，因为地处北方，所有茶具都包含着奔放、粗犷之风。眼前的茶具与平常所见不同，小巧、雅致、精细，宛若化着淡妆，拿着团扇，倚在雕花红木门框边，对着荷花、垂柳咿咿呀呀哼唱的女子。秦美丽不禁蹲下身细细端详，并且将其中的一只茶杯端在手里。服务员立即打开木格子上的灯，乳白色的光线洒下来，茶具宛若浸泡在水中一般。秦美丽心里"呀"的一声，手却将茶杯放回了原处。服务员已经开始介绍：店中摆的茶具全是浙江龙泉青瓷。龙泉青瓷已被联合国教科文组织批准列入《人类非物质文化遗产代表作名录》。它具有"温润如美玉、晶莹如翡翠"的特点。这点知识秦美丽还是知道的。在宋代，浙江龙泉出了两位著名的陶瓷艺人，一个叫章生一，一个叫章生二，两人是亲兄弟，最初合造一窑，叫作琉田窑。后来兄弟分造，章生一的窑称为哥窑，章生二的窑称为龙泉窑。哥窑是宋代五大名窑——官、哥、汝、定、钧之一，出品因土质奇润，呈现一种鱼子般的纹路。龙泉窑没有这种纹路，但是色彩优异、釉色葱翠、光泽柔和、温润如玉，被誉为"瓷器之花"。秦美丽刚刚看的这套壶，名叫"梅青竹节提梁壶"，它"青如玉、明如镜、声如磬"，具有较高的收藏价值。相比深厚的历史和深远的背景，这套茶具的价格不算贵，380元。即使只有380元，秦美丽也舍不得拿出来。服务员叫她到桌前品茶，说："尝尝我们的红茶，看看是否入口？"

秦美丽看到服务员在一张明清式样的木桌前坐下。依次摆开茶具，服务员十指微动，沏出一壶香艳的茶来。

秦美丽曾经是名茶客，贷款买房之前，她一直喝每斤500元左右的安溪铁观音，她尝得出茶叶的好坏。茶香顺着空气沁入她的肺腑，秦美丽的脚步就挪不动了。

秦美丽坐到桌子前，服务员斟了小小的三杯，将一杯茶摆到秦美丽的面前。秦美丽端起来，先放在鼻下闻了，美艳的香味令她身骨俱松，慢慢地含了一口，在唇齿间停留片刻，缓缓咽进肚里，味道却不及闻起来香，喉间的劲道也明显不足，秦美丽知道自己喝惯了铁观音，喜欢那种浓烈的芳香，不再接受这种淡一点的味道。但是她还是坐着慢慢喝了三杯，一边喝一边想：只喝不买，不知道如何向服务员交代。她摸了一下口袋，里面还有50元钱，先买一两，不知道服务员会不会笑话她。服务员仿佛看出了她的心思，说："品茶的目的是看茶叶是否喜欢，味道是否适合，不是品了就必须买，如果不喜欢可以不买。"被人说中心思，秦美丽的脸一下子红了，说："我从前一直喝铁观音，习惯了它的味道，不习惯大红袍。"服务员说："我再沏一壶铁观音，我们还有铁观音。"

秦美丽急忙摆手："今天不买，我爱人也喜欢铁观音，下一次带他一起来尝你们的铁观音。"

秦美丽终究过意不去，她认为服务员给她沏了茶，她就应该买一点东西，看了两圈，相中了一只沏茶的玻璃杯子。服务员一再强调："如果需要你就买，如果是因为过意不去，就不要买。"茶杯 30 元，秦美丽拿在手里，端详了半天，终究没有买。服务员将她送到店门口，秦美丽感觉仿佛芒刺在背，走了半天，都没敢回头。

2

秦美丽住在紫荆花园。表面看来，住在这个小区的都是有钱人。秦美丽的邻居也确实是些有钱的人，他们有的买了几辆汽车，有的拥有几处房产，并且很多人生了两个孩子。秦美丽是他们中的穷人，秦美丽常常怀疑他们的钱是从哪儿来的，因为他们也是一个脑袋、两条胳膊、两条腿，他们与秦美丽一样早上出门、晚上回家，甚至他们比秦美丽出门晚、回家早。他们的钱却挣得不知道比秦美丽多多少倍。秦美丽与爱人都在工厂上班，她是办公室的普通职员，爱人就是一线工人，穿着脏的工作服，在生产一线出大力、流大汗。2007 年，他们买房时的共同收入是 5000 元，30 万元的房款，在银行贷了 20 万元，三年的时间过去，厂子效益不好，两人的共同收入由 5000 元变成 3000 元，每月还房贷 1600 元，电梯费、物业费、水电费 300 元，剩下的 1100 元用来维持一家四口的日常生活，他们一下子就进入了穷人的行列。这三年最大的变化就是房价翻了一番，她的房子由 30 万元涨到了 60 万元，住在这样的房子里就是住在一堆白花花的银子上面。夜深人静的时候，秦美丽常常感觉一大堆钱环绕着自己，她就是一个富翁，左手抓来是钱，右手抓来也是钱。可是这些钱毕竟是虚幻的，是假想的富裕，是自欺欺人的心理安慰。房子不卖，等于一分钱没有，即使卖了房子，以 60 万元的价格也买不到好房子了。

一家四口里面包括秦美丽的婆婆。秦美丽的孩子出生，婆婆就住到她家里来。最初是看孩子，孩子长到三岁，就成秦美丽与爱人养活婆婆了。

从茶行出来，秦美丽又到菜市场转了一圈，她什么都不买，只是在拖延回家的时间。爱人的大弟到家里来了，每次来她都要炒几个菜，买啤酒招待他，他走之后，她家的日子更加紧张了。没买房子的时候，秦美丽是个称职的大嫂。爱人兄弟姐妹六个，他是老大，也只有他与秦美丽有单位有正式工作，其他的全在社会上做着赖以谋生的小生意。那个时候，秦美丽非常欢迎他们来，他们来时总是到饭店吃饭，走的时候又是大包小包的东西提着。过年过节，孩子的新衣服与新鞋子必不可少。买了房子之后，情形就完全不同了，秦美丽不仅反对他们到家里来，他们走时也不再送东西，孩子过年过节时的新衣服全免了，甚至连压岁钱都想寻个理由不给了。

爱人的兄弟姐妹却没有觉出他们的窘迫，他们依旧按照原来的认识热热闹闹地来，他们一直认为大哥大嫂的日子过得比他们好，因此来的时候总是空着两只手。爱人不想在兄弟姐妹面前丢掉自尊，硬撑着架子招待他们。这次大弟来不仅买了鱼、肉、鸡，甚至扬言要去买螃蟹。秦美丽一巴掌打了过去，"还买螃蟹，我看你就是个螃蟹"。

挨到中午一点，秦美丽回了家，爱人做好了饭菜等着她。这叫秦美丽生出内疚来，一边换鞋一边说："你们先吃就行，干吗等我？"

爱人说："当家的不回来，我们不敢吃。"

一边吃饭一边说话，说到婆婆在老家镇子上的房子。其实那不是婆婆的房子，是公公单位分的三间小平房。公公过世后，房子一直没收回去。别的单位都进行了房改，能卖给个人的都卖给个人了，公公的单位却坚持不改，房子一直以出租的方式供他们居住，过去的房租是一月100元，现在涨成了120元。婆婆的房子租给了一对小夫妻，小夫妻只给80元房租，婆婆凭空赔了40，就想把房子退给单位。

秦美丽一听就咳嗽起来，爱人一边拍她的后背一边问怎么了。秦美丽摇着头说不出话来，跑到厕所趴在马桶上哇哇地吐了几口，然后捂着肚子躺到了床上。

好不容易等到爱人的大弟走了。秦美丽将爱人叫进卧室，问婆婆是不是真的要退掉房子。

爱人说是。

秦美丽的火一下子上来，说："房子退掉，妈这辈子就跟定咱们了。

你说房子退掉了，她还有什么，过了一辈子，只剩下这么个人。"

爱人说："留着也不是自己的。"

秦美丽说："不管怎么说是个精神安慰，觉得她还有套房子，将来有一天她可以回她自己的房子住。房子退了，她就什么也没有了，只能把咱这儿当她家了。"

爱人说："反正妈在咱家住十几年了。她年龄也大了，总不能叫她回去吧。"

秦美丽更加生起气来，声音却是压低了，说："不说这事我还不生气，你们兄弟姐妹六个，没有一个提出将妈接去住几天，谁家不是轮换着养老，就咱们家把这活儿全包了。"

爱人说："咱妈不是给咱看孩子了吗？我们兄弟姐妹六个，只给咱看了孩子。"

秦美丽说："你们两个兄弟媳妇都没有工作，妈妈没有给她们看孩子的必要，难道要妈妈给她们看孩子，叫她们出去玩吗？再说，即使咱妈给咱看了三年孩子，为了这三年我们都伺候她九年了，九年还不够吗？从今年开始，三个兄弟轮流着伺候也行。"

爱人将手放在她的肩膀上，一下一下地揉，说："他们不提这件事，我也没有办法。我一个当大哥的，怎么能主动将妈妈推出门去。"

随着爱人的动作，秦美丽的心柔软起来。她将头扭到一边，叹了口气，虽然生活艰难，爱人对她还是很好的，不仅一心一意地爱，还想尽了办法疼爱、呵护。秦美丽的眼泪流了出来，爱人没有好的出身，没有好的工作，没有好的收入，45岁了，还跟着她一同为了房贷去节省，去辛苦，去奋斗，生活的内容仅仅剩下工作、睡觉和一日三餐，他跟她一样感受不到生活的乐趣，就是为了让他高兴，也委屈着自己这样过吧。

3

秦美丽做的是绘图工作，拥有一间单独的办公室。这使她上班时间有了一点自己的空间，关上门再按下锁，就能做自己想做的事情。

秦美丽想做的事情就是写稿子，她曾经是个文学爱好者，也曾经在市晚报发过随笔、散文什么的，结婚之后，滚滚的生活潮流使她放下了这一爱好。买房子之前，她与爱人的经济还算宽裕，她跟大多数的城市女人一样买衣服、做发型、美容、练瑜伽、旅行，并且她还喜欢喝上等的铁观音茶。那个时候，她从来没有想过写稿子，热热闹闹的生活哪容得她坐到电脑前，静心静脑地想一些事情，写一些文字。但是买房子之后不一样了。经济的窘迫使得秦美丽想挣点外快，这个外快必须不影响当前的工作，想来想去，就想起了写稿子。虽然搁下十几年了，但是写作的功底还在，秦美丽投了十几次稿后，就有一篇散文发表出来，一个月后报社寄来了50元稿费。50元稿费能抵她家一天半的生活费，这不亚于漫漫冬夜的一缕春风，秦美丽的眼睛一下子亮了，脸庞一下子艳丽了，写稿子的劲头也更足了。

最近，秦美丽在写一个"红颜哲妇"的系列。"红颜哲妇"缘于"红颜误国""哲妇倾城"这两句成语，文中的女子都是具有倾国倾城美貌，却又害了君王、误了国家的皇后、妃子。这些皇后、妃子取自柏杨先生的《中国人史纲》，施妹喜、赵姬、冯小玲……秦美丽将她们记在一个蓝皮笔记本上，网上查阅了详细资料，加上自己的见解，就成为一篇文章。这样的文章在晚报已经登了6期，秦美丽准备登上它50期，成为一个不是专栏的"非著名"专栏。

关了办公室的门，秦美丽打开《中国人史纲》，这一次入眼的是隋朝开国皇帝的妻子独孤皇后，她的错误是选错了太子，导致隋朝灭国。刚刚看进去三行字，手机嘀的一声响了，是爱人的短信：家里来客人了。

秦美丽回复：谁？

爱人：二弟一家三口。

秦美丽的头嗡地一声大了，手指翻动，快速地打字：你大弟刚刚走，又来了二弟，咱们的家还算是家吗？

爱人：他们是来看妈的。

秦美丽：既然这样孝顺，为什么不把妈接到他们家里住？

爱人：谁叫我是老大。

秦美丽：早知道这样，当初不嫁给你了。

短信发出去，秦美丽就将手机丢进了抽屉，拿起书继续读，却是一个字也读不进去。半个小时过去，手机又嘀的响了一声，还是爱人短信：如果你真想走，我也不拦你。

秦美丽气得手都哆嗦起来，手指舞动了半天，一个字也打不出来。她将手机丢到桌子上，怒气冲冲地去生产现场找爱人。

生产现场一片嘈杂，天车、叉车在天上、地上驶来驶去。电焊、气焊散发出耀眼的光线，空气沉重、污浊，穿着脏工作服的工人拿着各种铁制配件来回穿梭。

看到这个情景，秦美丽的心先软了，等到爱人拿着一块铁片，弯着背，脸上一道灰一道黑地站到她面前时，秦美丽一句抱怨的话也说不出来了。

爱人冲她讨好地笑，问："什么事？"

秦美丽咽了口唾沫，说："想你了，来看看你。"

晚上回家，又是好菜好饭地伺候弟弟一家三口。弟弟在菜市卖咸菜，弟媳妇没有工作，他们一边吃饭，一边抱怨挣的钱不够花，秦美丽一句也听不进去，她只看着盘里的那些牛肉，一片一片不断地减少，放进女儿与她肚里的却没有几片，爱人更是一片没吃。

临睡前，秦美丽数了数钱包里的钱，只剩下 30 元，两个弟弟的来访，打破了她家的正常生活规律，剩下的时间，一家四口恐怕要吃咸菜了。秦美丽悄悄问爱人："他们什么时候走？"

爱人说："不知道。"

秦美丽说："他们住上一个星期的话，咱家就连饭也吃不上了。

爱人说："我又不能撵他们。"

大卧室让给弟弟一家三口住，秦美丽睡到女儿的房间，爱人睡客厅的沙发。

半夜时分，秦美丽被爱人的呻声吟惊醒，来到客厅，看到爱人捂着肚子蜷缩在沙发上。秦美丽扳住他的肩，连声问："怎么了？怎么了？"

爱人一句话也说不出来，秦美丽急忙叫醒弟弟。两个人把爱人送进医院。医生诊断是急性盲肠炎，需要住院手术，

住院押金3000元，秦美丽口袋里只有300元，并且是家中仅有的现金。她问弟弟是否带钱，弟弟摇摇头说："嫂子，我比你还穷，你还有好房子，我连好房子都没有。"

秦美丽气结，可是现在不是与弟弟生气的时候。她好说歹说，医生答应先手术，明天补交住院押金。

第二天一早，秦美丽将女儿打发上学，对弟弟说："我没时间伺候你们了，你们自己弄点饭吃吧。"

这个时候，她不盼望他们走了，爱人住院、女儿上学、婆婆身体不好，她倒愿意他们多住几天，帮忙照顾一下爱人。

银行有5000元存款，秦美丽将它们取出来，现在她与爱人彻底成了只有欠款、没有存款的人了。走到"心远"茶行，秦美丽看到上次送她的服务员站在门口，服务员冲她堆起盈盈笑容，秦美丽想起未买的那个茶杯，心中顿生羞愧之情。她想到两个弟弟先后到来的花费，想到爱人的这次手术，心一下子狠起来，钱省来省去都给别人花了，都给医院送了，凭什么呀？凭什么只为别人奉献，只叫别人享受，凭什么非要委屈了自己呀？她进了茶行，指着那只杯子，说："我买这个杯子。"

除了服务员之外，店里还坐着一位中年男子，闻声抬起头来看秦美丽。服务员说："大姐，我认识你的，你如果不需要真的不用买。"

秦美丽气狠狠地道："我需要，谁说我不需要？你是不是看我没有钱？我有钱。"

她从口袋里掏钱，掏出几张100元的，气急败坏地摆到店中间的桌子上，她说："你们看，我有钱。"

钱在桌子上散落开来，有一张跑到报纸上面，是中年男子正在读的晚报，秦美丽看到了自己的照片，照片的旁边是"秦美丽"三字，那张钱正好落到了"红颜哲妇"的上面。

男子诧异地抬头看她。秦美丽只觉得一记耳光打到脸上，上周编辑打电话向她要照片，她没想到这么快就登在了报纸上，她也没想到

自己会以这样的方式与这张照片见面。

　　报纸上的秦美丽应该是个温润婉约的女人，报纸上的秦美丽哪能是她这般歇斯底里、丧心病狂的样子。秦美丽迅速将钱收起来，将其中的一张给了服务员，服务员仍旧是很为难的样子，说："大姐，真的不用的，今天你又没有品茶。"

　　秦美丽的眼泪几乎要掉下来，她只觉得层层叠叠的茶叶向她压迫过来，各种各样的茶香，浓烈的、香艳的、清淡的，如同蛇一样，团团绕绕缠满了她的身体。服务员再不卖杯子给她，她就要夺路而逃了。

　　中年男子冲服务员点了一下头，服务员收了她的钱，找了零，拿了茶杯给她。秦美丽拿着茶杯，低着头快步走出茶行。

　　站在公交车站上，秦美丽的心才平定下来。晚报的销量非常好，这个城市应该有很多人读过她的文章，照片登出来，城市中就会有很多陌生人看过她的照片，坐在公交车上，走在马路上，就会有很多人认出她来，他们会说：看，这就是"红颜哲妇"的作者。她是不是应该精心装扮，细心化妆，弄得干净、细致、美丽，如此才会对得起"作者"这个名字。可是做这些事情，需要钱的。钱，钱，她哪里来的多余的钱？

　　在她胡思乱想之际，只见一辆银灰色汽车停在面前，车窗摇下来，是茶行的男子，他说："秦美丽，你到哪儿？我送你。"

　　他认出她来了，秦美丽一阵绝望，绯红从脸颊一直排到脖际，她将头扭到一边装作没有听见。

　　男子下车，拉开一侧的车门，说："我是你的读者，我老早就想认识你。"

　　其他候车的男女诧异地看着男子与秦美丽，秦美丽一阵发窘，抓住车门，上了车。

　　车里放着音乐，是委婉流畅的古琴曲——《平沙落雁》，曲子一节一节下来，秦美丽的心都要融化了。她想到了笔下的那些皇后、妃子，她们美艳无比，她们衣食无忧，她们集万千宠爱于一身，她们想要月亮有月亮，想要星星有星星。她们的夫君，宁愿负了朝廷，负了国家，也不肯负了她们的一腔柔情，而她有什么，她除了有套房子，什么都没有，她真是一贫如洗。

汽车慢慢驶过一个十字路口，男子问她："到什么地方？"

秦美丽说："人民医院。"

到达人民医院，男子递给她一张名片，说："喜欢你的文章，希望能够看到你更多的文章。"

秦美丽收了名片，往住院部走去，一下汽车，音乐戛然而止，纷纷扰扰的生活包绕过来，她又变成一个只食人间烟火的世俗女子了。交了住院押金，来到病房，爱人已经睡了。半夜的疼痛折磨，使他明显消瘦下去。秦美丽摸摸爱人的脑门，凉飕飕一片，心稍微地安定下来。

她从口袋里摸出男子的名片，上面写着：书法家丁龙一。名片的后面是幅手绘工笔画。一名珠圆玉润的女子闲闲地坐在窗台底下，窗外是锦簇的菊花，女子手中拿着一把团扇，穗子上坠着碧绿色的珠子，女子穿着淡紫色的旗袍，旗袍绣着金黄色的菊花，一朵一朵又一朵的菊花，没有规则地层层铺开，铺出一层一层的富贵，铺出一层一层的优雅。

画面上有一排小字，应该是刚刚写上的，墨迹依旧黑得吓人：秦美丽，这是我想象中的你的模样。

4

中午，爱人的弟弟送饭过来，告诉秦美丽下午要回自己家。秦美丽要他再住几天，帮忙照顾一下爱人。弟弟却说要卖咸菜，少卖一天就少挣一天的钱。秦美丽一股气上来，前几个月，他们一家三口在她家住了一个星期，好菜好饭地伺候着，他们也不说要卖咸菜；现在爱人病了，没有人做饭了，他们立马就要抽身走人。这个弟弟……秦美丽摆了摆手，说："愿意回去就回去吧。"

下午，弟弟打来电话，说婆婆下楼时扭着脚了。秦美丽气得差点把电话扔到地上，说："这个时候添什么乱!"

弟弟说："妈要去医院看大哥，心里急，从楼梯上摔了下来。"

秦美丽要弟弟将婆婆送到医院，她陪着找医生看脚。医生要求拍片子，秦美丽用自己的医保卡划价拍片子。她陪着婆婆坐在走廊的椅子上等待片子出来，弟弟说去看哥哥。等到秦美丽陪婆婆看完脚，回到病房，早不见了弟弟的身影。

秦美丽给弟弟打电话，听到嘈杂的人声，弟弟他们一家三口已经坐在回家的公交车上。

秦美丽将电话一下摔到床上，她的火气再也无法压制了，她对着婆婆说："妈，现在怎么办？他病了，你的脚扭了，孩子上学，怎么办？"

婆婆拉下脸来，说："那也不能摔电话，你摔电话不是在摔我吗？你不能给我脸色看，我这么大年纪了，我凭什么看你的脸色？"

秦美丽大叫起来，她终于将心里话喊了出来，她说："你有六个孩子，你不只养活了你大儿子，他们也该轮换着养你了。"

婆婆的声音也大了起来，说："我哪里也不去，死，我也要死在你家里。"

爱人拍着床说："求求你们，叫我多活两天好不好。"

三个人你瞪我、我瞪你看了半晌，婆婆说："我不用你们伺候，我有拐杖，你伺候好我儿子就行。"

不管怎么说，秦美丽还是将婆婆送回了自己家。女儿已经放学回家，秦美丽将当前的严峻形势告诉了女儿，女儿说："妈妈，你不要犯愁，你伺候爸爸，我伺候奶奶。小区门口就有卖馄饨的，我天天买馄饨给奶奶吃。"

秦美丽的眼泪差点掉下来，她摸着女儿的头，说："真是妈的好孩子。"

通常盲肠炎一个星期就能出院，但是一个星期过去，医生丝毫没有叫爱人出院的意思。秦美丽询问主治医生，主治医生说："你爱人的身体极度虚弱，可能患有其他疾病。"

秦美丽叫起来："不可能。"

医生说："不是不可能，而是很可能。我们今天就给他做全面检查。"

秦美丽认为是医院寻了机会挣钱，在电视、报纸上她没少看医生设立各种名目挣钱的报道。虽说她与爱人都参加了医保，治病花不了自己多少钱，但是也不能任凭医生随意搜刮。

回到病房，她问爱人感觉怎么样了。爱人说："挺好的，已经康复了。"

秦美丽说："既然这样，咱们就出院。"

爱人说："可是医生没叫出院。"

秦美丽说："管他让不让，咱们觉得好了咱们就出院。"

两人正在收拾东西，主治医生领着几个护士进了病房，他们要爱人去做全面检查，秦美丽与爱人都不同意。医生说："你们走医保又花不了多少钱，即使没有病，做个检查也是好的。"

听医生这样说，秦美丽也觉得有道理，就拿着医生开具的单子，依次检查。检查结果第二日才能出来，于是他在医院里又住了一天。第二天，主治医生将秦美丽叫进了办公室，他的表情是从未有过的严肃，他说："检查结果证实了我们的诊断，你爱人患了胃癌，幸好不是晚期。"

秦美丽只觉得天旋地转，她抓住了桌子角，说："我们来治盲肠炎的，怎么治出了胃癌？"

秦美丽不相信医生的诊断，她带着爱人偷偷去了省医院，诊断结果同样是胃癌。

这一次天也不旋了，地也不转了，秦美丽捏着那张薄薄的诊断书，落魄地坐在医院的台阶上。此时是盛夏的一个上午，烈日高悬，炎热如火，秦美丽的身上却没有一点点汗，一层又一层的冷铺满全身，她感觉自己连同自己的生活彻底掉进了冰窖之中。

这时，手机丁零零响了，接听，是报社编辑的电话，询问"红颜哲妇"的稿子什么时候交给她。秦美丽有气无力地说："我家里出事了，我没有精力再写稿子了。"

5

即使天塌下来，只要还有口气，日子就得过下去。秦美丽的工资加上爱人病休工资总计 2400 元，已经不能支持还贷和一家四口的生活了。爱人治病需要医药费，这笔医药费又不是一万两万能够解决的，从开刀到化疗，起码要十几万。总之，当前面临的最大困难就是一个"钱"字，唯一的办法也是一个字"借"。

秦美丽打电话将爱人的弟弟、妹妹叫到家里，她跟他们提出借钱的要求。他们都说自己没有钱，秦美丽气得眼泪掉下来，说："你大哥不疼你们，不亲你们吗？他现在病了，你们就眼看着他死吗？"

秦美丽的眼泪似乎打动了他们，最后商量一家出 1000，凑 5000 元给秦美丽，并且还要秦美丽给他们打借条。

"好，好。"秦美丽咬牙切齿道。钱还没借到手，先打了五张借条塞进他们手里。

然后商量赡养婆婆的事，秦美丽说："婆婆虽说给我看了几年孩子，但是在我家也住了近十年，这十年我与你大哥出的力抵得上看孩子的三年了。现在你们大哥病了，我实在没有精力再照顾妈，你们五个轮换着照料她吧。"

此言一出，五个兄弟姐妹全部反对，大弟弟说："我离婚了，孩子都管不了，七八年没见孩子了，七八年没给他一分钱了，我自己都养活不了自己，哪有本事养活咱妈。"

小弟弟说："我一个人卖咸菜养活老婆、孩子，日子够紧张了，咱妈到我那儿，我就得吃不上饭。"

三个妹妹，一个说家住七楼婆婆爬不上去，一个说爱人不同意，一个说伺候着自己的婆婆。

秦美丽只寻思他们是因为婆婆没给他们看孩子，他们才不照顾她，心里一急一气就喊起来："咱妈的作用就是看孙子、孙女吗？咱妈没有生你们没有养你们吗？"

走一步退一步

这个时候，婆婆稀里哗啦地哭起来，她说："我知道你们为什么嫌我，因为我穷，如果我一个月有1500元退休金，如果我有一套自己的房子，如果我有一笔存款，你们都会争着抢着养我。"

最后小妹妹答应将婆婆接到她家，秦美丽的眼泪掉下来，说："妹妹，我不是嫌咱妈，是我家现在太困难了，等你哥出了院，我立即把妈妈接回来。"

谁知婆婆不愿意到女儿家里去，她说："我哪儿也不去，我就在你大哥家里，我死也死在你大哥家里。"

秦美丽说："妈，你在我家，饭都会吃不上的。"

婆婆说："就是吃不上饭，我也要在你家。"

婆婆家依靠不上，秦美丽就来到娘家。她觉得快40岁了，跑到娘家借钱是件很丢人的事情。可是爸爸妈妈立即拿了3万元钱给她，又给两个哥哥打电话，两个哥哥分别借给她5万。秦美丽给爸爸妈妈写了张借条，爸爸一下子撕了，说："我的钱还不是给你们存的，孩子你不要愁，爸爸妈妈帮你渡过难关，爸爸妈妈还有房子，钱不够，我们就卖房子。"

秦美丽再也忍不住了，叫了声"爸爸，妈妈"，扑到沙发上号啕大哭。

6

又到了还贷款的日子，秦美丽拿着工资存折来到银行。1600元还贷款，剩下的800元取出来作为生活费。物业管理费、水电费等只能从借款里出。有男子在秦美丽邻近的窗口办取款业务，取了20万元，一沓一沓又一沓码进皮质密码箱里，拎着进了一辆白色的商务车。秦美丽的眼睛都看直了，她想不明白那人为什么会这么有钱，而她为什么会这么没钱。

"心远"茶行的服务员依旧站在门口，她好像认出了秦美丽，转头向屋内说了句什么，又回头笑盈盈地看着秦美丽。秦美丽只后悔来到这家银行，更后悔没戴个帽子或是围个头巾什么的，她现在的样子，头发蓬乱，满脸憔悴，一副被烟熏火燎的模样，怎能配得上晚报上的那个秦美丽，哪里有资格对古代的美人评头论足？无边无际的羞愧与自卑向秦美丽漫漫袭来，她低了头，只装作没看到服务员的笑容，步履匆匆地从茶行前面走过。

手机嘀地一声响了，秦美丽打开一看，是个陌生的号码："为何行色匆匆，慢一点，会看到路边的花开了，会看到天上的云白了。如果喜欢海，闭上眼睛会听到海浪拍岸的声音。"

秦美丽只寻思是移动公司发的群发短信，手机放在口袋里，待一会儿，又嘀地一声响了。"对任何事情都失去好奇心了吗？比如一段音乐，比如一杯香茶。"

秦美丽才知道短信是专门发给她的，回复：请问您是哪位？

回复：猜猜。

秦美丽哪有心思玩这种游戏，她皱着眉头将手机放进口袋，稍许，短信又来：我是丁龙一，不要坐公交车，我送你。

几分钟的时间，丁龙一开着汽车过来，车门打开，音乐立刻溢了出来，这一次是古琴演奏的《欸乃》。"渔翁夜傍西岩宿，晓汲清湘燃楚竹。烟消日出不见人，欸乃一声山水绿。"音乐飘进秦美丽的耳朵，秦美丽的心先醉了，丁龙一冲她扬了一下下巴，秦美丽就坐了进来。

丁龙一问她："还到人民医院吗？"

秦美丽点点头，只觉得眼泪要掉下来。丁龙一慢慢地开车，等待红灯的时候才问："爱人的病严重吗？"

这下秦美丽的眼泪真的掉了下来，她将爱人得病的前前后后说了一遍，说到跟他的兄弟姐妹借钱，说到婆婆无论如何也要住在她的家里。委屈转换成愤恨，眼泪一下子干了，眼里几乎要冒出火来。

丁龙一的手指在方向盘上一下一下地敲打，说："没想到你的生活是这个样子的。看了你的文字，觉得一个喜欢历史的女人，一个文笔优美的女人，应该是衣食无忧、性情淡雅、不被人间烟火浸染的。"

走一步退一步

秦美丽说："对不起。"说完又后悔，凭什么要跟他说对不起呀，她的生活妨碍他什么了吗？她的生活与他有什么关系？

车子快进人民医院的时候，秦美丽说："虽然你是我接触的第一个读者，谢谢你喜欢我的文章，但是以后，希望不要再见面。我跟你说得太多了，请允许我保留一些自尊。"

丁龙一看着秦美丽，不说好，也不说不好。秦美丽只觉得一支箭射进了心里，什么话都说不出来。

7

爱人做了胃切除手术，医生要求继续进行化疗。秦美丽悄悄问医生：爱人的生命能维持多久？医生笑了，说："胃癌不是可怕的疾病，保养得好，活20年不成问题。"秦美丽迅速计算起来，爱人今年45岁，20年后65岁，20年后女儿31岁，他家的大事几乎完成了，那个时候告别世界没有什么遗憾的。秦美丽一下子轻松起来，笑容随即出现在脸上。回到病房，爱人都看出她高兴来，问她什么事乐成这样。秦美丽不说话，只趴在爱人脸上亲了一下。

出院后，爱人在家休起了病假。秦美丽家的月收入仍旧是2400元。这个时候，银行又上调了贷款利率，也就是说从明年一月开始，秦美丽每月还的房贷要超过1600元，这对于秦美丽来说是个雪上加霜的消息，她不敢告诉爱人，只能一个人在厨房偷偷掉泪。

跟爸爸、哥哥借的钱，支付住院费后还剩下几万，这些钱，秦美丽一分不敢动，预备着给爱人做化疗。医保报销要几个月后才能下来，秦美丽对当下的生活一筹莫展。幸好单位给了500元救济，秦美丽马上用它交了物业费和水电费。一个月后，医生帮秦美丽联系了省肿瘤医院，那里的化疗效果好，但是费用也高，四个疗程下来，秦美丽所有借款都要送给医院。即便如此，化疗还要去做。秦美丽跟单位请了假，将女儿托付给父母。她要婆婆住到爱人的弟弟或是妹妹家里去，婆婆一口拒绝。秦美丽忍不住冲婆婆大叫起来："我这里有什么好，你非在这儿死活不走！"

婆婆说："我在这儿住十几年了，我住惯了。"

秦美丽说："家里没有人照顾你，出事怎么办？"

婆婆说："出事怨我命不好。"

秦美丽咬牙切齿道："好，好，你就住在这里吧。"

回到卧室，秦美丽脸上的余火未消，爱人小心翼翼地看着她说："对我妈好点行吗？"他都不说"咱妈"了。

秦美丽说："咱家都成这样了，她还在这儿添乱。"

爱人说："这些事又不是我妈造成的。你看我弟弟、我妹妹，哪一个会对她好？"

秦美丽叹了口气，说："为了叫你高兴，我就改改脾气，委屈自己吧。"

第二天，秦美丽收拾了东西准备陪爱人到省肿瘤医院，出门前，秦美丽跟婆婆打招呼，婆婆虎着脸不理她。秦美丽说："妈，我们半个月不回家，你照顾好自己。"婆婆说："我一直以为你是个好人，我现在想明白了，你跟他们没有两样。如果我有几万元存款，如果我有房产，你还会老撵我？你就是嫌我穷，嫌我没有钱。"

秦美丽气结，说："哪有这样的事，家里不是出事了吗？"

婆婆说："是出事了，但是我给你添麻烦了吗？我一个老太太能吃多少饭，况且我又不吃肉，有时候我还帮你做饭，我一点麻烦都不给你添，你还老撵我走，为什么？就是因为我没有钱。"婆婆竟然掉出眼泪。

秦美丽几乎说不出话，爱人拉拉她的衣袖，她才一口气从腔子里飘出来说："好好，你这样认为我也没有办法。你就在这儿住着吧。从今往后我再不说不叫你住的话了。"

在火车站，秦美丽意外地遇到丁龙一。丁龙一到省城参加一个书法作品拍卖会，他看秦美丽买的是二等车厢的车票，立即到售票处买了两张一等车厢的票塞进了秦美丽的手里。秦美丽拿了钱给他，他不收，说："这点钱，对于我不算什么的。"

坐在车厢里，相对无言。丁龙一一直偷偷地看秦美丽的丈夫。秦美丽觉得脸上有东西一层一层掉下来，她就索性将它们一下子扒了下来，她一会儿摇晃腿，一会儿摇晃头，做出种种她认为恶俗的动作。火车到达省城，丁龙一悄悄对她说："你何苦如此糟蹋自己?"

出了车站，丁龙一将他们带到一辆汽车面前，丁龙一说："省肿瘤医院很远的，我和朋友送你过去。"

秦美丽有种破罐子破摔的感觉，丁龙一既然愿意帮忙，她就有理由不拒绝，她拉着爱人进了汽车。丁龙一的朋友跟医院很熟悉，帮他们联系了医生，办理了住院手续，丁龙一提出请医生吃饭，他立刻联系了酒店。

爱人要秦美丽陪着一同吃饭，丁龙一也说："你是病人家属，应该陪医生吃饭的。"秦美丽安顿好爱人，跟着一同去了酒店。

酒桌上的医生都说爱人的病没有问题，他们坚信化疗的效果，将爱人的生命又延长了 10 年。秦美丽又快速地计算了一下，20+10＝30 年，30 年后爱人 75 岁，就是不生病的人活到 75 岁也不容易。秦美丽当即心花怒放，端起酒杯说："敬亲爱的医生们一杯。"

饭一直吃到晚上 10 点，丁龙一的朋友将医生一一送回家，最后又送秦美丽。丁龙一说："我借你的车，我送她。"

朋友将车子给了丁龙一，秦美丽坐在副驾驶座上，她觉得丁龙一要做出点什么，然而一直到医院，丁龙一也没有说一句话，更没有一点不合适的动作。

秦美丽问他："为什么对我这么好?"

丁龙一说："因为你是我的一个梦。"

秦美丽说："你说话太文明了，离我的生活太远。"

丁龙一说："难道你不是文人吗?"

秦美丽说："你将我看得过于美好了，谢谢你喜欢我的文章。你是我见过的第一个读者。可是我写作的目的……说出来，你会失望，我写作的目的，是挣点钱。"

丁龙一一下子笑了，说："你有才华的，你可以只为了你的才华写作。"

8

回到病房，爱人在看电视，秦美丽寻思他会问丁龙一是谁。但是丈夫什么都没有问。倒是秦美丽沉不住气了，说："你第一次见丁龙一，就这样放心我跟着他出去？"

爱人说："我相信你。"

第二天查完体后，做化疗。医生在爱人身上切了个口子，插入一条细管子，管子的一端连着一个小机器，像书包一样背在身上，日夜不停地往身体里面输送化学药品。化疗的反应比较痛苦，爱人的脸色开始变得难看，午饭时嫌饭不好吃，没有味道。下午想吃一种"荷香鸡"。秦美丽第一次听说"荷香鸡"这个名称，问爱人什么地方有卖的。爱人说不知道哪里有卖的，只记得10年前在省城吃过，味道鲜美，语言无法形容。秦美丽就出去买荷香鸡，在医院门口看到一名年轻男子蹲在汽车的旁边痛哭，敞开盖的后备箱里放着成卷的卫生纸和女人的衣服。秦美丽不禁悲从心起，到肿瘤医院治病的十之八九是癌症，幸好爱人的病轻之又轻。

医院门口有无数小饭店，却没有卖荷香鸡的，有人说市中心的大饭店有卖的。秦美丽打了出租车到市中心，出租车司机又给提供了几个地方，依然没有卖荷香鸡的。省城里人山人海，即使一个偏僻的角落，也有成堆的人群，这些人群散布在数不清的大街小巷，却没有人告诉她哪里有荷香鸡，偌大的省城竟然没有一个可以依靠的人。

秦美丽眼泪盈盈欲落，这个时候，她想到了丁龙一。秦美丽立刻给丁龙一打电话，丁龙一悄悄地说："稍等一下，电台有这方面的节目，我打听一下。"

稍后电话打来，丁龙一告诉秦美丽一个地方，并且嘱咐秦美丽看晚上6：30的电视新闻。秦美丽将地址告诉了出租车司机，汽车穿越数条巷子，来到一个叫微山湖饭店的地方。秦美丽恍然醒悟，微山湖有无数的荷花、荷叶，荷香鸡应该就是荷叶包裹的鸡。

饭店内果然有荷香鸡，服务员很得意地告诉她：整个省城只有他们一家卖荷香鸡。秦美丽买了两只，苦笑道："就因为只你们一家卖，这两只鸡我花了200元钱。"

将鸡拿回医院，爱人一吃，满脸高兴，说："就是以前的味道。"他叫秦美丽也吃，秦美丽却不舍得，这200元花得她的心头肉痛，她要把这钱彻彻底底花在刀刃上，所有鸡只能够爱人一个人吃。

秦美丽到医院门口的小饭馆买了两个火烧，在树底下吞进肚里。看手表，差不多到了六点半，回病房打开电视，调出新闻频道，先是领导开会、视察工作的镜头，再是企业发展的镜头。然后是文化新闻，省书法家作品拍卖会，电视上出现丁龙一的身影，他的作品也被拍卖，虽然价格在拍卖会上并不突出，但是一幅作品也拍卖出10万元的价格。

秦美丽的下巴都要掉下来了，她说："他们挣钱怎么这样简单！"

秦美丽十指飞动，给丁龙一发短信：谢谢你提供的信息，荷香鸡很好吃。丁龙一立即回复：幸福离你只是一步之遥。

秦美丽：我看了新闻。

丁龙一：拍卖会就是变相的欺骗，但不如此就没有生活的来源。只有好的生活基础才能有好的艺术作品。

秦美丽：你的话与生活相距非常遥远。

丁龙一：我可以帮你。

秦美丽，为什么？

丁龙一：只想叫你恢复本来的面目，或是使你成为我心目中的你。

秦美丽：为什么？

丁龙一：也许是有钱了，也许是生活有些无聊了。

9

医院里到处都是病情严重的人，有人甚至租了医院的家属宿舍进行长期化疗。秦美丽与爱人经常去那里玩，太阳好的时候，就陪着他们坐在太阳底下聊天。病人们有一个共同的特点——乐观。他们戴着各式各样的帽子，遮挡化疗后掉光头发的脑袋，他们戏称自己是判了无期徒刑的人，等待的最终结果就是死亡。

活着，是他们当下最最重要的愿望，所以他们每一天都活得开开心心的。秦美丽的心呼地撞到墙上，又呼地撞回来。是的，活着，是最终的目的。活着的方式多种多样，而她与爱人的"活着"竟是如此的辛苦。

一个疗程结束，秦美丽与爱人离开医院回家。这一次没有丁龙一的帮助，他们坐三轮车、公交车、又坐火车一路颠簸回到家里。秦美丽看着爱人焦黄的面孔，心疼得像锥子扎，但是为了省钱，她就是不肯打出租车。家中一团糟，地板上、桌子上、窗台上堆积着厚厚的灰尘。厨房里还堆着没洗干净的碗。秦美丽一边打扫卫生，一边问婆婆这段日子怎么过的。婆婆大声道："怎么过，没死就算不错了。"

秦美丽问她怎么了，她又虎着脸不说话。问她其他孩子有没有来看望她，婆婆说："哪有来的，我一个穷老太太，谁看见我谁不害怕？"

秦美丽气得几乎要打哆嗦，婆婆这是明摆着要与她吵架。难道她问候她是错的吗？难道她不该问她吗？再或者是她不应该回家吗？

到楼下倒垃圾，遇到邻居，秦美丽才知道这期间婆婆患了肠炎，给几个孩子打电话，没有一个过来，是邻居将她送进医院，并且支付了 900 元医疗费。

秦美丽慌忙回家拿钱给邻居，婆婆看她手握着钞票，坐在沙发上大哭起来，说："我这样的人还不如死了算了，活着有什么用，又穷又有病。"

秦美丽一下子少了 9 张百元大钞，想到与爱人连个出租车都不舍得打，这整齐的票子一下子就送给人家，疼得心头肉都哆嗦。她对婆婆说："你还是跟别的孩子商量一下，住他们家里吧。我一个人真的养不了你。"

婆婆一拍大腿说："我这是住儿子家，不是住你家。"

爱人从卧房出来，说："妈，美丽够不容易了，你别闹了好不好？"

"我是闹了？我是闹了？"婆婆大叫起来，头往墙上撞，"我还是死了算了，死了算了。"

秦美丽去拉婆婆，两人一齐跌倒在地上。爱人大叫："你们都别死，我先死，我才是应该死的人。"

秦美丽看到眼泪从爱人的眼里流了出来，她唯恐爱人做出什么吓人的举动，两眼死死盯着他，手撑在地板上，随时准备一跃而起，爱人却一动没动。秦美丽知道他这是替她跟婆婆争气，心头一热，眼泪就要下来。

爱人说："美丽，咱们这是过的什么日子！虽然住着大房子，表面看来阔气、富贵，可是咱这是过的什么日子！"

到娘家接孩子，爸爸妈妈告诉秦美丽，他们要卖掉房子，搬到哥哥家里去。

秦美丽吃惊道："为什么？儿媳妇都是不孝顺的，你们跟嫂子处不好怎么办？"

爸爸说："你大哥做生意，赔了十几万元，我们卖掉房子帮你大哥渡过难关。等有了钱，再买房子。"

爸爸妈妈居住在老生活区，他们的房子顶多卖 13 万元，可是房子卖掉之后再买就难了。

秦美丽说："爸爸，先别走那步，再想想别的办法。"

爸爸说："我跟你妈就这一个办法。"

秦美丽说："再等等，再等等。"

再等等就有办法吗？她还欠着哥哥 5 万元钱呢，照她现在的收入水平，恐怕这辈子都还不上哥哥的钱了。可是就眼看着父母卖房子吗？秦美丽领着女儿回家，路上，她突然冒出一个念头，她被这个念头吓了一跳，慌忙将它打消了。

10

为了不遇到丁龙一，秦美丽换了一家银行还房贷。可是巧得很，在银行大厅她竟然遇到了丁龙一。丁龙一看着她说："你瘦了。"

秦美丽打了个哈欠："遇到这些事，能不瘦吗？"

丁龙一从银行取了 10 万元现金，秦美丽用她的两张工资存折还了房贷，取出剩余的 800 元做这个月的生活费。水电费、物业费、电梯费就要从借款里出了，秦美丽的眉头一下子皱起来。

丁龙一提出送秦美丽回家。秦美丽一口答应下来。他妈的，日子都过成这样了，什么女人，什么矜持，什么都不要了，有一点便宜就占一点便宜吧。

丁龙一没送秦美丽回家，而是将车子开进了本市最大的购物商场，这家商场以卖高档商品闻名。他说："挑几件适合你的衣服。"

他带着秦美丽去了女装部，亲自挑了三套衣服，秦美丽从换衣间出来，立刻被镜中的自己震呆了，美丽、优雅、温润，她从未想到自己是这个样子。

丁龙一说："这是真正的你，这是内在的你。"

他吩咐服务员将衣服包好，然后到收银台刷了卡。三套衣服将近一万元，秦美丽急忙拒绝。丁龙一说："给我个机会，给我个机会。"

给他个机会做什么？秦美丽内心忐忑不安。她提着衣服坐到丁龙一的汽车里，丁龙一依旧没送她回家，车子东走西走，来到了郊外的一栋别墅。丁龙一打开屋门，房屋的装饰令秦美丽张大了嘴巴，这样的房屋，电影、电视中都很少看到。丁龙一领她坐到落地窗前面，端上一套茶具，十指微动，浅浅的一杯茶端到秦美丽面前，是她喜欢喝的铁观音。

丁龙一没有说话，秦美丽更不知道说什么好，俩人沉默地品茶。面前是绿油油的草地，透明的洁净的阳光，湛蓝如洗的天空点缀着鱼鳞状的白云。那云离人很近，感觉伸手就可以抓下来。秦美丽的内心潮动，眼睛微微湿润起来。她不记得有多久没有感受到生活的美好了，不记得有多久没有看到蓝天、绿草、清亮的阳光了。买了房子之后，她所有的任务就是节约、还贷，爱人生病后又是借钱、治病。她如同一只蚂蚁，背负着丁点的粮食，时时刻刻亡命奔跑，品茶、美容、没有任何心理负担地闲坐，是几年没有发生的事情了。

茶喝淡了，太阳也偏西了。丁龙一说："穿上新衣服，我送你回家吧。"

秦美丽到一个房间换上一套碧绿色的衣服，走出房间，看到丁龙一的眼睛有些直了。丁龙一说："你就像一件精美的瓷器。前生的你应该是个妃子，而我是那个宁肯误国也不肯误你的君王。"

秦美丽低下头，说："你说话文绉绉的，我不太习惯。"

丁龙一送秦美丽回家，到小区门口，丁龙一打开后备箱拎出一个袋子，说："送你的礼物。"

秦美丽拒绝。丁龙一又说："给我个机会。"就这一句话，秦美丽的心软了，将袋子接在了手里。她静静地立在小区门口，看着丁龙一开车离开。转过身来，看到往日对她视而不见的邻居都在看她，他们说："你今天真漂亮。"

一进门，婆婆与爱人就张大了嘴巴。爱人的嘴巴率先合上，说："美丽，跟你在一起这么多年了，不知道你竟然这么漂亮。"

婆婆的嘴却抿成长长的不屑的一条。

晚上，婆婆与爱人睡着之后，秦美丽悄悄爬起来。她打开丁龙一送她的袋子。袋子里是一个方盒，盒子打开，是她曾经看过的"梅青竹节提梁壶"。秦美丽的心底溢起一片暖流。她将茶具洗了，泡上一壶单位发的绿茶。碧绿色的茶水倒进碧绿的杯子，没待入口，便觉出与往日不同的味道来。

屋门响动，婆婆竟然从卧房走了出来。秦美丽寻思她要上厕所，哪知她径直走过来，一屁股坐到了沙发上。

秦美丽的好心情全被破坏了，她将茶慢慢喝进肚里，不说话，只等待婆婆离开。可是婆婆就是不走，她眨巴着眼睛看着秦美丽喝茶。半个小时过去，秦美丽终于忍不住了，说："妈妈，能不能给我一点自己的时间？"

婆婆冷笑起来说："正经比自己的时间更重要。"

婆婆又说："一个女人顶顶关键的是廉耻，顶顶关键的是能够抵得住诱惑。"

秦美丽将杯子重重地放到桌子上，说："你是在批评我？"

婆婆说："我没有批评你。我还住你的房子，我哪敢批评你！"

说罢，起身回房了。

秦美丽已经没有喝茶的心情了，她将茶具清洗了，重新放回盒子。这个时候她发现盒子里放着一个白色的信封，打开来，倒出一张银行卡和一张纸片，纸片上写着银行卡的密码。

11

秦美丽将银行卡放到自动取款机上，上面显示的数字是 200000。天呀，秦美丽将数字整整数了五遍，2 后面是 5 个美丽的 "0"。秦美丽的嘴张大了，她除了贷款时看过这组数字，此后再没有看过这组数字。这一次与它重逢，意义却绝对不同，上一次是欠银行 20 万，这一次是她拥有了 20 万。秦美丽给丁龙一发短信，手指哆里哆嗦，半天按不出一个字来，她给他打电话，号码拨出去，又挂断了。打通之后，说什么，说什么呀。

一会儿，丁龙一的短信进来：对于你，它也许是一笔大数目，对于我只是两幅书法作品。

秦美丽好不容易按出一段话：这样对我，想达到什么目的？包养我？做你的情人？

丁龙一的短信：是消遣的另一种方式吧。开茶行，给你钱，都是我打发时间的一种方式。文字的后面是一张笑脸。

秦美丽都要晕了。是的，给她钱有什么利可图呢？论工作，她只是一个国营单位的绘图员，办不了任何事情；论相貌，她是一把扔进人群，很难一眼找出来的人；论年龄，虽然比爱人年轻 8 岁，但是也是 37 岁的女人了，并且生了孩子。无论色与其他，都不能够对丁龙一构成诱惑。更何况，他与她两次单独相处，他没有动她一个手指头。

乱纷纷瞎想的时刻，爸爸打来电话，说有人要看房子，要秦美丽帮忙招呼一下。秦美丽脱口而出："爸，不要卖房子。"

爸爸说："不卖怎么办？"

秦美丽说："爸，我有钱了。"

然而，秦美丽还是帮爸爸接待了看房子的人。那人没相中房子，秦美丽暗自松了口气。

晚上睡觉，秦美丽做了很多莫名其妙的梦：有人给了她一副手铐；有人在地上挖了个坑，她一下掉了进去；有一对男女在小树林里拥抱……梦着梦着，秦美丽一下子醒过来，她知道是丁龙一的20万给她带来了心理负担。收下，很害怕；还给他，又心不甘，毕竟他那么有钱，而她又是这样缺钱。

秦美丽打开电脑，在网上乱七八糟地看新闻。她看到一名富翁将90%的财产捐给了穷人。她想到了丁龙一，丁龙一是不是在学习这位富翁。他们有钱，自觉不自觉地将自己置于救世主的位置，将自己当成"社会财富的保管者"，努力地去帮助、救助那些穷人。他们不仅有钱，他们还是精神上的贵族。秦美丽记得小时候她家长期受到一位亲戚的资助，那亲戚将孩子穿旧的衣服、鞋子全部送到她家里来，她与两个哥哥欢天喜地地穿到身上，并且对那位亲戚心怀感激。时光过去20年，她年近40，依然是个被人怜悯、受人资助的角色。一位电影明星曾经说过：幸福是帮助别人，而不是受到别人的帮助。按照这种观点，现在的她是个顶顶不幸福的人。

转眼又到了爱人做化疗的时间，有这20万元垫底，秦美丽很潇洒地打了辆出租车，将爱人与自己载到了火车站。娘家的房子还没有卖掉，孩子依然送到了娘家，并且秦美丽给婆婆留下1000元钱。婆婆的脸一下子舒展了。秦美丽说："妈，我不是个不孝顺的人，我就是穷。因为穷，所以显得不孝顺。"

化疗期间，秦美丽依旧陪爱人到宿舍区找那些长期化疗的人聊天，人群里消失了很多老面孔，增添了很多新面孔，那些新面孔里还有七八岁的孩子。那些消失了的，都是死亡了的。新增的都是新患病的。秦美丽的心情无比沉重，生命看起来无比重要，如若消失，也是无比简单。爱人现在的病也许没有大问题，可是难保以后不出问题。就是她自己，今天好好的，明天说不定就会遇到车祸死去。如果他们就此死去，回顾短暂的一生，除了还贷，就是节衣缩食。工作、挣钱、还贷、一日三餐，是全部的生活内容，这样的人生有何乐趣可言？

幸好有这 20 万元，13 万元还爸爸、哥哥，7 万元还银行贷款，剩下来的人生应该有一些乐趣的。可是这 20 万是她的吗？她能花吗？

那个念头又在脑海中闪现出来。秦美丽摇摇头，将它快速地摇走。

化疗结束，回到家里，秦美丽看到丁龙一给她买的衣服被剪碎了丢在沙发上。秦美丽大叫起来："谁干的？谁剪的？"

家里边只有婆婆，除了她还有谁。可是婆婆说："不是我，我不知道。"

秦美丽泪眼婆娑，冲着婆婆大喊："你能叫我开开心心过两天日子吗？"

婆婆说："一个女人顶顶关键的是廉耻。"

秦美丽逼到婆婆的脸前，说："我从来没有做过对不起你儿子的事，从来没有嫌弃过你儿子。"

婆婆说："天上哪有掉馅饼的。你不做丢人的事，那男人凭什么给你买这么贵的衣服，还送你到小区门口？你别以为我老太太是瞎子。"

"你这个老太婆。"秦美丽用手抓着头，"你什么都不懂。"

婆婆指着秦美丽的脸大叫："秦美丽，我告诉你，你一天是我家的儿媳妇，一天就要遵守妇道。我们家祖祖辈辈没有出过丢人现眼的事情。"

秦美丽跌倒在沙发上，有一种心神俱焚的感觉，她盼望这个世界快快爆炸，盼望着这座楼快快倒掉，盼望着所有的人包括她自己快快死去。

爱人把手放在她的肩头，爱人说："美丽，我相信你。"

秦美丽的眼泪呼地一下子出来，说："你相信我有什么用，光我们夫妻感情好有什么用？回家的路上，我已经算过账了，剩下的钱不能支撑以后的化疗了，还要还贷款，还要过日子。我哥做生意赔了，我爸要卖房子替我哥还钱。我借我爸、我哥 13 万元钱，我哪辈子还得上？"

爱人说："美丽，不哭，美丽，都怨我。"

"要不，"秦美丽扬起脸来大声道，"我爸都卖房子了，要不我们也卖房子吧。"

爱人的脸都白了，说："美丽，那怎么行。我们什么都没有，只有这一套房子，将来能够留给女儿的也仅仅是这套房子。"

"你们是在挖苦我，是不是？"婆婆道，"你们嫌我没有房子卖，你们嫌我什么都不能留给你们，是不是？"

12

那个念头说出来，便成为必须付诸行动的事实了。秦美丽与爱人进行了一番长谈。她先将茶具与银行卡拿给爱人看，告诉他与丁龙一交往的始末，秦美丽说："你绝对要相信我，我没有做任何对不起你的事情。"

爱人说："我肯定相信你。我知道艺术家都很怪的，我曾经在报纸上看到一个艺术家整天在家里打着伞，还有个艺术家十几年不跟外人说话，还有一个艺术家喝自己的尿，还有个艺术家天天搂着猪睡觉，说是什么行为艺术。"

秦美丽"扑哧"一声笑了，说："我就知道这个世界上最了解我的人是你。"她又说起卖房子的打算，她们现在的房子市场价60万元，银行的房贷还有16万元，他们卖了房子，还上房贷，还上借的爸爸、哥哥的钱，然后留下治病的钱，剩下的二十几万在市郊买一处小一点房子，她到网上查了，二十几万能买上房子的。

爱人叹口气说："如果房子卖了，这几年的苦咱们就白吃了。"

秦美丽说："哪能是白吃。这几年房价翻了一倍，不吃这些苦，哪能凭空得这30万元。"

爱人说："得病后，我经常想，如果不买这房子，我兴许不会得这个病。买了房子之后，天天感觉压力很大，不敢休班、身体不舒服了不敢去医院，不给你买新衣服，不领孩子出去玩，吃的除了青菜还是青菜。就是因为这些压力才得这个病的。可好，一下子十几万又没有了。"

秦美丽说："医保不是能报销吗？单位也能报销一部分，治病花不了多少钱的。再说，事情已经发生了，就不要多想了。"

爱人说："只是给孩子留不下什么了。"

"谁说留不下什么，等孩子长大后，那套二十几万的房子可能就四十几万了。"

主意一定，生活又展现出希望。秦美丽只后悔早没有想到这个，白白地受了几个月的煎熬。她先将银行卡还给丁龙一，并且给了丁龙一一张一万元的欠条。丁龙一将欠条撕得粉碎，说："是我主动给你买的衣服，又不是你跟我要的。"他把银行卡往秦美丽手里塞，秦美丽说："给我点自尊好不好？"

丁龙一说："这才像你说的话。这才是一个作家说的话。"

秦美丽十指轻轻跷起，轻轻缓缓地说："谢谢你喜欢我的文章，不久，你又会看到我的文章。"

接下来就是找卖房子的广告，看房子。要买的房子没有相中，来买她家房子的却络绎不绝。秦美丽家的房子临近市重点学校，好卖得不得了，有人直接拿了60万元的支票到她家看房。可是没待秦美丽将支票接到手里，婆婆就大声嚷道："不卖，不卖，我们的房子不卖。"

秦美丽说："妈，我都跟你儿子商量好了，不卖房子，家里就没法过了。"

婆婆说："我不管，我还想死在这里呢。你想卖房子，除非我现在就死。"说完，婆婆竟然躺到地板上。

秦美丽只好将那人打发走，那人还给秦美丽留下手机号码，说："改变主意后及时通知我。"

秦美丽转身回家，地板上早不见了婆婆的踪影。她气得打婆婆一巴掌的心都有了。

婆婆拿着个小包从卧室出来，她到沙发上坐下，叫秦美丽与爱人，说："给你们看样东西。"

秦美丽不过去。爱人硬将她拉了过去。婆婆将小包打开，小包里是个锦缎盒子，她又将盒子打开，一对玉镯出现在两人面前。

婆婆说："我本来想死后再给你们的。现在看你们困难，就提前拿出来了。"

婆婆告诉秦美丽，她的祖上是满族，曾在皇宫当过差，家里有几件宫里带来的东西。她手上的这副玉镯是妈妈的妈妈的妈妈……传下来的，是正经八百的古董。

婆婆说："把它卖了吧。不用卖房子了。"

秦美丽与爱人都呆住了。爱人说："怎么没听你说过?"

婆婆说："我就想看看你们兄弟几个谁孝顺，谁孝顺我就给谁。"

秦美丽说："妈，我也不孝顺的。"

婆婆说："你底子是好的，是孝顺的，就是买房子买穷了，买房子前你对我很好的。"

爱人说："妈，照这规矩，玉镯应该给我妹妹的。"

婆婆说："不给她。她们都不肯叫我到家里住的。上次美丽给我1000元钱的时候，我就想给你们了。"

秦美丽将玉镯子接在手里，两口子高兴得一晚上没睡着觉。

第二天秦美丽给丁龙一打电话，请他帮忙估一下玉镯的价格。丁龙一带秦美丽去了一家古董行，老板将玉镯细细地看了，兴奋地说："这是一件好东西。"

老板出价 45 万。丁龙一要他再加 10 万，一会儿的工夫，55 万元的支票到了秦美丽的手里。秦美丽感觉整个人飘了起来，她立刻要丁龙一带她去银行，将钱取出来存在自己的名下，然后就写了提前还贷申请。接下来将 13 万元还给了爸爸、哥哥。一天时间内，所有的事情办完，秦美丽成了一个没有欠款的轻松人、自由人。秦美丽大声地唱起歌来。

丁龙一说："好了好了，别唱了，唱得太难听。"他送秦美丽回家，打开了车厢的音响，这一次不再是古筝、古琴曲，而是一首现代歌曲：高板凳矮板凳都是木头，他大舅他二舅都是他舅，走一步退一步等于没走……

秦美丽按住音响，说："什么，他唱什么？"

丁龙一说："走一步退一步等于没走。这世上有多少人走一步又退一步。你收了我的银行卡，又退了我的银行卡，不就是走一步，退一步？"

秦美丽说："退一步，也许更好。"

回到家，秦美丽将事情全部告诉了婆婆，并且将剩下的钱给了婆婆，婆婆说："我一个老太太要那么多钱干什么，你留着给我儿子治病吧。"

秦美丽说："你儿子治病花不了这么多钱的。"

婆婆说："那你就替我保管。假如那些孩子孝顺，我死后你替我分两个给他们；假如他们不孝顺，这些钱全部是你的。"

秦美丽搂住了婆婆，亲亲热热地喊了声妈，秦美丽说："您真是我的亲妈。"

红酥手

1

南方的景致对牟经年有着致命的诱惑。

一觉醒来，牟经年将目光投向窗外的田野、村庄、树木还有那轮泣血一般的太阳时，呼吸一下子停止了。他将头抵在车窗玻璃上，双眼随着火车的行走飞快转动，一洼一洼的碧水、袅袅上升的水汽、白纱一般的渔网、仿佛水洗过的绿色植被、黑白相间的农家二层小楼、蜿蜒水道上停泊或是行驶的乌黑船只……曾经在书中看到或是梦中闪现的情景一下子汹涌繁复地呈现在牟经年的眼前，他竟然透不过气来了。

坐在牟经年对面的是对小情侣，女的本来睡在上铺，牟经年睁开眼睛正看到她从上铺往下转移，光着的小脚白藕一般在铺位上一点，人就躺了下来。她是极瘦弱的一个女子，胳膊、腿仿佛无肉，躺下后，两块胯骨就从牛仔裤上凸现出来。女的刚刚躺下来，她的男朋友就压上去，男朋友身体健壮，牟经年担心他会压断女人的骨头。然而他的担心明显是多余的，两个人看上去是那样快乐，挨挨磨磨、上上下下做出诸般动作，牟经年的眼睛实在无处可放，就投向了车窗外的风景，一看才知道，南方到了。

小时候，父亲跟牟经年讲：他们的祖上是云南人，宋朝或是明朝时期，被官兵押着到山东半岛垦荒。族人的小脚指甲全都裂成两半，那是祖上长途跋涉留下的印痕。牟经年脱下袜子看自己的小脚指甲，果然裂成不规则的两半，再看父亲的，也是不规则的两半。牟经年的南方梦就是从那时候开始的，他认为自己的故乡或是心灵家园在南方，在树木繁盛、百花锦绣、流水遍野的南方。

　　牟经年的父亲是位中学教师，喜欢唐诗宋词，在他的熏陶下，牟经年背熟了几百首唐诗宋词。牟经年自小喜欢书法、绘画，初中一年级就在家里摆开书案，帮村里人写对联。初中二年级的时候，他突然迷上吹箫，村里唯一有箫的人家曾经是个屠户，许是犯下太多血案，得了肺癌，失去拿屠刀的力气，日日坐在太阳底下吹箫。那箫声一下子吹进牟经年的心里，使他想到了"春水碧于天，画船听雨眠"，想到了"轻罗小扇白兰花，纤腰玉带舞天纱"，想到了夕阳下浣纱归来的妙曼女子。牟经年不顾家人反对，跟着屠户学吹箫。他将箫贴到嘴上，感觉自己就在南方的小桥边，就在南方的流水旁，就在南方的碧竹里，他就是一个身材修长、衣袂飘飘、风流倜傥的南方男子。

　　到南方去，一直是牟经年的梦想。但是他一直没有机会。初中毕业牟经年报考了南方的一所中专，录取他的却是济南的一所学校，毕业又被分配到济南钢厂做了一名工人。牟经年过得一点都不快乐，他一点不热爱现在的生活，它离他的理想太过遥远。他理想的生活是什么？是在南方的柳荫下、花丛中吟诗作句，是在长江边的高楼里与朋友话别，是拿着折扇、穿着长衫四处游荡，是骑着高马踏着花香疾速行走。他是什么，他是明朝或是更远时代的一个书生或是富家公子。

　　令牟经年不快乐的原因还有一个，就是沈十姝。沈十姝是车间主任的千金，离了婚，在厂材料科做材料员。不知道为什么，相中了牟经年，一心一意要与牟经年谈恋爱。牟经年从未谈过恋爱，确切地说从未接触过女子，三五回约会下来就成了沈十姝的怀中之物。发生第一次关系的时候，沈十姝躺在他的怀里，眼里含着两滴清泪说："我是你的人了，你要对我负责。"

　　可是牟经年一点都不爱她。

红酥手

厂里人都认为牟经年攀上了高枝，一个农村孩子，在城市没有任何根基，被车间主任的女儿相中，是多少人求之不得的事情。虽说沈十姝大牟经年五岁，虽说沈十姝离了婚，但是她体态丰满，面目艳丽，衣着打扮十分新潮，与牟经年站在一起，倒显得比牟经年小一两岁。牟经年有什么理由不爱她呢。可是牟经年就是不爱她。牟经年享受不了她的丰满，他喜欢那种个头矮小、胳膊细细、腿细细、瘦得仿佛无肉的女子。

所以，当厂里将一个脱产学习的机会放到他的面前时，他毫不犹豫地一把抓在手里，别人都以为他求学是为了镀金，为了有个好的前程。只有牟经年知道，他求学是为了逃避，逃避工厂，逃避沈十姝。令他万分庆幸的是，学校在隶属无锡的一处小镇，啊，是有着小桥流水、碧草春色的梦中南方。啊，南方。

火车临近无锡站时，对面的男女停止了动作。男的收拾行李，女的坐在铺位上穿袜子，牟经年看她的脚掌窄窄细细的一条，竟然产生了要握在手里的冲动。他为自己的冲动感到惊讶，他从未主动对女人产生欲望的，眼前的这个姑娘，这窄窄细细的一只脚掌，竟然使他的心痒了。

他一直偷偷看那位女子，带着一种倾慕，带着一种暗恋。车到无锡站，女子站到了车厢走道上，突然展脸舒眉，对牟经年笑了一下。

牟经年的心一下子开了。南方到了，新生活开始了。

按照通知书上的提示，牟经年没有出站，他换了一个站台候车。等了三十分钟，一列挂着十几节绿色车厢的火车驶入车站。牟经年提着行李踏入车厢，视线一找到落脚点就呆了。木质的光滑的仿佛浸着油的发亮的长椅，四角镶着的黄色的带花纹的木质窗框的车窗，半个巴掌宽的木条拼成的踩起来一颤一颤的地板，眼前的一切分明就是电影中的情景。天呀，这样古老、美好、浸满岁月痕迹的景致怎么就出现在自己面前了？

车厢里没有乘务员，也没有广播通报站名，每到车站，旅客自己打开车门下车，最后一名上车的旅客，随手关闭车门。火车驶过三个小站，才有一名胳膊上戴着"列车长"袖章的人查验车票。查到牟经年时，牟经年说："到桃叶渡。"列车长抬眼看了他一下，说："北方人，欢迎你。"火车每十分钟停一次，停第十次时，车站候车室上方的"桃叶渡"三个字映入牟经年的眼帘。牟经年的目的地到了。

早有学生会的人在站台等候，其中一个高个子男生举着一块写着"无锡钢铁企业职工进修学校"的牌子。牟经年一下车，就有人过来提他的行李。牟经年问："你们怎么知道我是学生？"

那人笑，说："我们是老生，谁是学生谁不是学生一眼就能分出来。"

又十几名学生下车，一帮人提着行李出站，上了一辆蓝色的中巴车。中巴车沿着被绿色植被遮蔽得密密匝匝的水泥路前行，走了十几分钟的时间就见一名瘦小的女子站在路中央冲汽车招手。

那名举牌子的高个男生叫司机停车，说："这也是我们的学生。"

车门打开，女子跳了上来。牟经年一看，竟然呆了一下，这分明就是火车上的女子，小巧的脸蛋下是叫他一见倾心、过目难忘的细细的胳膊与细细的腿。

高个子男生说："昨天刚来学校，今天就出去瞎逛。"

女子说："本来想帮你们接新生的，可是没有赶上汽车。"

牟经年大着胆子问："你是昨日到无锡的吗？"

女子看都不看牟经年一眼，说："是呀。从宁波过来的。那雨下的，下了一路的雨，那雨下得，下得真大。"

满车厢的人都被她奇怪的语言组织方式逗笑了，牟经年的心"突"地松了下来。

2

牟经年的同学来自全国各地，新疆、山东、湖南、湖北还有地处河套平原的包头、呼河浩特等。牟经年最不能接受河套平原的女生，她们无一例外的身材丰满、眉眼浓烈，偏偏又喜欢涂鲜红色的口红，穿紧绷绷的或是仅到屁股下一寸的裙子与裤子，牟经年看到她们就感到窒息。

牟经年喜欢来自江西、浙江的女子。这一带的女子瘦弱、瘦小，个头超过160的都很少。她们皮肤白净、眉眼细细、胳膊与腿瘦得仿佛无肉，牟经年就喜欢这样的女子。他经常趴在寝室的窗户看这样的女子经过，如果天在落雨，如果恰巧有人在放音乐，牟经年就感觉自己是头戴方巾、身着长袍、手拿折扇、正在雨中漫步的书生，那些在缥缈细雨中行走的女子就是走出绣楼、漫步烟雨的富家小姐。

牟经年很快忘记了沈十妹，他甚至不给沈十妹回信了。沈十妹的信每星期一封，诉说着对牟经年的思念，告诉牟经年，她辞职了，跟着一个同学做生意。她信中的每一个字都令牟经年心烦，沈十妹就是生活在滚滚红尘中的女子，粗糙着庸俗着，烟熏着火燎着，被物欲、口欲、情欲裹挟着健步向前，她丝毫没有感觉那样的生活无聊、无趣，反而乐在其中，如同战士一般，骑在马上斩棘前行。这样性格的女子怎能容忍牟经年的冷落，第一学期没待结束，沈十妹就来探亲了。当她手戴金光闪闪的手镯，脚蹬缀着银边的羊皮鞋，拖着黄色的牛皮旅行箱出现在操扬时，正在上体育课的牟经年差点晕过去。

晚上，两人住进旅舍。旅舍的主人要求出示结婚证，说是派出所夜查得厉害，如果没有结婚证，他们会被当成妓女与嫖客抓起来。沈十妹一听"妓女与嫖客"就笑起来，手指伸进牟经年的手心，狠狠挠了他一下。牟经年悄悄说："我们哪来的结婚证，还是各自睡各自的吧。"

沈十妹头附到他肩上，热呼呼的气息吹进他的耳朵眼，说："难道你不想？快半年了，难道你不想？"

沈十妹找到校办公室的一位老师，不知道用了什么法，开了一张牟经年与沈十妹已经结婚的证明。旅舍主人立刻给他们开了二楼的一个房间。房间里摆着两张床，靠外墙是扇硕大的窗户，站在窗边，牟经年有种要掉下去的感觉。但是他特意拉开窗帘，洞开了窗户往外瞧，层层叠叠的黑色小瓦片，高高低低的二层小楼，飞檐上站立的鸟兽，正正方方小院中圆形的花池，汪汪碧水上的几片荷叶。牟经年的心都要醉了，神思又恍惚起来。沈十妹摸了过来，牟经年毕竟才二十三岁，此时的身体由不得他做主了。

床显然过于陈旧，一晃便发出咯吱咯吱的声音。可是这声音压不住沈十妹的叫声。沈十妹的叫声太大了，牟经年一次一次捂她的嘴，竟被她狠狠咬了一口。牟经年身子一挺，头抬起来，无意中看到窗户依旧没有关，漫天的星光，重重叠叠的房屋，若隐若现的灯光流水一般泻进眼内。而身下的沈十妹面目扭曲、叫声响亮，牟经年一下子软了，眼泪默默地流出来。这样的美景，在今夜，被他与沈十妹糟蹋了。

牟经年知道自己完了。他的心里已经装了一个人。越与沈十妹在一起，那人的影子在他心里就越发的明晰。是夜，他梦到了那个女子，那个胳膊与腿仿佛无肉的女子，他将她拥在怀里，手伸进她的衣服内，摸到的是如同鸟喙一般小小的乳头。

牟经年心里装的人就是站在马路中央拦车的那位宁波女子，她叫郑小秋，班级就在牟经年的楼下。第二日上学，牟经年竟然害怕遇到郑小秋，他感觉自己与沈十妹的交合伤害了郑小秋，虽然他从未对郑小秋表白。

还好，一直到沈十妹离开学校，牟经年都没有遇到郑小秋。直至一个星期后，两人在文学社相遇。

学校要举办"文艺汇演"，要求"文学社"出一个节目。大家推举郑小秋演出。因为郑小秋喜爱京剧，上学前经常在单位演出。牟经年觉得郑小秋会羞红了脸推辞。哪知她一口应允下来，并且扭身、漫步、飞眼，跷起兰花指说道："小女子年方十八，正青春被师傅削去了头发。"

大家拍掌叫好。牟经年也看呆了。社长要求郑小秋的演出必须贴近学校生活。郑小秋说："让我演不难，但是得有人写出剧本。"

写剧本有什么难的，文学社的人就擅长舞文弄墨。社长分派任务时才发现找个写京剧剧本的人真的很难，文学社的人不是写诗歌、散文就是写小说，写作路数与京剧剧本相差甚远，况且这些人的古诗词修养差得很，几行字写下来，不仅不美，还像白开水一样平淡无味。看着社长发急的面孔，牟经年说："我试试。"

大家瞪大眼睛看牟经年，牟经年一直负责给社报、社刊画版、画插图，从未写过一篇文章。社长问："你行吗？"

牟经年说："我觉得行。"

"先写几句看看。"

牟经年想了一下，拿笔在一张纸上写下：看那春深似海柳绿花红，听那风吹雨急芭蕉醉倒，愁那蕊寒香冷秋雁望断，苦那腊月待枕积雪盈窗，盼那雌燕衔泥桃吐新绿，喜那云开日出榜上题名。

大家纷纷叫好，写剧本的任务就交给了牟经年。

不到一个星期，牟经年将剧本写好，写的是一名男生在食堂买饭插队，遭到一名女生的批评。社长本意要他写郑小秋独自演出的剧本，他要了个心眼，特意加了一名男生，由此郑小秋的独唱就变成两人对唱。那么这个男生由谁演呢，文学社的男生没有人会唱京剧，牟经年说："我来演吧。"

社长问："你会？"

牟经年说："跟着郑老师学，没有不会的。"

既然剧本已经写好，既然牟经年有勇气学习京剧，社长就答应了他的请求，命令他们加紧练习，三个星期后上台演出。

牟经年有了与郑小秋近距离接触的理由。郑小秋认认真真地教牟经年如何吊嗓，如何发声，如何抛眼神，如何移动步伐，免不了要手把手传授，小小的一双手握住牟经年的手腕，嗓子里的气息一节一节吐到牟经年的脸上，有时候瘦瘦小小的一个身子就贴到牟经年的身体上了。每每这个时候，牟经年都要心旌摇荡，神思恍惚，他感觉自己就是古时的书生，正站在花架下吟诗诵词，而郑小秋，就是那美妙可人的添香红袖。

三星期后，两人上台演出。有郑小秋撑台，演出还算成功，台下回报他们不太稀落的掌声。是夜，牟经年请郑小秋吃饭，理由是：庆祝演出成功。

吃饭地点选在一家专卖小笼蒸包的店，牟经年要了三笼蒸包、一盘炒螺蛳、一盘炒年糕、一盘雪里红炒肉丝，都是地地道道的南方家常小菜。两人边吃边聊，牟经年才知道郑小秋是个弃儿，一出生就被亲生父母丢掉，换了两户人家才长成现在这个样子。郑小秋伸出细细的胳膊给牟经年看："为什么这么瘦，是因为营养不良。"牟经年没想到郑小秋的身世这样凄苦，她竟然不是大户人家的小姐，而是从未见过亲生父母的孤苦女儿，如若在古时，她只能是村里浣纱的女子或是大户人家的丫环。可是这又有什么呢？牟经年问自己，这又有什么呢？这能影响他对她的倾慕与爱吗？

吃完饭，俩人沿着街道闲走，在桥边遇到一名男子吹箫。此时夜色浓烈，路灯隐在柳树丛里，晕黄的灯光正好映到吹箫男子的身上，男子细细的身子靠在桥栏上，双目微含，吹得入神。桥下的河中停着一艘船，船主手扶长篙，立在船头静静倾听。牟经年心里"呀"的一声，这分明就是梦中的情景，何德何能在现实生活中遇到。

身边响起轻轻的啜泣声，牟经年回头，看到郑小秋泪流满面、呜咽出声。牟经年如何受得了这份揉搓，不管不顾地将郑小秋的手抓在手里。那是多么小的一只手呀，薄薄的、瘦瘦的，如同一片小树叶搁在他的手心里，需要用心才能感觉到它的存在。牟经年心中的那份痛楚无法言说，将郑小秋牵到无人处，小心翼翼地将她的手举到唇边，印下轻轻的一吻。

放暑假，牟经年才知道他对郑小秋的感情有多深，他竟然等不到开学那一天。他寻了理由，告别沈十妹，坐上火车来到宁波。

到了宁波，牟经年才知道自己没有郑小秋的联系方式。这个偌大的城市藏着他心爱的女人，可是他找不到她。牟经年却一点不难过，他在城市的街道慢慢行走，闻着郑小秋闻过的空气，想象着这个地方小秋来过，这个地方小秋出现过，内心充满了幸福。

很自然地，再见面时，牟经年与郑小秋拥抱在一起。郑小秋小小、瘦瘦的身子贴在牟经年的怀里，仿佛一用劲就会折断。牟经年小心地抱着，唯恐碰坏她的某个部位。他的手指伸进郑小秋的衣服，沿着仿佛直接覆在骨头上的光滑皮肤缓慢移动，终于，终于，他摸到无数次在梦中，在想象中出现的鸟喙一般小小的、硬硬的乳头。牟经年"哦"了一声，喉咙里发出一连串模糊不清的声音……

可是牟经年无法进入郑小秋的身体，试了几次都没有成功，及至最后，他不敢试了，怕再试，会将郑小秋折断的。

这并没有影响两个人的感情，他们爱得如胶似漆，开始是偷偷摸摸的，半年后，就成双成对出行了。

毕业很快来临，学校组织毕业文艺汇演，郑小秋提议与牟经年演一出《钗头凤》，因为她喜欢极了《钗头凤》的词句。"红酥手，黄滕酒。满城春色宫墙柳。东风恶，欢情薄。一怀愁绪，几年离索。错、错、错"，真是美得叫人说不出来的欢喜。演出之前，两人各自化妆，郑小秋出现在牟经年面前时，牟经年一下子呆了，天呀，心肝、宝贝、肉尖尖，这哪里是人间的女子，这分明就是天上的仙子。

牟经年率先出场，唱道："常记东园按舞时，春风一架晚蔷薇。樽前不展鸳鸯锦，只就残红做地衣。"

……

郑小秋出场，两人四目相对，深情唱道："春如旧，人空瘦。泪痕红浥鲛绡透。桃花落，闲池阁。山盟虽在，锦书难托。莫、莫、莫。""世情薄，人情恶。雨送黄昏花易落。晓风干，泪痕残。欲笺心事，独语斜。难、难、难！"牟经年看着郑小秋的那双美目，眼泪哗地涌出来，心都要碎了。

台下响起清脆的掌声，是独自的恶作剧般的掌声，牟经年循声望去，看到沈十姝傲然站在坐着的同学当中。

寝室里面一片碎纸，牟经年的《古文观止》《宋词精选》《唐诗译赏》全被沈十姝撕得粉碎，她说："满嘴的淫词秽语，一肚子的男盗女娼。我给你钱，给你买衣服，想办法安排你毕业后的工作，拼命挣钱为我们将来的生活打基础。你却在这里偷腥，在这里与别的女人谈情说爱。"

天呀，天呀，这是一些什么话呀。牟经年是决定与沈十姝分手的，以前他不敢说，看到沈十姝的红唇，他就感觉千言万语不敢说出口。现在他敢了，是的，他敢了，他一定要与沈十姝分手。

可是，沈十姝说："你跟我分得了吗？我怀孕了，如果你想叫你的儿子没有父亲，你就与我分手。"

3

分手的是牟经年与郑小秋。

牟经年连毕业典礼都没参加，就随沈十妹回了北方。他不知道自己为什么不能够忤逆沈十妹，是的，没有比"忤逆"这个词更合适了，他总是在没有见到沈十妹的时候信心百倍，见到她后勇气全无。

牟经年将额头抵在车窗玻璃上，渴望能够在长长的站台上，在送别的人群里看到郑小秋，可是直至火车驶离站台，他也没有见到郑小秋的身影。

牟经年的心被撕成了一片一片，心碎的感觉就是如此，他想到他们毕业演出的剧目，为什么偏偏选择《钗头凤》，似乎选定这首剧目，就意味着一生的别离。

牟经年泪落纷纷。沈十妹坐在他的对面，可是他不管不顾了，他就守着她泪落纷纷。他以为沈十妹要发火，要训斥他。可是沈十妹只是叹了一口气，将头扭到了一旁。

又是一觉醒来，窗外已是成片成片平整的土地，没有水洼，没有油菜地，没有黑白相间的二层小楼。也有河流一晃而去，但是宽阔的河面上没有船只行驶。

北方，牟经年回到了北方。南方，如同书页，在他的生命里翻了过去。

牟经年调到钢厂工会上班，他的诗词书画派上了用场。所有人都知道牟经年托了沈十妹的福，沈十妹的父亲已经由车间主任升任为副厂长，沈十妹跟着同学做房地产生意，攒下了丰厚的家当。最关键的是沈十妹很爱牟经年。厂里人都说："不知道牟经年上辈子修了什么福，攀上了这么一个达门望族。"

牟经年以为沈十妹会逼他结婚。可是沈十妹偏偏不提结婚，她的肚子已经凸显出来，她就那样挺着肚子在钢厂家属区，在马路上晃来晃去。等到孩子六个月的时候，牟经年自己沉不住气了，跟沈十妹说："咱们结婚吧。"

于是就结婚了，于是孩子就生下来了。牟经年才知道沈十姝的生意有多么忙。坐月子的时候，也是电话不断，孩子刚出满月，就请了保姆，自己上班了。

与沈十姝的忙碌相比，牟经年清闲得有些不像话。工会里所有的人都敬他三分，除了工会主席，没有人指使他干活。他拥有单独的一间办公室，常常一整天一整天没有任何工作，如果不读书，年经中就铺开纸张画画或是写毛笔字，他的一天就要在发呆与无聊中度过。下班回家同样无聊，沈十姝请了两个保姆，一个看孩子，一个做家务，每每回家都有两个穿着干干净净的旧衣服的中年妇女等着他，家具、地板、窗玻璃、器皿被擦得一尘不染，饭菜也符合牟经年的口味。吃过饭后，牟经年陪孩子做会儿游戏，就跑进书房读书、写字、画画或是发呆，直至夜间十点，洗漱完上床睡觉。

常常是一觉醒来，才见沈十姝侧身躺在床的另一侧。生了孩子之后，沈十姝突然变得肥大，腰围竟然超过了牟经年。并且她开始打鼾，低沉的有规律的鼾声随着身体的起伏一声一声传进牟经年的耳朵。往往，牟经年醒来后很长时间难以再次入眠，他坐起身，在微弱的光线里看着沈十姝肥大的身体，听着她的鼾声，感觉一阵又一阵悲伤。

有一次夜里牟经年又醒来，竟然没有看到沈十姝，这令他非常奇怪。他披衣下床，看到晕黄的灯光从客厅透进来。他来到门边，将门开启成小小的一条缝，透过那条缝，他看到沈十姝坐在客厅的沙发上一边抽烟一边掉泪。

牟经年万分惊讶，在他的印象中，沈十姝从未示过弱、流过泪，她一直是自信的，一直是成功的。可是今夜她为何如此伤心落泪。

孩子五岁时，牟经年突然迷上上网，他将大量时间泡在了聊天室、论坛以及各种各样的网站里。钢厂的办公电脑不允许接通互联网，牟经年就买了笔记本电脑，买了无线上网卡带到办公室上网。

工会的女孩教牟经年QQ聊天，说是通过QQ可以跟全球的人交流。牟经年的心突然动了一下，全球的人，包括郑小秋吗？

牟经年有太长时间没有联系郑小秋了。那场毕业演出后，他再没见到郑小秋，再没与郑小秋通过电话。郑小秋在他的毕业纪念册中有留言的，留言上贴着她的照片，还有联系电话。牟经年从未打过一个电话。他怎么有勇气、怎么有脸给郑小秋打电话。

倒是有郑小秋的消息陆陆续续传来，她结婚了，她又离婚了，她生病了，是很厉害的红斑狼疮。可是她又结婚了。

这些消息令牟经年心惊肉跳，那个瘦得仿佛用力一抱都会折断的女人怎么会如此坎坷。这些恶运都是他带给她的吗？她的离婚是因为心里装着他，所以与丈夫关系不好吗？生病是因为咽泪装欢，郁闷愁怨，导致病魂似秋千索挥之不去、斩之不断吗？"人成各，今非昨。病魂常似秋千索。角声寒，夜阑珊，怕人寻问，咽泪装欢。瞒、瞒、瞒！"牟经年的耳边响起郑小秋凄婉的声音，眼泪纷纷而下了。

潜意识里，牟经年是希望郑小秋主动与他联系的。唯有她的主动联系，他才有勇气面对自己当年的懦弱与逃离。

每次登陆QQ都有人申请加牟经年为好友，起初只要有人申请，牟经年就点同意，聊了一段时间牟经年发现加他好友的人大凡心怀寂寞，不是想发展一点婚外情，就是喋喋不休地诉说心灵的孤独。牟经年不是一个善于倾听的人，相反，他想找个人听听他内心的寂寞与孤独，所以牟经年不再随随便便加好友。

有一天，吃过晚饭，保姆带着孩子到楼下玩耍，牟经年打开电脑，登录QQ，桌面右下角的小喇叭立刻发出咳嗽的声音，牟经年点击小喇叭，又是有人申请成为他的好友。牟经年本想点"拒绝"，一看那人的名字，心忽地跳了一下，"沈园相会"，那人的名字叫"沈园相会"。沈园不就是陆游与唐婉相会的地方吗？不就是他们满怀凄楚，满怀不舍，满怀难以表述的深情，挥笔写下《钗头凤》的地方吗？牟经年的耳边环佩之声传来，他的心都要抖了，他的心都要颤了，慌忙按着鼠标，点下"同意。"

打开对话框，牟经年发去三个问号，那人久久没有回复。久久，对话框内才显示：对方发送文件，请接收。牟经年按下接收。是个视频文件，打开，天呀，竟然是独幕话剧《钗头凤》。不及看完，牟经年就急急忙忙问："小秋，你是郑小秋吗？"

那人久久没有回复，久久才打出五个字："我是郑大秋。"

牟经年的眼泪出来了，他飞快地打字："我知道是你，我知道，你就是郑小秋。"

忽的一声，云散天开，牟经年的生活一下子充满生机，一下子生趣盎然起来，其实表面看来与往常没有任何两样，还是上班，还是下班。可是牟经年的内心变了，他的内心充满了无穷无尽的东西，他看到了钢厂机关楼前有个很大的花池子，池子里开满了鲜花，红的、黄的、粉的鲜花争芳斗妍，落满大的小的公的母的辛勤的小蜜蜂。他看到了蓝的天，白的云，每天对他笑脸相对的同事……啊，生活原来可以如此美好，生活原来可以如此称心如意。

每天晚上，坐在电脑前面，牟经年都要将一天的所见所闻所感所想告诉"沈园相会。"大部分时间"沈园相会"不在线，但是她会及时给牟经年留言，这使牟经年没有感觉他在对着空气说话，在对着虚无说话，他感觉自己确确实实在跟郑小秋说话。有时候会遇到"沈园相会"在线，这样的时候，牟经年反而无话可说，他们就一起听《钗头凤》。一遍一遍地听，一遍一遍地听，直听得满怀凄楚，泪流满面。

一年时间过去，牟经年不再满足这种网上交流，他迫切地想见郑小秋，迫切地想将她抱进怀里。他与沈十姝已经很少有性生活了，沈十姝失去了做爱的兴致，而他从未主动对沈十姝产生过欲望。可是现在，他急迫地想与郑小秋交合，仅仅想想郑小秋的胳膊与腿，牟经年就忍不住要胀大了。

他在 QQ 上留言：我们见面好吗？亲爱的小秋，我们见见好吗？

"沈园相会"久久没有回复，即使与牟经年同时在线，也不回复这个问题。她的这种态度倒使牟经年不敢急迫追问，心里的急却似万马奔腾。有次夜睡，牟经年梦到了郑小秋，他与郑小秋在金光闪闪的油菜花地里奔跑、欢笑、追逐、跌倒，他一下抱住郑小秋，他万般小心地抱着她，恐怕不小心，会将她的腰身折断。

梦到这里，牟经年醒来了，摸到了满身的汗水。回味梦中的情景，内心一片柔情、春情涌动。他悄悄下床，来到书房，打开电脑，登陆QQ，将梦中的情景告诉了"沈园相会"。末尾他说："如果不醒来，你猜我们会发生什么事情，现在我已经无法控制自己……"

上班的时候，牟经年接到郑小秋的电话。郑小秋说："我在火车站，过来接我。"

牟经年简直不能够接受郑小秋不打任何招呼、没有任何预兆地出现在他的面前，但是他还是高兴得有些缺氧，晕乎乎地开着车去了火车站。

在出站口，牟经年果然看到了郑小秋，那张脸还是郑小秋的，可是身子……牟经年不能够相信自己的眼睛，郑小秋也变得身材肥大，与沈十姝有得一拼了。

上了汽车，郑小秋高兴地张大嘴巴，说："年，你的车这么好。年，没想到你混得这么好。"

天呀，郑小秋怎么会如此说话。

郑小秋要牟经年拉她去一家宾馆，在大厅，她与一名中年男子碰头。牟经年请他们去茶座，他坐在一边听郑小秋与男子交谈。听了一会，牟经年听明白了，郑小秋在做某种保健品的直销，这位男子是她准备发展的下级代理商。郑小秋喋喋不休地介绍保健品的功效，冲粉剂，吃药片，解读说明书，三个小时过去，男子拿出八百元钱，买了郑小秋的部分产品，郑小秋给他填了张表，办了张卡，男子成为郑小秋的下级代理商。

送走男子，牟经年请郑小秋吃饭。郑小秋开始跟牟经年介绍产品，一副要将牟经年发展成下级代理商的架式。看着郑小秋一开一合的双唇，看着她瞪大的、几乎一眨不眨的双眼，看着她肥胖的、仿佛怀孕六七个月的肚子，百般的愁怨、千般的悲苦、万般的伤心，排江倒海般从牟经年的心头涌出，眼泪哗的一下从眼中流了出来。

"怎么了？你怎么了？"郑小秋终于停止介绍，诧异地问道。

"小秋，小秋。"牟经年声音颤抖着说，"这么多年没见面了，这么多年没坐在一起说话了，你为什么只讲你的产品？为什么不说说你的生活？为什么不问问我的生活？你对我讲的话跟对你的业务伙伴讲的话有什么区别？”

"好的东西就是要介绍给关系好的人。"

牟经年真是无语了，他低头念道："十年生死两茫茫，不思量，自难忘。千里孤坟，无处话凄凉。纵使相逢应不识，尘满面，鬓如霜。"

郑小秋笑了，说："年，你现在还吟诗作画呀。年，现在都什么时代了，人人都想着挣钱，人人都想着发财的时代，你还想着吟诗作画。年，你落伍了，你知道我现在的目标是什么吗？我现在的目标是月收入一万。我得了病，红斑狼疮，这个病在别人身上是没救的，去年住院的时候，医生都不救我了。你看我现在身体怎么样，不生病的人身体都没我这样好，知道为什么吗？因为我吃的这种保健品。"

牟经年简直要昏厥过去，他觉得天色暗淡下来，他觉得郑小秋影影绰绰地仿佛躲在云雾里面，他觉得耳边一片丁零当啷细碎的声音……他的身子瘫软下来。为什么会这样？为什么不见面是好的，一见面全都变了呢。

郑小秋是坐夜间的火车离开的，她没有买上火车票，牟经年也懒得替她买。火车站人多得一眼望不边，郑小秋一排到进站的人群里就被吞没了。看着密密麻麻、转来转去的陌生的人头，尖锐的疼痛袭上牟经年的心头。

十几分钟后，牟经年收到郑小秋的短信：车开了，人多得无处立脚。

牟经年咬了牙不回，心想：叫她受受苦也好，受了苦才会醒悟。

回到家，牟经年习惯地打开电脑，登陆 QQ，他一下子呆住了。"沈园相会"的头像是亮着的。现在的郑小秋正在火车上，那么，"沈园相会"不是郑小秋！

牟经年快速地打字："你不是郑小秋，你是谁？"

这一次，"沈园相会"很快回复：我是与你同城的女子。

对郑小秋的失望与绝望，使牟经年感觉到"沈园相会"的万般亲切，他将与郑小秋见面的事情告诉了"沈园相会"。

"沈园相会"说："我知道郑小秋来了。"

"你知道？你怎么知道？"

"你所有的事情我都知道。"

牟经年惊讶了，他问："你是谁？你认识我？"

"沈园相会"不说话。

牟经年打了一连串的问号，"沈园相会"还是不说话。

最后牟经年说："明天晚上见面好吗？"

见面地点定在一家茶室的"心远"房间。牟经年推门进去，看到沈十妹坐在里面。牟经年的嘴巴张大了，说："你就是'沈园相会'？"

沈十妹点点头。

牟经年掉头就走。

沈十妹在背后喊道："你从来没有问我为什么这样爱你？"

牟经年回过头。为什么要问她？他从来没有爱过她，为什么要问她为什么爱他？

沈十妹说："为什么明明知道你不爱我，你心里有人，我却爱你。你知道为什么吗？见到你的第一眼，看到你文文弱弱的样子，我就感觉我们曾经在前生相遇。前生，你就是落难的公子，而我就是住在绣楼的小姐……"

纷纷扬扬的雨雾从天空飘落下来，牟经年竟然不能够自持。他一直以为自己就是古时的书生或者公子，他一直在寻找那位满腔柔情、爱他至深的绣楼小姐，他一直在找，可是没有想到，她就在他的身边，她就是睡在他枕边的女人……

沈十妹办理了赴加拿大移民手续，她忙这件事情已经三年。牟经年知道她在忙这件事情，但是没想到会办理下来。在一个阳光初泻的早晨，牟经年带着孩子，跟在沈十妹的身后登上了飞往加拿大多伦多的飞机。

牟经年将头靠在舷窗上，看着身下大朵大朵的云团，看着若隐若现的山峰，看着沈十妹放在杂志上的两只胖手，第一次感觉自己不是书生，不是公子，自己只是滚滚红尘中的一名普通男子，一名扔进人群闪眼之间就会消失不见的普通男子。

牟经年闭上了眼睛，他这样的一个男子，能做什么呢，只能任由沈十妹推着、拉着、挟着、带着，在滚滚红尘中，在漫天黄土中一步一步，慢慢前行。

柳如荫

1

刘苏兰有一双金鱼样儿的大眼睛，纪有信不喜欢这双大眼睛，所以就不喜欢刘苏兰。刘明德对此不以为然，两人坐在书房喝茶，一边喝一边聊刘苏兰。刘明德说："我就喜欢大眼睛的女孩，水汪汪的，多美多机灵。"

纪有信说："可是刘苏兰的眼睛太大了。"

刘明德用手指了指纪有信："出问题的不是她的大眼睛，而是你。你不喜欢她，所以觉得她什么地方都不对。我就觉得她好，直率、透明、没有心眼，白开水一样，多好。"

纪有信摇头，转身拧开音响，舒缓的音乐流出来，是《平湖秋月》。这是他在泰安岱庙买的一张光碟。去年他到岱庙玩，诸多景致逛下来，突然就听到了《平湖秋月》，一声一声直逼心底。纪有信四处寻找，看到一级一级的台阶，层层叠叠的楼阁，朱红色的木头大门，大而圆的水红色太阳斜挂在雕着飞鸟走兽的屋檐上。纪有信的心缩成一团，眼泪都要流下来了，可是他不知道那音乐来自何方，转来转去地找不到。问了保洁员，才知道台阶上方有一家店，音乐是从店里传出来的。纪有信拾级而上，一步一步，仿佛去见前世的自己。台阶尽头，看到那扇朱红色的大门，门内，是反着亮光的玻璃柜子，摆着书、工艺品、香，还有光碟，一个女人入定一般，站在柜台旁边，盯着一缕阳光发呆。纪有信在光碟里面翻，问女人："放的什么曲子？"

女人醒转过来，说"平湖秋月"。她也在光碟里翻，手指碰到纪有信的手指，微微的一点凉。她拿起一张光碟递到纪有信手里，封面上一个长发白衣女子坐在树下吹箫，低眉垂目，纪有信分明觉得她在默默地看着自己，心突地一下子松了，一下子静了。

纪有信买下光碟向外走，店内一角的男子喊住他，男子坐在一张桌子后面，双目如炬，冲纪有信摆手，说："先生，送你两句话。"

纪有信知道遇到了算命先生，他不信算命的，可是还是停下了脚步，男子说："先生一看就是成功人士，不过，送你两句话：提防身边的女人。如果感兴趣，不防坐下，与你细说。"

纪有信哑然失笑，那时他身边还没有女人，何来提防。

此时，听着《平湖秋月》，纪有信又一次想到算命先生的话，他一下一下敲打着膝盖，想着身边的女人。刘苏兰自然算不上，虽然刘苏兰在追求他，她金鱼样的眼睛，他一看就不喜欢。身边的女人，柳如荫是吗？纪有信眼前浮出柳如荫的脸，弯弯的柳叶眉，细细的丹凤眼，小得似乎无法接吻的樱桃嘴，第一次遇到她的时候，直以为是画中走出的古代女子。偏偏她又喜欢颜色浓烈的衣服，宝蓝配深红，金黄配雪白，脖子上戴一块绿幽幽的水滴形玉坠。这种颜色穿在别的女人身上，只能用"艳俗"形容，穿在柳如荫身上，却是说不出来的诱人，说不出来的味道，说不出来的好看。

2

夜晚，纪有信梦到了柳如荫，柳如荫站在一个亭子里，伸出兰花指，对他娇滴滴地喊了一声："你呀，跟我来。"不是日常说话的腔调，倒像戏台上唱的曲子。纪有信抬腿跟她走，眼前繁花一片，繁花之下，一级一级的台阶，他一步一步迈过去、迈过去，烟花丛中，走得十分辛苦，却始终追不上柳如荫。

这个梦令纪有信十分懊恼，梦中所见，如同现实生活，他追柳如荫一年了，花了十几万元，手指却没有碰一下子。起先还有抱她、亲她的欲望，一年清淡下来，这些欲望慢慢消止了。甚至为曾经有这样的欲望感到羞愧。柳如荫是什么人呀，冰做的一个女人，玉砌的一个美人，怎容他这种俗念头玷污。有时候，他感觉柳如荫就是一幅画，他爱着，喜欢着，却始终隔着真实与虚幻的两个世界，永远不可能走到一起。

抱着试试看的念头，纪有信拨了柳如荫的手机，流水一般的音乐传进耳畔，是《春江花月夜》，古筝练习曲子。纪有信知道柳如荫在给孩子上课，这个时候，她通常不说话，但是不挂电话。她知道纪有信喜欢这个，是的，她知道纪有信的。他对她的喜爱，他对她的迷恋，她全都知道。她就用他的喜欢一丝一丝将他拉进更深的喜欢。音乐一声一声传进纪有信耳畔，纪有信口中念着"春江潮水连海平，海上明月共潮生。滟滟随波千万里，何处春江无月明……江畔何人初见月，江月何年初照人？"念着，念着，眼泪突地掉下来。

十分钟后，柳如荫的电话打过来，轻轻柔柔的一声"喂"，告诉他某某地方开了一家饭店，名字很好听：大红门，三层仿古建筑，门口与四壁挂满了红灯笼。

纪有信坐在沙发上，端着一杯茶发呆，温暖的阳光透过宽大的玻璃窗洒在他的身上，刚从衣橱拿出来的衬衣散发着清洁剂的味道，沙发旁一蓬富贵竹汪出一片绿色。纪有信有些恍惚，感觉柳如荫的声音就是天外之音，在这温暖、舒适、干净的环境里，飘进来的只能是天外之音。纪有信满怀欢喜，说："大红门，多好的名字，配你正好，晚上请你吃饭，可否赏光？"

"嗯，晚上有学生家长请。"

"求你……"

"嗯，好吧。"虽是请柳如荫吃饭，她答应下来，他却不胜感激。为什么会这样？因为喜欢她？因为喜欢她，就要这样低贱吗？

放下水杯，给刘明德打电话，刘明德责备他："那个女人不能再花钱了，她终究不是你的。是镜中花、水中月，始终不是你的。"

"可是，如果不请她吃饭，不花钱，连见面的机会都没有的。"

"你呀，你。"

"晚上，一起去，一起去，反正这样久了，也不想跟她单独在一起了。"

出门，纪有信去找"大红门"。在柳如荫说的那条马路上，果然看到三层仿古建筑，一溜的镂空雕花门窗，一溜的红灯笼。进屋来，是明清风格的桌椅，椅子上铺着大红缀金花的座垫，桌子上摆着描龙画凤的餐具，筷子的末端嵌着半指长的黄铜，勺子也是黄澄澄一片。屋子一角有个高台，放着一把古筝，虽然不是吃饭时间，仍然有穿着旗袍的女人坐在枣红色的圆椅上，对着一捧塑料花，投入地弹奏。

女子弹奏的水平不及柳如荫，但是纪有信的心还是水汪汪的一片，不问价格，叫来服务员，订下一个四人间。

柳如荫到饭店时，纪有信已经坐在包间喝了半小时茶，茶是金雀眉，泡在碧绿如玉的茶具里，也是柳如荫喜欢的。包间北墙上有扇窗户，窗外一个小小庭院，种着五六丛翠竹，风吹过来，嘻嘻唰唰一片乱响。纪有信想起读大学时的情景，大学校园里也种着翠竹，不是五六丛，而是密密麻麻的一大片，秀丽挺拔，长得比人还高。读书累了，他就与同学到竹丛游玩，背着手走来走去，念诵："竹径通幽处，禅房花木深。"有同学问："通幽处，通的是哪里的幽？"也有男生与女生，在月明星稀的夜晚，坐在厚厚的竹叶上面，谈情说爱，拥抱接吻。这些男生、女生里没有纪有信的身影，纪有信的身影是清冷的，是孤寂的，他觉得班里的女生都配不上他，那些喜欢大声说笑的女生，她们的胳膊、腿都不能入目。很多时候，纪有信拿着一本书在竹丛里行走，念那样的句子：人生若只如初见，曾记否，石桥上无意间的回眸，烟雨江南。他盼望一名古时的女子，穿着长衣，戴着环珮，转过竹丛出现在他的面前。他一直没有见到那样的女子，直至遇到柳如荫。

想到这的时候，房门"咔嚓"作响，先是一只玉手进来，腕子上一只墨绿的镯子嘀溜溜转了一圈，紧接着柳如荫的身子转了进来。宝蓝色的桑蚕丝衬衣，领口与后背缀着紫红色的小花，下身是黑色裙子，裙裾同样镶着紫红色的小花。头发在脑后挽了一个髻，插着一只挂着两串银链的钗子。纪有信直感觉一幅画站在自己的面前，耳边铮铮一片，感觉自己投在柳如荫身上的心血都是对的，给她花再多的钱、再多的钱、再多的钱都是值的。

没待柳如荫坐定，门口响起哗啦啦的笑声，纪有信的眉头一下子皱起来，单听笑声，他就知道刘苏兰来了。这个刘明德，叫谁不好，即使在街头随便抓一个陌生女子，也比刘苏兰强。

果真是刘苏兰，黄色的 T 恤衫，原白色的七分裤，齐刷刷一个马尾辫，套着黑色的皮筋。纪有信听说这种皮筋是用废弃的避孕套做的，心下十分厌恶，虎着脸对刘苏兰说："你怎么来了？"

说完，意识到柳如荫站在身边，慌忙换上柔和的神色，拉开椅子，招呼柳如荫坐下。

刘苏兰拉开椅子坐下，先拿起眼前的筷子，弹弹尾端的黄铜，敲了一下碟子，说："我不能来吗？是刘明德叫我的，又不是你叫我的，我不能来吗？"

刘明德向纪有信赔笑脸："是我叫的，我喜欢刘苏兰，喜欢刘苏兰。"

"什么？什么？"刘苏兰大叫，一双眼睛瞪得越发大，"什么？我不喜欢你的。刘明德，记住了，我喜欢，"她用手指了指纪有信，"我喜欢纪有信，不喜欢你的。"

纪有信差点要晕过去，偷眼看柳如荫，柳如荫不知从哪儿掏出一条手绢，捂住嘴轻轻地笑。他想说："刘苏兰，我不喜欢你。你要放尊重些，我喜欢的是柳如荫。"可是看到柳如荫这副样子，竟是一句话也说不出来，只拿眼去瞪刘苏兰的那双大眼。

刘苏兰不接纪有信的目光，伸手去夺柳如荫的手绢，没待柳如荫反应过来，刘苏兰就将手绢夺在手里，展开细瞧。白色的蚕丝织就细细的纹理，左下角绣着一支红色的梅花。

刘苏兰"咦"了一声，说："这手绢应该很贵的。"又抬眼端详柳如荫的装束，"你那玉镯少说要两万。这身衣服……你是做什么工作的?"

柳如荫不说话，头一低，再抬起来时，眼中竟然饱含了泪水，如同两颗珍珠，汪在眼圈里，莹莹欲落，却又不落下来。

纪有信感觉心都要碎了，转身向刘苏兰，面目狰狞，声音也恶起来。"刘苏兰，人家是古筝老师，会弹古筝的，教学生，有演出。刘苏兰，你有点修养好不好?"

"呵，要掉泪呀。"刘苏兰呵呵笑起来，依旧一副没心没肺的样子，仿佛纪有信说的是别人，不是她。她看着柳如荫，说："这样一句话就要掉泪呀。上台演出，是戏子吧? 噢，是戏子的。怪不得一举一动都像戏里人。来，点菜，吃饭。"

柳如荫这样的性情，哪里受得了这样的抢白，这个玉做的，冰做的女人，兴许都没有人跟她大声说话，不是不敢，而是不舍得。她站起身，话都不讲，推开椅子就走。纪有信急得冲刘明德挥拳头，"你叫谁不好，偏偏叫来这个神经病。"起身去追柳如荫，刘苏兰伸出手拦他："点了这么多菜，不吃就走。多可惜。"

纪有信气得跺脚，说："刘苏兰，我再理你我就不姓纪。"

刘苏兰的脸紧了一下，忽地又松了，说："你不理我不是很久了吗? 爱理不理。纪有信，即使你不理我，我也是喜欢你的。"

纪有信用手指了指刘苏兰，气得说不出话来，又担心柳如荫走掉，推开刘苏兰出门，却见柳如荫站在门口望向一个莫名的地方。咖啡色的雕花木门，头顶一个大红灯笼，柳如荫站在门框里，真的就是一个美景，一幅图画。

纪有信的心汪出一洼碧水，走过去，说："对不起，我不知道她会来。"

"那人"，柳荫吐气如兰，"就是一个俗人。"

两人出了饭店，柳如荫在前，纪有信在后，看似没有目标地闲走，可是走着走着就进了一家玉器店。这样的店纪有信陪着柳如荫逛了无数个，纪有信知道柳如荫肯定相中了一件东西，虽是如此，心头却满是欢喜。

二楼的一节柜台旁，柳如荫停下脚步，叫卖家拿出一件东西，是粉白的一只如意童子，托在手里，透着精巧，透着雅致。柳如荫不说话，端在眼前，细细地瞧。纪有信知道她相中了，只等着他刷卡付账。纪有信问多少钱，卖家说三万二，不及纪有信还价，就听旁边一个女人喊："就这么个小玩艺，还三万二。"

纪有信转头，见刘苏兰与刘明德站在一旁，火气立刻上来，说："你们不好好吃饭，跑来这里做什么？"

刘明德笑。刘苏兰大眼翻了两下，说："付账的跑掉了，我们吃什么饭。"她伸手去夺那只如意童子，纪有信只担心它掉到地上，跌得粉身碎骨。刘苏兰却将它稳稳地抓在手上，瞧上两眼说："和田籽料的白玉，清代中期的古物，三万二，我看最多一万五"。

卖家击了双掌，两颊露出红光，说："姑娘，年纪轻轻，好眼力。"

刘苏兰嘴角一撇："这样的东西，我家里多的是。"

"你家也是卖这个的？"

"不是，祖上传下来的。"这下，卖家两眼冒出光来，从柜台里绕出来，说："做这个生意，最讲究缘分，我与姑娘就是投缘人，姑娘给我留下电话好不好？"

纪有信一把将刘苏兰拉到一边，说："捣什么乱你？"

刘苏兰大眼一翻，一脸无辜，说："没有呀。"

卖家转向纪有信，"这个姑娘才是珍宝，不仅说她家里有宝贝，她本身就是个宝，一点不装，白开水一样，多好。"

"不装，不装的女人谁会喜欢。好了，这个东西多少钱？"

卖家说："看在姑娘的面子上，两万元吧，别的人买，低于三万是不卖的。别的不求，只求姑娘留下手机号码，日后做个朋友。"

刘苏兰几笔写下手机号码，纪有信刷了卡，那个如意童子就戴到了柳如荫的脖子上。柳如荫站在一面镜子前细细地端详，一脸喜色。刘苏兰的嘴又撇下来，说："这破玩意，我家多的是。"

纪有信急白了脸："刘苏兰，你明天拿一个给我看，我就不姓纪。"

3

第二天，刘苏兰真的拿了一件宝贝给纪有信看，小小的一个淡黄色玉块，上面刻着兰花，兰花下面一道金黄色的线，从正面直通背底。纪有信拿在手里，看不出所以然，还给刘苏兰。刘苏兰嘴一撇，说："这是辽金时代的和田玉。至今1000多年了，你真不认识好东西。"

两人拿着玉块到古玩市场，找到一家店铺，出示给店主人。店主人的眼一下子瞪大了，说："真是一件宝贝，真是一件宝贝。要价多少？"

刘苏兰一把夺过来："我们不卖的。"

"10万，10万好不好？"

刘苏兰快步向市场外走去，路的两边全是瓶瓶罐罐、碗碗碟碟，买的人、卖的人一片喧嚣。纪有信只担心她撞倒一件器物，被人赖去一把票子。刘苏兰却走得一派潇洒，屁股左扭一下右扭一下，纪有信看着，突然感到一股说不出的风情。

纪有信想买下那块玉块，为什么？因为感觉柳如荫喜欢。如果送给柳如荫，柳如荫定会送他一个甜美的笑容。可是他不敢跟刘苏兰讲，只盼望刘苏兰的傻劲上来，将玉块递给他。

纪有信陪着刘苏兰，不知不觉走到刘苏兰家里，是郊外的一个庭院，院里院外种着茂密的花木。大门是雕花的紫檀色木门，透着庄重古朴。纪有信一看，先自怯了三分，及至见到刘苏兰的父亲，就为自己对刘苏兰的不尊敬后悔起来。

刘苏兰的父亲似乎比柳如荫还像古人。如果说柳如荫是古时的女子，刘苏兰的父亲就是古时的书生，举手投足间的典雅叫纪有信觉出自己的庸俗与粗俗来。

刘苏兰将玉块递到父亲手里，说："就是给他看的。他不信我们家有宝贝。"

红酥手

纪有信两手搓来搓去，不知道说什么好。

刘苏兰的父亲将玉块握在手里，一下一下摩挲，浅浅地笑，说："宝贝藏在家里才好，不一定非要别人知道。"

"不行，我偏要叫他知道。"

刘苏兰逼父亲打开一间屋子，屋子大得似乎有些空旷，里面摆着一排一排博古架，花瓶、灯笼、碗、玉雕，种种在电视或是古玩店中看到的器物一件一件摆在上面。纪有信只觉得一股气息逼过来，他从前对柳如荫的喜爱，对《平湖秋月》的欣赏，对所谓的传统文化、古典美的追求，算得了什么。真的，真的，算得了什么！

刘苏兰的父亲手摸下巴，说："这些东西将来全是苏兰的，我只有这一个孩子，将来全是她的。"

刘苏兰脆声说道："我才不稀罕这些破玩艺，什么古董，就是一些破玩艺。"

刘苏兰的父亲要送纪有信一件东西，纪有信挑了一把团扇，是清朝时期的物品，上面一个女人头顶牡丹花，身着白衫红裙，斜坐在圆椅上。身边一蓬百合花，一只蝴蝶在花上飞舞。

刘苏兰将扇子夺过去，说："是不是又送那个女人。我看她就是爱钱的，回头就会拿去卖钱。"

纪有信急白了脸："乱讲什么？你乱讲什么？"

刘苏兰父亲笑道："既然送给他，就随他处置好了。是你的永远是你的，不是你的永远不是你的。"

刘苏兰送纪有信出门，树影下，纪有信忍不住问："你爸那样典雅的人，怎么就生了你这么个女儿。"

"我不好吗？那个柳如荫看上去不食人间烟火，实际是个俗不可耐的女人。你要相信。"刘苏兰的胳膊挎过来，纪有信一闪身躲了。"你要相信，"刘苏兰的眼中忽的有泪，声音低下来，"你要相信，我也是个柔弱的女子，只因为你一直不喜欢我，一直不爱我，我的喜欢，我的爱得不到回应，所以，我才这样不在乎，这样的大大咧咧。"

纪有信惊得连连后退，说："刘苏兰，不要这样好不好？你突然

57

柳如荫

小女儿态了，看上去，很吓人的。"

4

拿着那把团扇，纪有信失去了与柳如荫见面的勇气。他是想将团扇送给她的，可是不知道为什么，却感觉这把团扇不应该属于柳如荫。同时，他觉得柳如荫越来越遥远，越来越像他梦中的女人。他睡觉的时候越来越少，这柳如荫也就离他越来越远了。纪有信将那把团扇放到床头柜上，闲的时候拿起来，看这一面像柳如荫，绿树成行，花团成锦，心里一片温柔，看另一面却又是刘苏兰，一团的锦绣顿时化为滔滔黄河水，那番雄壮、那番辽阔惊出他一身冷汗。

他知道刘苏兰是喜欢他的，可是因为她的喜欢，他就要喜欢她吗？这种类型的女子，如同他大学时期的同学，如何能够一起喝茶、一起赏月、一起游玩、一起共度一生？

吃过晚饭，纪有信拿着团扇在护城河边闲走。护城河就在他居住的小区外边，顺着一条马路南北通行。河边铺着红白相间的方砖，种着垂柳、花草。此时暮色四合，路灯依次点亮，过一个十字路口，便是一座石桥，桥底下缀着灯光，红的、绿的、蓝的灯光，映得桥下的水美丽异常。

纪有信沿着河边行走，走到第二处石桥时看到一群人围在桥底，一个巨大的挖掘机在河水里忙活。纪有信问怎么了，有人说："河里有男人。"

"男人？"

"活的？死的？"

"死的吧，听说是死的。"

应该是具尸体，河里的人将一个包裹搁到挖掘机的翻斗里，放到河岸，打开来，真的是一具男尸，穿着蓝白相间的 T 恤，深蓝色的牛仔裤，眉眼闭得紧紧，脸上却没有一丝一毫的痛苦。

这个男人为什么死去？是跳进河里死去的？还是死去后被扔进河

里的?

远远的灯光闪烁，警车开过来，戴着白手套的警察下来，他们翻弄着尸体。围观的群众增多，也有人渐渐散去。纪有信看到一个穿着宝蓝色裙子的女子站在人群外边，探头看了一段时间，转身顺着马路走去。纪有信看她身段、走路的姿势像极了柳如荫，心里一惊，莫名地将柳如荫和这具男尸联系在一起。是柳如荫吗？他们有关系吗？她为什么来到这里？是特意来看男尸，还是无意间从这里经过。

纪有信追过去，却见柳如荫钻进一辆乌黑的汽车，是政府官员或者商人才会开的那种车子，一个男人坐在贺驶座上，眼睛一眨不眨地看着前方。

血一下子涌到纪有信的头上，他加快了脚步，可是没待走过去，汽车已经起步。他慌忙拦住一辆出租车，跟着黑车一路向北、向北、出城，来到一个别墅区。纪有信眼看着那辆车停在一栋别墅前，柳如荫与男子下了车。柳如荫挽住男子的胳膊，男子的手绕过她的腰，蛇一样地缠了上去。这之前，他的手捏了柳如荫的屁股一下。

纪有信不敢相信那个女人是柳如荫，是的，他不能够相信。那个冰一样、玉一样的、古代女子一般的柳如荫怎么会跟这样的男人在一起，怎么就会允许他捏她的屁股。可是她又分明是柳如荫的，分明是柳如荫，她不是柳如荫又是谁?

纪有信低下头来，他看到那把团扇还握在自己手里。代表着美、代表着优雅、代表的文化的团扇还握在他的手里。纪有信举起来，直直向地上摔去。团扇没有摔碎，他抬起脚一脚踩了下去，踩了下去，团扇在他的脚下裂成碎片。

踩完了，才想起团扇是刘苏兰父亲送的，虽是刘苏兰父亲送给的，扔了或是碎了，全是他的事情。可是，他也要对刘苏兰有个交待。

纪有信拨通刘苏兰的电话，未及讲话便听刘苏兰在那端叹气，问她怎么了。

刘苏兰说："读书呢。人生若只如初见，曾记否，石桥上无意间的回眸，烟雨江南。"

纪有信呆了，不知道如何接话，待半天才说："刘苏兰，你也喜欢这样的句子。"

"难道只允许你喜欢，不允许我喜欢吗？"

纪有信将扇子碎了的事情告诉刘苏兰，刘苏兰又是叹气，说："纪有信，你好吗？"

"我还好。"

"扇子算什么呀。纪有信，只要你好，就什么都好。"

夜幕苍茫之下，面对那一团锦簇的碎片，纪有信的眼泪一下子掉了下来。

自此决定，不再见柳如荫。柳如荫仿佛知道他的心思，如水底的石子一般沉静，不来找纪有信，也不给纪有信电话。纪有信每日翻看报纸，渴望看到男尸的消息，渴望这具尸体与"柳如荫"三个字写在一起。可是报纸上没有这样的消息，仿佛这个城市从来没有发现过男尸。慢慢地三个月过去，纪有信突然开始想念柳如荫。他怀疑那晚所见的女子不是柳如荫。是的，不是柳如荫，怎么可能是柳如荫呢。

纪有信给刘明德打电话，未等开口，刘明德就说："我正要找你，带你去见一个人。"

刘明德开着车，将纪有信带到一处酒吧，门开处，暗淡的灯光底下，一群人围着一只圆台坐着，圆台上堆满酒瓶，坐着的人每人端着一只酒瓶，一个女人举着一支烟，在人群外转圈。

纪有信不知道刘明德为什么要带他到这个地方，疑惑的时候，就见一个女人大叫："我要上来，我要上来。"说着话，这女人就跑到圆台中央，披着卷曲的长发，穿着白衫红裙，赤着脚，手里举着一瓶啤酒。她用脚拨倒几只酒瓶，喝了一大口啤酒，摊开双手吟道：君不见黄河之水天上来，奔流到海不复回。君不见高堂明镜悲白发，朝如青丝暮成雪。"

众人大叫："不好，不好，不要古体诗，要现代诗。"

女人又仰脖喝了一大口啤酒，说："好，来现代诗。我酒醒时满怀爱恋，醉酒时满天星斗。"

纪有信问："为什么带我到这个地方来？"

"难道你没有看出她是谁？"

纪有信定眼细瞧，才发现那个赤脚、大叫、大口喝啤酒的女人竟然是柳如荫。怎么可能是她？怎么不可能是她！一个男人跑到圆台中央，拥抱柳如荫，又一个男人跑上去拥抱柳如荫。台下的人大叫："柳如荫我爱你，柳如荫我爱你，即使你是一杯毒药，我也要端起来一饮而尽。"

柳如荫摊开双手大叫："我也爱你们。"

"他们这是做什么？疯了吗？他们这是做什么？"

"吟诗，诗人，他们是诗会的，柳如荫除了是古筝老师，还是一名诗人。"

纪有信不能够接受这个事实，那个长着弯弯柳叶眉、细细丹凤眼、小得似乎无法接吻的樱桃嘴的古典女人竟然是个可以随便和人拥抱，随便说"我爱你"的豪放诗人。

既然能够是豪放诗人，那么也会是被男人搂着腰往别墅里走的女人。

纪有信只觉得心痛得缩成一团。他的梦哪去了？他的爱哪去了？他的美哪去了？

他转身跑出酒吧。

回家，纪有信就病了，头痛、喉咙痛、浑身无力。他不承认他的病是因为柳如荫，可是不是因为柳如荫又是因为谁？他用被子蒙着头，不知不觉地眼泪就掉下来。为什么掉下来，为了他没有开始就结束的爱情吗？他是爱柳如荫的吗？是爱的吗？是的，可是柳如荫爱他吗？爱？不爱？爱？不爱？纪有信感觉自己要疯掉了。

刘明德送纪有信去打点滴，全然不顾纪有信的感受，一句一句全是柳如荫。"那个女人从来没有爱过你。她只是在利用你的爱。她知道你爱她，所以在利用你的爱。"

"不要说，不要说了，好不好？"

刘明德戛然而止，纪有信只以为他的话起了作用，抬眼却见刘明德向前方望去。他循着刘明德的目光看过去，见柳如荫站在走廊尽头，头上戴着明晃晃的配饰，身上是水红色的长袖大袄，上面绣着锦簇的花朵。周围的人齐刷刷向她看去，她却恍若四周无人，移步、甩袖、侧脸，唱道：问何年、此山来此？西风落日无语。看眉似是羲皇上，直作太虚名汝。溪上，算只有、红尘不到今犹古。一杯谁举？笑我醉呼君，崔嵬未起，山鸟覆杯去……"

纪有信弯腰吐起来，他是一个病人，如何受得了这份揉搓？她是知道他的心的，知道他的喜欢，每每他要退一步，她就移步上来，等到他爱上的时候，她却抽身而退。为什么要这样？不爱他，却在这里揉搓他。

可是他应该怎么去爱她。纪有信眼中一片泪水，抬眼看柳如荫，柳如荫依然一板一眼地唱着。这个女人，这个女人呀，哪里是人间的女子，分别就是天上的仙子，是他的前世，是他的梦，是他今后的人生。

纪有信摸出手机，拨通了刘苏兰的电话，刘苏兰在个嘈杂的环境里接听，大声问："打电话给我做什么？想我了？"然后又听她跟别人说话："这个香蕉多少钱一斤？便宜，再便宜一些好不好？"

纪有信的心一下子被塞满了，这个明朗的、充满烟火气的生活一下子将他拉回到现实当中。也许他的追求是错的，那些虚无缥缈的美，那个仿佛来自古代的女子一直是他想象出来的。柳如荫不是生活里存在的，她的一切都是他想象出来的，她真的就是他的一个梦境。不，她是真实存在的，可是即使真的存在，也不是他想象的那个样子。

纪有信问："刘苏兰，刘苏兰，刘苏兰，你爱我吗？你还爱我吗？"

刘苏兰一下子没有了声音。

"刘苏兰，"纪有信大声喊起来，眼泪跟着一起流下来，"告诉我，你爱我吗？"

许久，许久，刘苏兰才说："我一直想听你这样问我的，一直想听。可是真的来了，我却不知道应该怎么回答你。我是一直喜欢你，一直爱你的。可是，是不是因为你的不爱，因为你的不喜欢，我才一直爱你，一直喜欢你？"

纪有信的脑子乱成一片，他无法辨析刘苏兰的话，他听到刘苏兰还在电话里一声接一声地说着。他以为刘苏兰那么爱他，只要他说一声，刘苏兰便会不顾一切扑进他的怀里。这个女人不要他的钱，不要他的人，只要他的爱，他的已经给予过柳如荫的，现在有些廉价的爱。可是他真的准备接受她的时候，她却在怀疑，却在犹豫，却在拷问自己了。

纪有信不想听刘苏兰的自说自话，却不挂断电话，将手机搁在身旁的椅子上。刘苏兰的声音一声接一声地递出来，纪有信头疼欲裂，身子俯下来，感觉自己马上就要死去。是的，要死的感觉就是这样的。

柳如荫依旧唱着，对周边发生的事情浑然不觉。太阳从窗外射进来，正是黄昏时分，金黄的太阳在她身上镶了一道金边，看上去真的像天上的仙子一样。

柳如荫唱完的时候，纪有信依旧俯在椅子上，他的点滴还没有打完。柳如荫冲着他鞠了一个躬，看都不看纪有信一眼，甩甩长袖，转身离开走廊。

灵巧的手指

1

姑姑进门的时候，爷爷正坐在堂屋里喝茶。茶是上等的碧螺春，在白底蓝花的盖碗里泡出浅浅的一洼碧水。这茶因为是国民党苏鲁战区陆军暂编十二师少将师长赵保原的心腹马进给派人送来的，爷爷便格外珍惜，一小口一小口细细地品着，硬要品出些茶叶之外的味道。等到茶水喝乏，爷爷便充分感受到赵保原对他的恩惠，不觉浑身通透，心情无比舒畅，放下茶碗，闭目背起苏轼的《赤壁怀古》："遥想公瑾当年，小乔初嫁了，雄姿英发。羽扇纶巾，谈笑间，樯橹灰飞烟灭。"

姑姑就是这个时候进门的，穿着月白色的旗袍，提着浅黄色的柳条箱子，身后跟着一脸惊慌的奶奶。

爷爷见到姑姑先是愣了一下，仿佛突然被人打了一个耳光，一下子被打蒙了头。但是他很快清醒过来，双脚一跳，端了桌上的茶碗，"噗"的一声扔了过去。一碗茶汤一滴不剩全部洒到了姑姑的旗袍上，茶碗咣啷一声，掉到地上，裂成碎片。

奶奶以为姑姑会被烫得跳起来。旗袍上湿透的那处已经显出烫得发红的皮肤，但是姑姑一声不吭，只是更紧地抓住了柳条箱子。

爷爷骂道："你这个丢人现眼的东西。还有脸回来呀。"

奶奶劝道："兵荒马乱的，孩子能手脚完整地回来就不错了……"话没说完，眼泪先流了下来。

爷爷抬起手打姑姑，可是发现他所站立的位置够不着姑姑，于是上前跨了几步，可是跨的步子太大了，竟然越过了姑姑，那张本应落到姑姑身上的巴掌就落到了奶奶的身上，骂的内容也变了："都是你，养出这么个不要脸的女儿。"

姑姑提着箱子，转了身就走。奶奶一把拉住她，身子跪下来，说："嫚，你这一走，不是送死吗？那些出去的孩子，有几个活着回来的。"

爷爷气呼呼地站着，突然之间，眼泪流下来，他跺着脚说："既然回来了，就不要走了。你做了丑事，难道还要爹给你认错不成？"

姑姑这才放下柳条箱子，冲爷爷躬了一躬，喊了一声"爹"。

奶奶领着姑姑来到她的房间。姑姑的房间依旧保持着莱阳城旧宅子里的样子，红木桌子上铺着雪白的台布，绘着仕女的花瓶插着当下开得正艳的月季花。挂着粉红幔子的床上放着松软的被子。姑姑坐在床上，眼睛里面一片潮湿，定睛看着奶奶，说："娘，你老了。"

奶奶的眼泪又流出来，她将姑姑搂进怀里，一边摩挲着姑姑的后背，一边说："嫚，这两年你是怎么过来的？这两年你受苦了吗？"

奶奶期望姑姑能够主动告诉她这两年的经历，可是姑姑什么也不说。她沉默地坐着床沿上，一只手搁在大腿上，一只手来回搓着床单，任凭奶奶一遍一遍地问，她就是一言不发。

跟三年前相比，姑姑发生了很大的变化，这是有眼睛的人一眼就能看出来的。两年前的姑姑扎着两只乌油油的大辫子，穿着蓝褂黑裙的学生装，脸蛋红扑扑的，如同饱满成熟的烟台苹果。她背着黑色的书包，拿着课本走在莱阳城里的时候，就是莱阳城里的一道风景。所有见过她的人都相信，郝家的大丫头，这样漂亮、这样有学问的女子，将来肯定会嫁到青岛或是烟台的大户人家，她的未来是锦衣玉食、养尊处优的少奶奶生活。然而，爷爷的所作所为打破了所有人的梦想，1937年的秋天，他自作主张地给姑姑订下一门亲事，这门亲事既不是富贵人家，也不是名门望族，而是窝在栖霞深山里的一户穷苦人家。人们连同奶奶、姑姑、大爷、爸爸都不知道爷爷竟然认识这样的人家。奶奶在院子里跳着脚大骂，爷爷一个耳光打到奶奶脸上，说："娘们家的，懂什么。"

一个细雨飘零的早上，那个将来要成为我姑夫的年轻男子跟在他父亲身后来到爷爷家。他们想必走了一天的路程，半夜时分才到达莱阳城。奶奶甚至怀疑他们没有住旅舍，而是在我家的屋檐下蹲了一个晚上。他们这样大清早地敲开我家的院门，不是为了别的，只是为了省下一顿早饭。奶奶苦着一张脸，心里替姑姑叫着屈，吩咐用人茶水周全地伺候了他们。她瞪眼看年轻男子，发现他个子高挑，脸孔还算白净，只是手掌粗糙，关节粗大，一看就是做惯了农活的样子。姑姑那样一个细皮嫩肉的女子，那样娇滴滴的一个身子即将嫁给这样的男子，奶奶的心痛得都要滴出血来。

奶奶盼望爷爷能够突然醒悟，拒绝这门亲事。可是爷爷丝毫没有这个意思，他欢天喜地与那对父子交谈，用慈爱的目光一遍一遍打量着年轻男子。

奶奶从他们的谈话中得知，年轻男子的父亲曾经是爷爷的生意伙伴，他们一起到东北贩卖药材。爷爷的生意做得顺风顺水，在莱阳城置了房产，开了药铺，在寻芳村建了宅子，买了田地，成为莱阳城数得上的富贵人家，而男子却败得一塌糊涂，回到栖霞的深山老老实实地做起农民。

奶奶的脸更苦了，这户人家不仅贫穷，而且缺乏摆脱贫穷的心智与勇气，姑姑嫁到这样的人家，岂不要世世代代受苦受穷下去。奶奶的眼泪流了下来。她好不容易熬到年轻男子与他父亲离去，转身来到姑姑的绣房，奶奶想跟姑姑说说话，可是说什么呢。奶奶心里乱糟糟的，没有一点头绪。她来到花池子前面，再向前十步，就是姑姑的绣房。奶奶看到一池子桂花艳丽丽地开放着，带着晶莹的露珠，娇嫩鲜艳得让人忍不住要亲一下。这花本来不是养在花池子里的，是养在一户人家的院子里，这院人家的主人曾经是奶奶青年时期的梦中情人。是的，奶奶，也曾经恋爱过，曾经梦想着嫁给那个男人，做那个男人的妻子。可是后来，她嫁给了爷爷。为什么嫁给了爷爷，是命。那么这命不好吗？这命现在看来是挺快乐的。如同这鲜花，虽然从那人的院子移到她家的院子，不也开得娇艳旺盛吗？

因为有"命"做支撑，奶奶的心释然了。她步履轻快地来到姑姑的绣房。可是房间里没有了姑姑的身影，与姑姑一同消失的，还有她的几身换洗衣服与上学用的课本。

2

爷爷没有落叶归根的想法，相反他非常喜欢莱阳城热闹喧嚣的生活，曾经决定老死在莱阳城。他甚至在蚬河边相中一块墓地，那里种着成排的碧绿的柳树，他带着奶奶无数次来到那个地方，指着一棵一人抱的柳树说："葬在这里最好。"即便如此，爷爷还是在老家万第镇寻芳村盖了一处三进三出的宅院，不是为了居住，而是为了显示他的财富。

我家自爷爷这一辈才活得有点人的模样，老爷爷、老老爷爷都是穷得言语无法形容的人家。爷爷兄妹三个，一个哥哥，两个妹妹，哥哥十二岁的时候，喝了被毒蛇饮过的泉水死了。爷爷十二岁的时候，老奶奶生病去世。老奶奶去世那年才38岁，也就是我现在的年龄。爷爷和他的两个妹妹也就是我的两个姑奶奶趴在老奶奶的身上哇哇大哭，老奶奶一口气回转过来，看了看身边的儿女，张口骂道："哭什么哭，我都走到城隍庙了，被你们给哭回来了。"说完又闭眼死去。这一次任凭爷爷与姑奶奶哭得死去活来，老奶奶再没有回转过来。老爷爷带着三个儿女无法过日子，就将两个姑奶奶分别送给人家做童养媳，大姑奶奶岁数大一点，跟在老爷爷身后一声不吭地去了别人家。二姑奶奶刚刚七岁，老爷爷送她的那户人家与她的姥姥一个村庄。老爷爷骗她说是去姥姥家。二姑奶奶欢天喜地地跟着老爷爷去那个村庄，路上还采了一朵鲜花插在头发里。走到村边，越过姥姥家门口，二姑奶奶才回过味来，大哭大闹大叫着不肯挪动一步，最后被老爷爷背着送进了那户人家。两个姑奶奶的婆婆非常凶悍，都逼着姑奶奶推磨磨面。姑奶奶站直身子，只及推磨杆高，只好双手抓着磨杆，用额头顶着磨杆推磨。这两个婆婆还喜欢打人，天天打得姑奶奶哭。爷爷常常跑到妹妹们的村外，听到姑奶奶的哭声，他也跟着哭。

十六岁的时候，爷爷跟人到东北学做药材生意，没有人知道他在东北做了些什么，受了些什么罪。只知道他三十二岁回到莱阳城时，缺了两根手指，带回来一笔钱，他在莱阳城开了一家药铺，生意渐渐做大，成了莱阳城数得着的富人。我的两个姑奶奶，也因为爷爷的富裕，结束了受苦的生活。

因为穷苦的出身和少身时的悲惨经历，爷爷有了钱之后就回寻芳村盖了一套三进三出的大宅院。屋顶上雕着鸟兽，门口立着汉白玉石狮子，庭院里种满花草树木，院中央修了一个水池，池中立了一座假山。爷爷用这处宅院告诉村中的所有人：老郝家活出人样了。

爷爷从未想过在这所宅院居住，他一直以为他的生意会顺风顺水地做下去，虽然世道很不太平，一会儿国民党的这派和那派打起来了，一会儿国民党兵和八路军打起来了，一会儿国民党兵又和八路军成了一伙与日本兵、日伪军打起来了。一会儿莱阳县的县长是王鲁风，一会儿变成了王海如，再一会儿又变成了苟梦龙。苟梦龙没等上任就身首异处，坐镇莱阳县政府的又变成了赵保原。虽然局势变化的速度超越了人们的想象力，但是爷爷觉得仗着他的左右逢源，仗着他的广撒钱财，他还是能够在莱阳城立足。为了使他立足的基础再牢固一些，等到赵保原任县长的时候，他花了一大笔钱，干脆利落地将大爷送进了县政府做事。但是就是因为这个，他彻底地搬离了莱阳城，并且再也没有回去。

大爷因为在县政府做事，虽然不是国民党兵，但是整天和国民党兵在一起，就听到很多老百姓听不到的消息。有一天，他满脸青白地跑回家，告诉爷爷：日本兵和那些天杀的伪军要攻打莱阳城了。

爷爷无论如何也不相信，虽然青岛、烟台和周边的几个县城都沦陷在日本人的手里，但是莱阳城还是很保险的。城里天天驻扎着赵保原的部队，这赵保原从山东跑到东北，又从东北杀回山东，没听说他打过败仗。更重要的是那个"山东省自治军总司令"，就是那个起了个中国名的日本浪人，名叫"张宗援"的，大家都说他是赵保原的干爹，有这样的关系摆在这，日本人怎么会攻打莱阳城呢？

大爷急得跺脚，跟爷爷说："日本人想霸占我们中国，他们哪里讲人的感情。这城里的国民党兵，"大爷叹了口气，说，"他们，唉，他们……"大爷告诉爷爷：莱阳是胶东半岛的中心，处于青岛与烟台之间，扼烟青公路的要害，莱阳不攻占，烟青公路就无法打通，胶东半岛就无法控制。所以日本人下了死心要拿下莱阳城。

爷爷是个走南闯北的人，知道莱阳地理位置的重要性，他相信大爷的话有一定道理，可是这样绝密的消息，大爷又是怎么知道的？

大爷说："日本兵里有我们的人，得到消息的人家都搬走了，爹，早走早放心。"

除了日本人要攻打莱阳城之外，还有一个原因迫使大爷要求爷爷必须搬离莱阳城。莱阳城在莫名其妙地死人，很多店铺的老板被剥光衣服赤条条地挂在门桄上，身上布着五六个血窟窿，身后的店铺被洗劫一空。还有一些女人和孩子，昨日还在街上好好走路、说话、笑，第二日清晨便陈尸街头。

大爷说："这些被杀的老板、女人与儿童不是八路军就是八路军的家属，赵保原明里与八路军联合抗日，还任鲁东抗日联军指挥部总指挥，暗里却大肆搜捕、杀害共产党员和八路军的家属。赵保原毕竟跟张宗援干过，因为张宗援要杀他，他才跑到中国人这边。虽然人过来了，心还和他们在一块。"

大爷问爷爷属于哪一派的。爷爷说不清楚，他帮过八路军，也帮过国民党军，除了日本兵，在莱阳城活动的部队他都资助过。他说不清自己是哪一派的，只知道自己不是日本兵那一派的。

大爷说："爹，我在县政府做事，我就是国民党军里的人，你也是国民党军的人。爹，这莱阳城八路军早晚要打回来，国民党军杀了他们那么多人，八路军早晚要报这个仇，所以，爹，你还是离开莱阳城吧。别叫一家老少把命丢在莱阳城。"

爷爷听从大爷的话，带着奶奶、爸爸回到寻芳村，住进他修建的那处宅院。

1939 年 12 月 3 日，日军占领莱阳城，12 月 6 日，伪莱阳县政府成立，赵慈尊任伪县长。赵保原领着他的残部跑到万第，坐守万第镇政府所在地万第村，成为土皇帝。离赵保原据点步行仅半个小时路程的寻芳村也驻进赵保原的一支部队，领头的是赵保原的心腹马进给，爷爷当即将宅子送给马进给做指挥部，同时还送给马进给一张银票。

我的家人，爷爷、奶奶、爸爸，还有瞎了一只眼、瘸了一条腿的大爷住进了村南的老宅子里。

<h1 style="text-align:center">3</h1>

姑姑离家出走的时候，爷爷还没有搬离莱阳城。所以搬离莱阳城的时候，奶奶把着门框死活不肯走，说："走了，大嫚回来后到哪儿找我们？"

爷爷一个巴掌打过去，没打奶奶身上，打到了门框上，疼得他"嗷"地一声叫起来。爷爷说："如果不走，大嫚回来倒能找到咱们了，到哪儿找？到城外的烂泥堆里找，兴许，连个囫囵的尸首都找不到。"

奶奶这才松手，抹着泪水，拉着爸爸跟在爷爷身后上了汽车。汽车是大爷从县政府借来的，车门边站着一个穿军装的国民党兵，倾斜着身子，命令把守城门的士兵将爷爷他们放行。出了莱阳城便来到到处是绿油油庄稼地的田野，天空碧蓝、微风轻拂、绿浪翻滚，远处的青山罩着一团隐隐约约的白气，怎么看怎么是太平盛世下的美好景象。奶奶的眼泪掉下来了，说："这日子，这日子……"

奶奶话音未落，田野里传来"啪啪"几声脆响，是开枪的声音。奶奶一下子将爸爸揽进怀里，哆哆嗦嗦地说："这好日子，怕是没了。"

寻芳村有爷爷置办下的大片田地，加上开药铺的积蓄，生活不成问题。村里很多人做了爷爷的长工，替爷爷耕种田地，对爷爷尊敬得不行。马进给来了之后，在山上修碉堡，在村口挖壕沟，爷爷出了不少钱财，逢年过节又送猪肉、送粮食慰问马进给，因此马进给将爷爷引为盟友，时不时地请爷爷到指挥部小坐，又经常送点从外边抢进来的茶叶、白酒、白糖，所以爷爷在寻芳村的日子还算安心、体面。

爷爷对姑姑毫发未损地进门感到吃惊。且不说万第镇外层层的日伪军、日本兵，仅仅把守万第镇门户的赵保原的手下就会对姑姑的美色垂涎三尺。

对此疑问，姑姑淡然一笑，说："马淑玲是我的同学，她在镇门口将我接了进来。"

马淑玲，爷爷知道这个女人，她是赵保原的四姨太，马进给的二表妹。像姑姑一样，她也喜欢穿月白色的旗袍，扭着腰肢在街道上走来走去，前几天还坐着轿子到寻芳村看望马进给。

爷爷恨不得一个耳光打到姑姑身上，有这样一层关系摆在这里，姑姑如果早早回家，他用得着拿出那么多钱财贿赂马进给吗？

姑姑垂头看着脚尖，脸上笼着淡淡的笑容。这是她从前没有过的表情，从前的姑姑喜欢大声说话，大声笑，一副没心没肺的样子，现在的姑姑内敛、安静，甚至可以说是沉静，她内敛、安静、沉静得叫爷爷感觉非常陌生。

爷爷的怒气自觉不自觉地下去了，他叹了一口气说："大嫂，看来，咱家以后的日子要靠你了。"

第二日，马进给来到爷爷家，这是他进驻寻芳村以来第一次到爷爷家。马进给个头高大，穿着军装，看上去英姿飒爽、仪表堂堂。他两脚"叭"地一并，冲爷爷敬了个标准的军礼。

爷爷慌忙给马进给让座，吩咐用人端上两杯茶。马进给坐下来，喝着茶，与爷爷说东说西，两只眼睛如灯泡一样在屋子四周扫来扫去。

爷爷咳嗽两声，喊奶奶来换茶水，这样的事情本应该用人做的。可是奶奶立刻跑过来，端走茶杯，一会儿的工夫换回两杯新茶。

爷爷与马进给继续喝茶，他脸上堆满讨好的笑容，那笑容堆得太满了，稍微一碰就会淌到地上来。爷爷端着茶杯，目光不小心扫到门口，他看到一只窄窄的鞋尖踩在门槛上，只一会儿，半只穿着白袜子的腿迈过了门槛。爷爷脸上的笑容僵硬了，他看到姑姑穿着月白色的旗袍靠在门框上，手里拿着只绢纺手帕，一条腿跨进门槛里面，一条腿跨在门槛外边。

爷爷站起身，嘴唇哆嗦着，冲姑姑吼："家里有贵客，你这样没有规矩地出入，不怕叫人笑话？"

姑姑不说话，低了头抽身往回走。

马进给却大声说道："姑娘请留步。"

姑姑停下脚步，并不回身，小声说："爹，我不知道家里有客人的。"

爷爷涨红了脸，恨不能一下巴掌打过去。马进给说："老先生不必生气，听我家表妹提起过令爱，能够一睹令爱芳容，是在下的荣幸。还请令爱赏脸就座。"

姑姑转过身，走进屋子，在爷爷身旁的座位坐下。马进给的两只眼睛盯在姑姑身上，一刻也拿不下来，他问了姑姑几个问题：与马淑玲是什么时候的同学？离开莱阳城的几年做了什么？现在是否婚配？

姑姑说马淑玲是她的中学同学，是要好的同学。离开莱阳城后她去了济南，一位同学带她去的，她在济南的齐鲁大学读了三年书。至于婚配，姑姑看了爷爷一眼，说："十七的时候就许配人家了。"

马进给拍了几下巴掌说："齐鲁大学我知道的。"他的眼睛眯起来，里面一片闪烁的水光。他说："我就是济南人，家就在齐鲁大学身后的胡同里。姑娘，你在我的家乡读了三年书，可惜，那里已经没有了我的亲人。"

爷爷坐在一旁，已是变了脸色。他咳嗽了两声，奶奶立刻跑进屋来，喊姑姑："大嫚，看娘的手里扎进了一根刺。"

姑姑站起来，丰满挺拔的一个身子冲马进给深深躬了一个躬。

马进给走后，爷爷兜头给了奶奶一巴掌，低声骂道："不是要你嘱咐大嫚别出来吗？她怎么偏偏出来了。"

奶奶眼泪汪汪，说："那不是我的亲闺女吗？两口子这么多年了，风里过来了，雨里过来了，我能不懂得你的意思吗？可是不说还好，一说，大嫚自己跑了过来。"

马进给进门的一刹那，爷爷与奶奶就猜测他是冲着姑姑来的，等着马进给一边喝茶一边毫无章法地说话一边瞪着大眼四处乱看时，爷爷确定他在等待并且盼望姑姑的出现。于是他命令奶奶换茶，奶奶端茶杯时，他递给奶奶一个眼色，要她叫姑姑躲避起来，哪知不告诉姑姑还好，一告诉姑姑，她自己跑了出来。

正说着话，爷爷与奶奶看到姑姑推开了房间的窗户，她依然穿着那件月白色的旗袍，脸伸出窗外，盯着院子的一角出神，脸上是淡然的朦胧的神情。

爷爷叹了口气，说："姑娘大了，我们也管不了了。"

奶奶说："我看，嫁给马进给也不错的，虽然做小，但也是个军官。"

"你懂什么？"爷爷恼怒道，"别看他现在，不仅仅是他，整个赵保原的部队，别看他们现在挺精神，说不定哪天八路军就打进来了。那莱阳城不就是这个例子，今天还是日本兵据守，明天被国军和八路军联合抢了回来。现在的世道，今天是英雄，明天说不定就是英魂。"爷爷指了指院子外边，院子外是高大的树木，树木之外是密密麻麻的梨园，再向外就是一座山，那山绵延不绝，一直连到百里之外的栖霞。爷爷说："山里有队伍的，八路军的队伍。这年头，不能和当兵的有瓜葛。"

奶奶的头跟着爷爷的手指转了一圈，说："可是，大嫚的心你能做主吗？这几年谁知道她在外面做了什么？什么都不跟我们讲，马进给来了倒好，原原本本地告诉了人家。你看她那身段。"奶奶声音低下来，眼中是汪汪的一片泪水，"我说了，你别骂我。我都怀疑她失去女儿身了。"

4

就像爷爷说的那样，寻芳村紧靠着一座山，这座山是一道山脉的一个部分，它像母亲一样将寻芳村抱在怀里，寻芳村的东、南、北三面紧挨着山体，西面是一块方圆十几公里的平原，紧连着万第村，再向西，十几公里过去，又是一片青郁郁的大山。寻芳村的村西有一条河，发源地是山里一处泉眼，它如同玉带一样从村北流向村南，然后拐弯向西，流向万第村。一条能够并行两辆马车的土路，从村头出发，穿过河流也通向万第村。河的两边是金子般的细沙，种满了柳树。春风初至时，柳剪新芽，满眼嫩绿，细枝飘摇，非常美丽。怀抱着寻芳村的这处山有个土名叫"东崀"，崀就是山的意思。东崀的北、东、南各有一条蜿蜒的小路通向山顶，这三处小路的顶端又各有各的名。北边的叫九顶梅花山，山上出一种会开裂的石头。这种石头喜欢水分，盛夏来临，日光暴晒，水分流失，石头便像花一样一层一层开裂。野菊花喜欢开在这种石头上，每年秋天，这边的山体一片金黄、一片浓香。村民结伴上山采摘菊花，晒干了，做成枕头芯，枕着睡觉。这种枕头具有镇定、安神、助眠的功效。东边的叫作阎王鼻子。小路紧挨悬崖，山势陡削，崖底一片黝黑，长满了植被。胆小的人不敢从这条路上走。北边的叫作大洼，山体的深处有一个大坑，好像凭空扔下一颗炸弹炸出的深坑，仅有一条人工铲凿的石梯可以上下，坑里有一洼水。常有外地人不小心跌入深坑淹死。东崀上种满树木，靠着村子近一些的是苹果树、杏树、桃树，远一点高一点的，是栗子树、槐树，再远一点再高一点就是成片的松树还有说不名的低矮树木。这些树里藏着什么，村民有各种各样的说法，有的说是藏着兔子、野鸡，有的说藏着狼、狐狸，还有的说藏着八路军的一支队伍。

赵保原与马进给显然相信后一种说法，他们在东、南、北的山头分别修建了一座碉堡，派了士兵天天蹲守在碉堡里，端着枪，瞪大眼睛东、南、西、北地观望。碉堡的周边挖了深沟，沟里埋着地雷，他们警告上山的村民，离碉堡远点，万一被炸死了，国军可不负责任。村民非常小心，远离了碉堡，可仍然有人被炸断胳膊或者炸断腿，他们上山砍柴或者伺弄果园的时候，常常碰到地雷，轰的一声，烟尘飞处，一截肉体落到地上。马进给没有给村民说实话，他们不仅在碉堡的周围埋了地雷，还在他们认为危险的地方埋了地雷。

爷爷希望姑姑安安静静地坐在家里，像她刚回来时那样，穿着白色的旗袍，坐在窗户底下，读书、绣花或者是发呆。姑姑极少与家里人交流，她经常沉浸在个人的世界里，盯着院子或是屋子的一角出神。姑姑只在家安安静静地待了一个月，一个月之后，她走出院子，走到通往万第村的土路上。

其时阳光灿烂，姑姑穿着月白色的旗袍，举着一把遮阳伞，腰肢轻摆，轻轻款款、婷婷娉娉地走在路上，路的两边是绿油油的庄稼，姑姑看上去，就像画中走出来的美人。

爷爷被吓坏了，村里、镇子上都是国民党兵，村里的女人故意穿着破旧的衣衫，恨不着脸上摸上两把锅灰才出行，姑姑却偏偏打扮得这样漂亮、这样洋气，偏偏一个人举着洋伞在路上走，万一被国民党兵拖进庄稼地糟蹋了怎么办？

爷爷派爸爸去追姑姑，爸爸九岁，腿脚跑得飞快。追了一段时间，爸爸又回来了，说："马进给骑着大马，将姑姑带走了。"

爷爷的脸当时吓白了，想去跟马进给要人，却又不敢去。只能在院子里骂奶奶，骂马、骂猪、骂鸡，发泄心中的怒气、怨气。好不容易等到傍晚时分，天边布满绚烂的晚霞，姑姑在马进给的陪伴下进了家门。与她一同来的还有赵保原的四姨太马淑玲。马淑玲给爷爷带来了两包上海产的点心。

5

马淑玲来给姑姑做媒，提亲的对象就是马进给。马淑玲说马进给对姑姑一见钟情，姑姑嫁过去之后，虽然做姨太太，但是会得到大太太都得不到的殊荣。她还说马进给不打算在寻芳村待太久，也许过了年，他就去青岛。到时候，姑姑可以跟着马进给去青岛。

爷爷偷眼看姑姑，姑姑虽是低着头，一言不发，但是脸上一片绯红。

爷爷当场拒绝，说："大嫚已经许配人家了。"

马淑玲"哦"了一声，说："那门亲事，我知道的。嫁给他，委屈了翠玉。"姑姑的大名叫郝翠玉。

爷爷说:"说出去的话,泼出去的水。即使配不上,我们也不能反悔。再说,你们怎么就知道配不上?"

姑姑还是低着头,一言不发,但是脸上的绯红全部褪去,换成汉白玉一般的瓷白。

掌灯时分,马淑玲才离开。奶奶来到姑姑房间,问了姑姑几个问题:与马进给坐在一匹马上了吗?喜欢上马进给了吗?

姑姑一言不发。问得急了,才说:"娘,虽然我不会瞧不起穷人,虽然我很同情穷人,甚至很爱他们。但是这不代表我一定要嫁给他们。娘,我不喜欢没有文化的男人。"

奶奶叹了口气,说:"我也知道嫁给他委屈,可是也不能嫁给马进给。他们这些当兵的,说不定,哪一天枪一响,'叭'的一声就死了。"

姑姑跺了两下脚,说:"娘,我的事,你不要管。"

第二天,爷爷派大爷出门。大爷挎着一个包袱,一瘸一拐地离开村子。三日之后,大爷回来了,身后跟着姑姑许配下的那个男人。那个男人还是三年前的样子,如果非要说有所变化,就是脸上的胡子茂密了许多。

姑姑本来坐在窗户前看书的,看到男子进门,"叭"的一声闭了窗户,将自己关进屋子。

见到男子,爷爷特别高兴,吩咐用人做了许多好菜招待男子。又询问他父母的情况,完完全全一副岳父大人的样子。他叫姑姑前来作陪,三番五次叫不出来,气得他站到姑姑的窗户前面,大声说:"你不要再有什么乱七八糟的想法。这次,是我叫他来的,叫他来给你们订亲的。"

此言一出,奶奶、大爷连同姑姑大惊。且不说订亲这种大事不与全家人商量、通气,自作主张地擅自决定,只说订亲这样的事哪有在姑娘家举办的,从来都是在男方家举办的。

奶奶立即出来反对,姑姑也从屋里出来,站在爷爷与男子面前冰着一张脸不说话。

爷爷喝酒喝得脸上一片粉红，指点江山一般，大手一挥，说："就这样定了。"

第二天，我家的门楣上挂起了红色的绸缎。爷爷请村里人到家中吃酒，宣告姑姑与男子订亲的喜讯。令人没有想到的是，马进给送来了一份贺礼，他将贺礼递进爷爷手里，敬了一个标准的军礼，没有吃酒，也没有看姑姑，转身离开我家。

那名男子，也就是我未来的姑父，在我家住了三天才走。他离开不久，村子里就传出谣言，说：姑姑已经是他的人了。姑姑之所以没有跟他走，是因为嫌他家里太穷。

奶奶与大爷都被这个谣言气得火冒三丈，姑姑连个好脸子都不给那男子看，姑姑怎么可能成为那个男人的人。爷爷倒是高兴得很，站在院子里唱起了小曲，仿佛很愿意姑姑没有结婚就破了身子。

6

马进给没有因为爷爷的拒绝而死心，相反，他像个怀春少年一样开始一心一意追求姑姑。他先是将自个的太太打发回了娘家。那个女人的娘家在深山里，据说马进给与日伪军打仗的时候，她救了马进给一命。但是为了姑姑，马进给完全忘记了她的救命之恩，干脆利落地将她送回了娘家。那个女人临走前，跑到爷爷家门口骂了半个小时的街，将我家上上下下骂了一个遍，使我们充分领教了她的凶悍与口才。当着村民和士兵的面，马进给给了那个女人一个耳瓜子，血立刻顺着女人的嘴角流了出来。

太太走了之后，马进给就给姑姑写信，信应该是晚上写的，因为信送到姑姑手里时都是早上。太阳还挂在山头，寻芳村还沉浸在蓝莹莹的晨光里，鸡鸭在院子里慢慢地踱着步，用人刚刚将灶里的火点上，爷爷站在花丛前面漱口，一个穿戴整齐的年轻士兵就小步跑到我家，站在姑姑的房门前，"叭"一个敬礼。没人敢阻止士兵的行为，姑姑的门也没有及时打开，士兵一直站在那里，笔挺挺的，像一棵小树，几分钟之后，姑姑打开房门，一只脚跨在门内，一只脚跨进门里，手伸出来，士兵就将一个土黄色的信封交到姑姑手里。第一次见到这个情景时，爷爷目瞪口呆，认为姑姑提前知道马进给给她写信。姑姑却一味摇头，爷爷看要她的信，她也不给。爷爷气得乱骂，说："读了几本书，认得几个字就了不得了。兵荒马乱的，跟哪个兵也不能走得太近，会有什么好事？会有什么好事？他又会写什么好东西，保准是些淫词秽语。"第二次，爷爷想替姑姑接信，士兵却"叭"一个敬礼，就是不给信。爷爷再要，又是一个敬礼，直至姑姑出门，将信递到姑姑的手里。

爷爷不想叫姑姑看那些信，嘱咐姑姑将它们全部扔进炉灶烧掉。姑姑却偏不，一封封全部打开了，坐在窗户底下读，脸上一副笑眯眯的表情。

爷爷派爸爸到姑姑的屋里偷看，爸爸只认识几个字，那信摆在面前，他也读不懂意思。爸爸直接问姑姑信里写着什么。姑姑说："比小说有意思多了。"

送信送了两个礼拜，马进给就盼望回信。士兵将信递进姑姑的手里，问："有没有回信?"姑姑不说有，也不说没有，头一低回了屋子，士兵站了一会儿，不见姑姑出来，"叭"一个敬礼，转身离开。

马进给不是一个有耐心的人，总是写信不见回音，就不再写信。改成给爷爷家送东西，似乎要将爷爷送给他的东西全部送回来。他送的那些东西，爷爷一点不收，喊人又给马进给抬了回去。马进给守在大门口，不叫送东西的人进去，爷爷就喊："你杀了我吧，你不收东西就是要杀我。"

其实马进给完全不需要费力气的，如果他喜欢或是爱姑姑，可以直接将姑姑抢去，国民党兵又不是没干过这种事情，可是马进给偏不这样做。用现在的观点理解就是：马进给担心那样的婚姻不幸福，他要在自己与姑姑之间培养真正的感情。

有一天马进给突然脱了军装，穿着长衫出现在爷爷家门口，他站在一棵梧桐树下，手里拿着一只箫，马进给本来就是一个帅气的男人，这样的打扮，更显得他帅气逼人。他将箫放在嘴边，头一偏，手

红酥手

指翻动，悠扬的乐声飘满了整个寻芳村。这是村里人第一次听到箫这种乐器发出的美妙之音。慢慢地，有闲着的村民围拢过来，站在马进给的身边，静静地倾听

爷爷家的大门打开，姑姑走了出来，她穿着月白色的旗袍，手里拿着一把团扇，扇上描着一个白脸长眉红唇乌发的唐朝女子。姑姑倚在门框上，团扇顶在下巴上，像画中的美人那样，看着马进给。

风过来了，吹起马进给长衫的一角，吹得梧桐树叶子哗啦啦的作响，吹得姑姑的眼里泪水点点。一些说不清道不明白的东西在姑姑与马进给之间流转，这些东西是什么呢，看不见摸不着听不见，可所有围观的村民都感觉到了它们的存在，村民不约而同地想：大嫚跟马进给这样般配，大嫚与马进给成亲了，肯定幸福。

一直吹了三首曲子，马进给才停下来，他的手伸进长衫，再拿出来时，手里多了一束花。没有人知道那花的名字，因为寻芳村没有那种花。现在写这段文字的时候，我想那应该是玫瑰花。

马进给拿着花走到姑姑面前，姑姑将花接在手里，放在鼻子下闻了闻。姑姑看着马进给，大眼睛眨都不眨一下。姑姑说了一句话，虽然声音很轻，但是村民都听见了，姑姑说："谢谢你。可是我已经有心上人了。我不能爱你，更不能嫁给你。"

马进给重新穿上军装，一直到他死，村里人再没见他穿过长衫。村里人还听说马进给因为穿着长衫给姑姑吹箫被赵保原训了一顿，如果不是马淑玲求情，赵保原会一枪毙了他。

马进给的太太被接了回来。回来的当天，她就来拜访姑姑，她送给姑姑两块做旗袍的绸缎。姑姑不要，马进给的太太说："我一个乡下长大的女人，不懂得穿旗袍，即使穿了也不好看。布子放在我那闲着，瞅着心疼。你做成旗袍，不仅穿着漂亮，还治好了我的心疼病。"

姑姑这才收下布子，两人坐在窗户前面说话，窗外是一株叶子宽大、颜色碧绿、高大茂盛的芋头花。两人一边说话一边笑，看上去仿佛是一块长大的亲密伙伴。

姑姑依旧时不时地到万第村去。她举着阳伞在路上慢慢地行走，两边是绿油油的庄稼，看上去依然像画中的美人。姑姑经常遇到马进

给骑着大马在路边等她。马进给不与姑姑说话，也不下马，只是站在路边看着姑姑，看着姑姑的身影远了、小了，才打一下马屁股，慢慢腾腾地回到村子。马进给瘦了、黑了、沉默了。过了一段时日，又胖了、活跃了，并且不再骑着马在路边等姑姑了。但是因为他的存在，没有人敢骚扰姑姑，她总是安安全全地去万第村，安全安安地回寻芳村。回来后，姑姑将自己关在屋子里。爸爸经常跑进她的屋里，看到姑姑拿着笔，在一张纸上，胡乱地画着图画。

　　除了去万第村，姑姑还经常跑到山上去。这些时候，她不穿月白色的旗袍了，而是穿着一件白底红花的对襟大袄，身下是水蓝色的裤子，脚下是黑色的千层底鞋，长长的头发编成乌油油的辫子垂在脑后，白净的面孔上透着粉红，这时的姑姑又是另外的一种美丽。她经常喊爸爸与她做伴。两人从通往九顶梅花山的那条路上山，一边走一边哼着小调。有一天，他们在路上遇到了马进给，马进给的身后还跟着两个士兵，马进给一见到姑姑就有些发呆，愣愣地一句话不说。姑姑抿嘴一笑，带着爸爸从他们身边走过去。走到山顶，回过身，看到马进给还站在原处，再看，就听到空中"叭"的一声枪响。前面讲过，山顶上有碉堡的，雕堡的士兵知道姑姑与马进给的关系，对姑姑非常客气。姑姑经过雕堡的时候，他们会冲她挥动一下枪，提醒姑姑小心山里的狼与野鸡。

　　爷爷问爸爸："你大姐到山上做什么了？"

　　爸爸："没做什么。就见她这走走，那走走。"

　　是的，姑姑上山就是乱走，仿佛被这美丽的山景吸引。只是，有时候，她会走离爸爸的视线，姑姑叫爸爸坐在一棵树底下，她一眨眼去了一个地方，很长时间之后她又从一个地方突然冒了出来。

7

　　春节过去，春天来临。寻芳村的气氛突然变得紧张起来，赵保原又往村里派了一些士兵，马进给的队伍由八十五人增加到一百三十人，这对于三百户人家，合计一千余口人的寻芳村不是个好事。增加的士兵不仅增加了村民的供养负担，还影响了村民的正常生活。马进给原来的那些兵还算听话，新增加的这些人自恃在赵保原的身边待了几年，有赵保原做靠山，就经常做些为非作歹的事情，比如拖了村民的猪，杀了煮肉炖排骨、烤猪蹄吃，遇到妇女，伸手在人家的怀里摸上两把……村民对这些国民党兵恨之入骨。爷爷宰了几头猪，买了几坛酒，带着人送到马进给的指挥部。企图通过他的破财免了村民的"意外之灾"。从马进给的指挥部出来，爷爷带来一个惊人的消息，村里有八路，有共产党员，八路、共产党员就是寻芳村的村民。

爷爷说这话的时候，全家人正围在饭桌前吃饭。奶奶、大爷与爸爸一齐瞪大了眼睛，奶奶说："不可能。马进给的人看得这么紧，哪里会有共产党？难道那共产党员会隐身术，有三头六臂不成。"

爷爷说："难道马进给骗我不成？为什么赵保原一下子派来这么多兵，就是为了抓共产党。你们。"爷爷用筷子点着奶奶、大爷、爸爸，点到姑姑时，他加重了力量，"特别是你，没事的时候少出门。"

也许爷爷的话是对的，马进给的队伍天天在村里转悠，挨家挨户地搜查共产党，因为马淑玲的原因，他们对我家还算客气，但是对别人家就不客气了。打开橱子找共产党，打开锅盖找共产党，掀开炕席找共产党，打翻洗脸盆找共产党，凡是他们认为好的值钱的东西全部被翻了去。有人家的女人织了一匹布，怕被马进给的兵翻去，就将布藏在胸前的衣服里，怀里再抱上孩子。即使这样，也被马进给的兵发现了，兵一把抓过孩子，手一扯，女人的衣服扣子扑棱棱掉了一地，布从怀里掉出来，兵将布抓在手里，随手给了女人一个耳光。

马进给的兵不仅在村子里翻，还在山上翻。他们上山时非常小心，分成好几组队伍，端着枪，戴着钢帽子，猫着腰，在山上东张西望，小偷一样地行走。有一天，他们走到阎王鼻子的时候，听到树丛里叭叭趴传来三声枪响，马进给的兵慌忙趴到地上，他们不敢近前，只端着枪往树丛深处乱射。射了大半个时辰，树丛里没有任何回音。几个胆大的兵端着枪走进树林，在那里抓到一名村民，村民的腿上中了枪。

村民名叫郝老二，他家兄弟六个，他排行老二。是爷爷叫人将郝老二从山上抬下来的，马进给领着兵继续在树丛里搜查，因为郝老二的手里没有枪。没有枪却传来枪声，说明郝老二还有同伙。

郝老二的腿上一直流着血，从山上一直流进马进给的指挥部。爷爷给了马进给一笔钱，马进给才没有给郝老二用刑。但是郝老二拒不承认他是共产党，他只说他在山上干活，结果被马进给的兵打伤。

马进给怎能相信这种话。在他一筹莫展，不知道如何叫郝老二说出实话的时候，郝老二流血流死了。爷爷又给了马进给一笔钱，将郝老二的尸体领了回来。

郝老二的老婆叫徐花香，膝下有一个七岁的女儿。女儿披麻戴孝给郝老二送葬。胶东的女人兴哭丧，一边哭一边唱，唱出对死者的不舍与留恋。

徐花香坐在郝老二的尸体前面，一边哭一边唱："啊呀呀，我那可怜的老二哪，你这么年轻怎么说走就走了呀，留下我们孤儿寡母怎么活呀。啊呀呀，我那傻子老二呀，你在树林里趴着就趴着吧，开什么枪呀。你不是说，组织不叫你开枪吗?"

天爷爷，她怎么唱出这样的词来了。家里人要堵她的嘴已经来不及了。他们连忙扒徐花香的孝衣，说："快跑，快跑。"

徐花香也被自己吓住了，脱了孝衣就往外跑，村民自觉让出一条路来，没等她跑到村口，就被马进给的兵抓住了。

任何辩解、解释都是徒劳的。马进给没有权力处置徐花香，赵保原命令他将徐花香押到万第。这个时候，徐花香反而没有眼泪了，看上去她也不害怕。她在国民党兵的押解下一步一步向村外走去。她的腿被国民党兵打坏了，走路时一瘸一拐的。徐花香七岁的女儿还披着麻戴着孝，她哇哇大哭着往徐花香的身上扑，非要跟着徐花香去万第。她的女儿哪能去呢，跟着去，死的就是两条命。徐花香一脚将女儿踹到地上。女儿爬起来还往她身上扑，徐花香又抬起腿。村民都围在旁边看，姑姑就站在徐花香女儿的身边。她一把将徐花香的女儿搂在怀里。徐花香一瘸一拐地走进人们的视线，头也没有回一下。

郝老二、徐花香怎么是共产党员，怎么是八路军呢。村里人都不相信。可是他们不相信不行，第三天传来消息，徐花香被枪毙了。

事情并没有因为徐花香的被枪毙而结束。赵保原订了一个"五户连坐法"，将村民五户划为一组，相互保证不抗日，不与八路军来往，若发现一户，则五户人家全部处死。按照这个规矩，与郝老二、徐花香编为一组的人家都要被处死。徐花香被枪毙的当天，剩下的四户人家跑到爷爷家，齐刷刷跪在爷爷面前，哀求爷爷救他们。爷爷救他们的唯一办法就是给马进给送钱，可是现在，送钱，马进给都不收了。

爷爷愁得在院子里乱转，一边转，一边叹气。姑姑从屋里出来，说："爹。我去试试。"

"你去？"爷爷瞪大眼睛，恨不能一巴掌打到姑姑身上，"你去求情，不怕被当成共产党抓起来。"

姑姑说："我不去求马进给，我去求马淑玲。"

爷爷倒是忘记了姑姑与马淑玲是同学，一听姑姑的话，他一副豁然开朗的样子，手一挥，说："快去快去。"

姑姑独自去了万第村，直到傍晚时分，才披着满身的晚霞回到寻芳村，她没有回自己家而是去了马进给的指挥部。

爷爷等到半夜时分，仍旧没见姑姑回家。他忍不住跑到马进给的指挥部。那里大门紧闭，一边站着一个端枪的士兵，他们看着爷爷，脸上一副木然的表情。

爷爷壮了胆子去拍大门，看门的士兵没有阻拦爷爷。爷爷的胆子大了起来，加大了拍门的力气。他没有听到开门的声音，却听到身后齐声的哀求。"郝家爷爷，求求你，救救我们吧。"

爷爷回头，见到与徐花香编为一组的四家老少一齐跪在他的面前。

爷爷的嘴角与手一齐哆嗦起来，紧接着眼泪"哗"地从眼里淌出来。爷爷像被挨了一枪一样，弯着腰，踉踉跄跄地回家了。

第二天清晨，姑姑才回到家里。她面容清洁，衣着整洁，头发一丝不乱，脸上挂着淡淡的笑容。她仿佛什么事情都没有发生一样，坐在饭桌前面，与一家人一起吃饭。

没有人问她什么，她也没有跟家里人说任何事情。

与郝老二、徐花香一组的村民保全了性命，赵保原增派的兵撤了回去。表面上看，姑姑与以往没有任何不同。

但是一个很大的疑团留在爷爷与村民的心中。郝老二与徐花香真的是八路军吗？如果他们是八路军的话，又是谁去告的密呢？姑姑在马进给的指挥部待了一个晚上，他们都做了些什么？如果姑姑用肉身换来了村民的性命，那么后来的日子，为何不见马进给骚扰姑姑。

8

村子里的八路军、共产党并没有因为郝老二的死与徐花香的被枪毙而销声匿迹，相反，他们增多起来，村子里出现了"团结一心，抗日救国"的标语。马进给派人将标语清洗掉，过不了几日，标语又出现了。马进给派了士兵点着火把，整夜在村子里巡逻，但是仍然有标语出现。

爷爷很为村里人担心，赵保原不叫抗日，在他的地盘里公然涂写抗日标语，公然与他对着干，怎会有好果子吃。这马进给又是赵保原的人，一怒之下，说不定会将全村人杀掉。"宁肯错杀一千，绝不漏掉一个"向来是他们的政策。

然而，爷爷的担心似乎是多余的，马进给只是派人不断地清洗标语，不停地巡逻，并没有挨家挨户搜查共产党。他的兵也不再四处闲逛，到处惹事，而是规规矩矩地练起基本功来了。马进给亲自训练那些士兵，他腰板笔直，声音洪亮，看上去非常威武。

爷爷很是高兴，偷偷说："这才是当兵的样子。这样子出去打日本人，还是正经事情。"

秋天很快来临，梅花顶的山坡开满金黄色的野菊花，阎王鼻子与大洼处的树木更加茂密，树叶绿得仿佛末日来临，再不绿就来不及了一般。

阴历八月二十四这天，马进给到万第村吃喜酒，赵保原又娶了一房姨太太，今日举办喜宴。傍晚时分，他的一名随从跑回寻芳村，传达马进给的命令，为了庆祝赵保原新婚，马进给在指挥部举办酒席，宴请全村男人和所有的士兵。

这真是一件天大的好事。村里的男人以及所有的士兵都非常兴奋。指挥部的厨师杀鸡、杀猪、备酒。为了表示对赵保原新婚的祝贺，爷爷送去了一头大肥猪。酒席开始之后，却不见马进给回来，不知道谁说了一句"咱们先吃吧"，立即觥筹交错，大家吃得不亦乐乎。吃到高兴处，又喊了家里的女人劝酒，姑姑也夹在那些女人当中，笑吟吟地给士兵倒酒。

那天晚上，寻芳村像举办了一场狂欢节，大家一直喝到半夜十二点，才摇摇晃晃离开酒桌各自回家。一些醉得狠了的士兵，索性躺在桌子底下呼呼大睡。

谁知当夜就出了事情。一支队伍从山上下来，经过寻芳村，摸进了万第村赵保原的指挥部。赵保原老奸巨滑，与新姨太太没有住在新房。住在新房的是他的一名副官。那支部队杀死了副官还有十几名国民党兵，又顺着寻芳村回到山上的密林之中。

等到赵保原带着兵追过来的时候，马进给的那些兵还在酒醉之中。赵保原大为光火，当即五花大绑了马进给，审问他为何治军如此不严。

马进给不承认曾经下令叫士兵吃酒。找那个传命令的士兵，那个士兵却没了踪影。大家似乎有些明白过来，那名士兵是八路军？共产党？半夜涂标语的就是他？给八路军的部队通风报信，要他们趁着赵保原新婚吃酒暗杀赵保原的也是他？

共产党就隐藏在马进给的部队里？这怎么可能？

最后还是马淑玲求情，赵保原放了马进给，但是他又派来一名军官，名义上是协助马进给工作，实际上是监督马进给，他已经不信任马进给了。

军官到任的第二天，就叫村民写了"不通共，不通敌"保证书，并且在保证书上按了血红色的手印。他给村民训话，说：只要老老实实地跟着赵保原过日子，管他外边天翻地覆，管他外边炮火连天，万第这一片就是一个世外桃源。

这个时候，莱阳县的大部分地区沦陷在日本人的铁蹄之下，赵保原手里有部队，不仅不抗日，还偷偷做着通日的事情。他将从老百姓手里抢来的、剥削来的粮食、钱财送给青岛、烟台的日军，换来日军的军火武装自己。万第的老百姓在他的统治下过着苦不堪言的日子。寻芳村因为有马进给的庇护，百姓的日子过得还好一些。

军官来了，寻芳村的好日子也到头了，连同我家。爷爷的那些宝贝，不用他送，大部分被军官带人抢了去。幸亏爷爷走南闯北，积累了一些经验，他将辛辛苦苦攒下来的银元，装进坛子，埋进地里。姑姑的旗袍被爷爷一件件剪碎，他命令她穿破旧的衣服，不仅姑姑，爷爷、奶奶、大爷、爸爸全部穿上破旧的衣服，用人也辞掉了，奶奶与姑姑下厨做饭，爷爷、大爷拿着锄具跟着农民一块下地干活。爸爸因为年龄小，负责往山上送饭。

有一天，爷爷拿着地契找马进给，问马进给要不要地，爷爷说："我家里没有值钱的东西了，我家里只有地。我把地奉献给国军吧。"

马进给给爷爷鞠了个躬，说："身为军人，不能保家卫国，不能给百姓带来幸福，深感惭愧。"他将爷爷推出了指挥部。

除了统治老百姓，军官还带着士兵上山搜查八路，他们真的搜到一支队伍，双方发生枪战，各有伤亡，马进给也受了伤。马进给伤得蹊跷，他的枪走火，伤了自己。这对于一名老兵来说是绝对不应该发生的事情，可是它偏偏就发生了。这件事情似乎伤害了马进给的自尊心，他变得消沉起来，整日萎靡不振，并且学会了喝酒，经常抱着一个酒瓶子坐在指挥部的门前烂醉如泥。

军官带着士兵从山上返回的时候，发现了一具尸体，尸体虽然腐烂，但是仍旧能够看出来，他是那天回来传令的随从。

9

马进给的颓废惊动了马淑玲，马淑玲坐着一顶小轿，从万第来到寻芳村。赵保原的再娶似乎令她十分不开心，她的面目憔悴，嘴唇结着一层干皮。马淑玲将姑姑喊进指挥部，要姑姑劝说马进给振作起来。姑姑苦笑："我哪有那个本事。"

马淑玲说："你是马进给的梦中情人，你的话他最当真。"

马淑玲递给姑姑一个包裹，里面包着银元，说是给姑姑的酬金。

他们说这些话的时候，马进给的随从就守在旁边，这是军官新安排的随从，几乎二十四小时不离开马进给。马淑玲同时塞给随从一个包裹，问他："赵保原的官大还是你们的头儿官大？"

随从只知道点头，不敢说话。

马淑玲说："赵保原听我的。伺候不好我表哥，我叫赵保原一枪毙了你跟你们的头儿。"

爷爷盼着姑姑将马淑玲给她的银元拿出来埋进地里，姑姑却将它们将裹进一层布子，塞进了枕头底下。

姑姑似乎对马淑玲做了承诺，因为她开始频繁出入指挥部，她跟马进给与马进给的老婆成了好朋友。士兵经常看到姑姑与马进给的老婆抱着一堆酒瓶子出门，然后就是马进给暴躁的叫骂。为了促使马进给戒酒，她们将家中所有的酒卖掉。然而，这种手段并不奏效，马进给索性不将酒带进家，他连家门都很少进了，部队上的事情不叫他管，他就拿只酒瓶子到山上喝酒。他喝得满脸绯红，两眼通红，走起路来像跳舞一般，越是有人的时候，他的舞跳得越发精彩，两眼一眯，嘴一咧，挤出一个非常温柔的笑容，"骨碌"一声摔倒在地上。那名随从最初还伸手扶他，三番五次之后，随从也感到厌烦，只蹲在一旁，看着马进给，不叫鸡、狗伤了他的眼睛。那名军官乐意马进给变成这个样子，他顺理成章、名正言顺地将兵权抓在手里。马进给没有酒的时候，他还送给马进给两瓶酒。马进给成了士兵眼中的一个笑话，没有人再尊重他，那名随从感觉跟着他丢人，打了请调报告，马进给的身后就没有了随从。姑姑与他老婆就忙起来，常常要跑到街上或是山上将马进给拖回来。几日下来，马进给的老婆疲倦不堪，两手一推将马进给交给了姑姑。

村路上、山坡上、密林里常常出现马进给与姑姑的身影，他们总是走到山的那一边。有一次他们遇到碉堡里的士兵阻拦，一名士兵突然对他们频繁上山产生了怀疑，同时他们也怀疑姑姑每次上山时拿在手里的包裹。士兵将他们拦下，马进给似乎又喝醉了，他一下子抱住姑姑，胸脯紧紧贴着姑姑的胸脯，姑姑手里的包裹便夹在他们的胸脯之间。马进给在姑姑脸上亲了一下，眯着两只眼对士兵说："我谈个恋爱还要跟你汇报吗？"

这件事情成为了士兵的饭后谈资，他们一边笑话马进给一边感慨自己的命运，马进给这样目无军纪，颓废潦倒，还稳当当地坐着军官的位置，而他们，因为没有表妹做姨太太，再努力再优秀也只是一个小士兵。有的人就看破红尘，像马进给一样学着喝酒了。

这件事传到了爷爷的耳里，爷爷恨不得将姑姑打死。他实在不明白，马进给在头脑清醒、英姿飒爽的时候，姑姑明明确确地拒绝了他，为什么在他沦落成为一名酒鬼时，却与他泡在了一起。

爷爷将姑姑喊进堂屋，他的手里握着一根棍子，他感觉言语已经对姑姑失去了效用，他必须用武力教训与挽救姑姑。

姑姑一点不害怕。她穿着原白色的对襟大袄，硬生生地将那大袄穿了旗袍的风范。她的脸干净而又清爽，透着镇定、坚毅的神情。虽然姑姑看上去还是非常美丽，却给人一种遥远、肃穆的感觉，这使她的美丽朦胧而又含糊起来。

爷爷看着姑姑，手禁不住哆嗦了一下，说："大嫂，你可给我们老郝家丢人了。"

姑姑双唇微开，那样温柔、那样委婉地一笑，说："爹，我想和你谈谈。"

没有人知道姑姑和爷爷谈了些什么。家里人只知道，爷爷将地里的银元刨出来，交给了姑姑。

10

那名年轻男子进门的时候，姑姑正坐在窗户旁边梳头，爸爸站在院子里面洗脸。爸爸是从指头缝里看到男子进门的，他提着一只与姑姑当年回家时差不多模样的柳条箱子，乌黑的头发，净白的面孔，细长的手指，脸上是恬然的笑容。

他走到爸爸身边，放下柳条箱子，摸了爸爸的肩膀一下，仿佛他不是一个第一次进我家的陌生人，而是一个与我们家所有人非常熟悉的亲戚。

男子的手伸到爸爸脸前，手心里躺着几颗碧绿色的水果糖，那是来自上海的糖果，透着淡淡的甜味，一下子拉近了爸爸与男子的距离。

姑姑不知什么时候站在了爸爸的身后，她突然开口说话："你怎么来了？"

爸爸吓了一跳，回过头来看姑姑，姑姑的眼中满含泪水。他又回头看年轻男子，年轻男子的脸上堆满笑容，伸出手，将姑姑脸上的眼泪一滴一滴擦干净。

所有人都看出这名男子与姑姑有着不寻常的关系。但是他又是从哪里来的？来做什么？将来又到哪里去呢。

对于所有的问题，姑姑只说了一句话："他是我的同学。"

同学？男子说话不是莱阳口音，那他是姑姑在济南的同学吗？

爷爷将男子叫进堂屋，家中已经没有茶叶，他只给男子倒了杯开水。男子告诉爷爷，他是南方人，他的家离这非常遥远。他的家乡种了很多树，那种树会开一种粉红色的花，到了春天，满山遍野一片粉红。他非常喜爱与怀念他的家乡。但是他没有办法回到家乡，因为父母已经死了，因为路途遥远并且兵荒马乱。

男子撩起身上的衣服，他身上的皮肤像脸上的皮肤一样白皙，但是那样白皙皮肤上面布着数十道伤痕。男子说："我的命差点丢在路上。我现在无处可去了。"

爷爷是个善良的人，兵荒马乱的年代，他更加相信，积德行善可以感动上天保佑全家平安。他本想将男子赶出家门，但是男子的讲述打动了他，他不能眼睁睁地看着男子出门送死。于是爷爷说："好，你留在我家。不过，"爷爷看了看院子，姑姑正站在水缸旁边向他们张望，"翠玉已经许配人家，你不能与她走得太近。"

爷爷轻描淡写的一句话，怎能阻拦两颗年轻的相爱的心。是的，所有人都能看出姑姑与年轻男子正在热恋，他们说话的语气，对视的眼神，无言时的默契，无不说明他们真心相爱，并且心灵相通。

但是他们也有争吵，年轻男子刚到爷爷家时，他们为那只柳条箱子发生过争吵。有一天，姑姑差点打开那只箱子。年轻男子变了脸色，说："我的东西你都可以动，唯独这一件不能动。"

"为什么？为什么这一件不能动？"

姑姑嘟起嘴唇，这时候的她失去了往日的娴淑、沉静，完全一副小女儿的神情。她的这副样子令家人感到十二万分的陌生，一向稳重的姑姑，怎么也会这种风流体态。

男子一脸笑容，对姑姑好言相劝，他显然是个非常会说的人，因为姑姑一会儿就笑了，并且没再叫男子打开那只箱子。

柳条箱子是第二天打开的，像示威一样，在男子居住的房间张着大嘴，里面放着几本书和几身洗得非常干净的衣服。那衣服太干净了，散发出香甜的太阳的味道，很少有男人有这样干净的衣服。姑姑就是因为男子爱干净才喜欢上他的吗？

男子跟着爷爷上山做活，闲下来的时候，就跟着姑姑在山里走，他有一门绝技，会用树叶子吹出好听的口哨，无论什么样的树叶，他摘下来，叠在一起，含到嘴里，一用劲，空中就飘满美妙的音乐。他们上山的时候，经常有美妙的音乐，在山脚、山腰、山顶转来转去，听不到的时候，他们就走到了山的背面，走进了密林深处。

姑姑的名声变得狼藉起来，最初村里人认为她与马进给相好，马进给是军官，长得还算不错，跟他相好就相好吧。现在她又与这个陌乡男子相好，完全将马进给丢到了脑后。老郝家祖上做了什么缺德事，生养了这么一个伤风败俗的女人。

马进给似乎也对姑姑的行为感到气愤，他还是喝酒，但是这一次酒没有使他消沉，反而壮了他的雄风，他在山顶跟年轻男子打了起来，他甚至开了枪，清脆的枪声如同哨子一般划破天空，却没有伤到男子一根毫毛，男子安安全全地跟着姑姑下了山。在村民诧异的目光里，拉起了姑姑的手。

郝家的大嫚，真是的，真是的，都找不出可以形容她的词语了。

爷爷家日渐贫穷，因为贫穷他失去了村里人的尊敬，家中又出了这样的事情，村里人更加瞧不起他，爷爷站在院子里骂男子，骂姑姑，骂着骂着突然失去力气，捂住脸号啕大哭。

他派大爷到未来的姑父家，请来未来的姑父，他逼着姑姑与未来的姑夫成亲。姑姑拿来一根绳子扣到脖子上，说："爹，你在逼我死。"

心疼姑姑的，是未来的姑夫，他跑到院外，说："只要你好好活着，你想怎样就怎样。"

村里的议论并没有维持多久，因为山里的队伍又与村里的国民党兵打了起来。这一仗打得十分激烈，枪声像鞭炮声一样响了一夜。第二天，村子里到处躺着伤了的国民党兵，那个为非作歹的军官在战斗中丢了性命，山里的队伍自然是八路军，他们想解放万第，寻芳村就是进入万第最好的道路。这连绵的山体虽然是万第的天然屏障，但是熟悉与掌握地形之后，这道山体又成为进入与进攻万第的最好通道。

赵保军又派来新的国民党兵与新的军官，与新国民党兵、新军官一起来的还有五名日兵组成的队伍。他们来到寻芳村做的第一件事就是将马进给抓了起来，听说与马进给一起被抓的还有马进给的表妹——马淑玲。为什么抓他们，因为他们是共产党员，是潜伏进国民党内部的八路军战士。

这怎么可能？

这又怎么不可能？

寻芳村驻守了多少国民党兵，山顶碉堡的换防时间，九顶梅花山、阎王鼻子山、大洼的沟沟坎坎，有多少棵树，多少个弯，多少个隐蔽场所，什么地方埋了多少颗地雷，万第村驻守了多少国民党兵，他们的军火库，赵保原指挥部的结构图，赵保原与日军做了多少次交易，他有多少军资，八路军掌握得清清楚楚。既然那么清楚，肯定有内部人通报消息。这个内部人怎么不可能是马进给？

新军官与日本兵给马进给用了刑，马进给不是条硬汉子，因为村里人听得到他的大喊大叫，他必是扛不住折磨才大喊大叫的。最后，新军官与日本兵被马进给叫烦了，给马进给执行了死刑。

死刑地点选在西河边的一块高地，高地下面是一个淤泥湾，白色的河水绕过淤泥湾静静地流淌，仿佛给淤泥湾镶上了一道银边。河水的远处是碧绿的柳树，再远，一轮血红色的太阳挂在山边，遥远的天际一片绚烂的晚霞，美丽得叫人忍不住掉眼泪。马进给双手被紧紧缚在身后，面对着夕阳，他闭上眼睛，深深地呼吸，看上去，他不是来接受死刑，而是来欣赏这傍晚时分的美景。经过几日非人的折磨，马进给衣服破碎，皮开肉绽，失去了潇洒英俊的模样，但是他仍然气宇轩昂，浑身上下充满了一股震慑人的力量。村民站在远处围观，他们不由地想起马进给英姿飒爽的样子和被英姿飒爽的他领导下的那段日子。他们承认马进给是个好人，疼老百姓，爱老百姓，怪不得他会成为共产党，怪不得他会成为八路军。

"怒发冲冠，凭栏处，潇潇雨歇。抬望眼，仰天长啸，壮怀激烈。"这是马进给的声音，他在慷慨激昂地背诵岳飞的《满江红》，日本兵中有人懂中国的诗词，他双手合在一起轻轻地鼓掌。但是国党军军官显然不喜欢听，他的手一摆，站在马进给身后的三名士兵，一齐举起了枪。枪响了，马进给一头栽进淤泥湾里。

他没有一下子深入湾底，而是像个布袋一样浮进淤泥上面，国民党兵又补了几枪，血从他的后背上洇出来，如同开了鲜红色的花朵。马进给一点一点下沉，最后淹没进淤泥里面。

当夜，有人将马进给从淤泥湾里捞出来，洗干净了，埋在西河边的沙子下面。

听说马淑玲挨了几天打之后，被拴在监狱门口喂了狼狗。

村里人不相信马淑玲是共产党，他们确信马淑玲死于女人之间的争风吃醋，是赵保原的新姨太使暗招害了马淑玲。

11

马进给与马淑玲被害后，爷爷劝姑姑离开寻芳村。姑姑一脸冷笑，说："我又不是共产党，又不是八路军。我怕什么？"

爷爷一把捂住她的嘴，说："你不说这几个字，会死吗？你天天和马进给泡在一起，和马淑玲是同学。都有人怀疑你了。"

"我怕什么，怕什么呀。"姑姑两只手搅在一起，眼睛盯着自己的脚尖说："我跟马进给泡在一起是因为马淑玲是我的同学。马淑玲还是赵保原的姨太太呢，难道，赵保原也是共产党，也是八路军吗？"

"你呀，你。"爷爷跺了两下脚，转身进了屋子。

爷爷与姑姑的这番对话是在院子里进行的，院子里除了爷爷、姑姑还有那名年轻男子，还有几个村民。年轻男子站在水缸旁边喝水，他光着脊梁，拿着水瓢，咕咚咕咚一口接一口喝水，肩胛上的肌肉随着他的动作一下下地鼓动。经过一段时间的劳动，年轻男子已经成为体格健壮的男人。

是的，是有人怀疑姑姑也是共产党、八路军。赵保原派来的新军官与日本兵将姑姑"请"进了指挥部。爷爷与奶奶都要吓死了，担心两条腿走进去的姑姑会被人抬着出来。

姑姑在指挥部待了一个下午，最后毫发无损地出来了，不但出来，脸上还笑眯眯的，仿佛遇到了开心的事情。

回家后，姑姑对爷爷说："我要结婚。"

结婚的对象是年轻男子。爷爷自然不同意，对姑姑一顿臭骂，只差打在她的身上。

然而姑姑心意已决，她拿了一根绳子站在爷爷面前，说："如果你不同意，我就死在你面前。"

爷爷瞠目结舌地看着姑姑，最后只好点头同意。

一个简单的婚礼在我家的院子里举行了。这是寻芳村从未发生过的事情，一个已经许配了人家的姑娘在娘家将自己嫁给一个男人，而这个男人不是父母给她许配的那个男人。

老郝家的脸被姑姑丢尽了。

姑姑与年轻男子的新婚生活并不幸福，他们失去了往日的甜蜜与默契，猜忌与隔阂横亘在他们之间。他们经常为些莫名其妙的小事吵架，吵着吵着姑姑的眼泪就会"唰"地流下来。年轻男子经常会做些亲昵的举动，比如伸手摸一下姑姑的头发，拽拽姑姑的衣服，姑姑不是眉眼一冷，就是甩手离开。不过，夜间的时候，他们会做爱，有时候，做完了，姑姑会嘤嘤地哭泣。

他们应该还是相爱的，只不过这份爱情出了问题。问题出在什么地方，没人能够说清楚。

一个月后，我们家又发生了一件说不清楚的事情，年轻男子死了。

这是一件了不得的事情，年轻男子看上去健康、健壮，怎么说死就死了？

姑姑趴在年轻男子的尸体旁号啕大哭，她头发凌乱，满脸泪水，鼻涕与口水挂在嘴边，看上去与没有文化的农村妇女没有任何不同。那个穿着旗袍，举着花伞，像画中的美人一样走在乡间小路上的姑姑全然失去了踪影。哭着哭着，姑姑昏死过去，奶奶掐人中将她掐了过来。

爷爷打算将年轻男子葬在西河边的沙地里。年轻男子既是女婿又是外乡人，不能埋进郝家的营盘。

爷爷找人在沙地挖好墓坑，准备埋年轻男子的时候，国民党兵和日本兵来了，他们抬走了年轻男子的尸体，还要抓走姑姑。

然而他们找遍了我家，找遍了村子，也没有找到姑姑，姑姑不知道何时消失了踪影。

爷爷被关在指挥部旁边的草房里，两只手被绑在身后，两只脚被捆在一起。国民党兵用皮鞭抽爷爷，逼问姑姑的下落。爷爷摇头说不知道，挨了三天打，仍然说不知道。国民党兵决定杀掉爷爷，行刑之前，允许家人前去探望。奶奶派爸爸去，爸爸从门栅栏钻进草房。爷爷要爸爸摘下他腰上的烟袋荷包，装了一锅烟，点上，塞到爷爷的嘴里。

爸爸问爷爷："他们为什么抓你？"

爷爷摇摇头，不说话。

爸爸问姑姑哪去了。

爷爷的眼泪掉下来，嘴角哆嗦着，好半天才说："大嫚这次恐怕活不过来了。"

第三天深夜，我家的房门被敲响，门开处，爷爷还有几名男子站在门口，那些男子穿着灰色的军装，帽子中央有一颗红色的五角星。爷爷说："快走，快走。"

来不及收拾什么东西，奶奶、大爷、爸爸跟在爷爷的身后离开了家。他们没有走山路，沿着山体爬上山顶，东行，一直东行，将寻芳村远远地抛在后面。

12

爷爷、奶奶、大爷、爸爸在山上走了两天两夜，日暮时分从山上下来，蹚过一条小河来到一个小村庄。这个村庄真的是小，看上去仅有十五六户人家。他们来到村头的一户人家，门开处，姑姑和未来的姑父出现在他们的面前。

爷爷的眼泪当即流下来，说："大嫚，你可明白了爹为什么给你订这门亲事。爹就是防备着出事，出事后，我们能有个避难的地方。"

爷爷与未来的姑父家是有渊源的。爷爷与未来姑父的父亲一同到东北贩药材，他们相中了同一个女人，那女人却只爱未来姑父的父亲，不爱爷爷。但这并没有影响他们之间的友谊，相反，爷爷与他们成为了朋友。

未来姑父的父亲老实本分，不是做生意的料，几年下来，不仅没挣到钱，还差点将命赔上。他认定自己只适合做农民，过日出而作日入而息的老百姓生活，于是带着妻子回到老家。

爷爷头脑灵活，精于算计，做起生意来顺风顺水，不长时间便积攒下大笔的钱财。他将姑姑许配给未来的姑父，也是精于算计的结果，他相中未来姑父村子的狭小、隐蔽，他想在战乱时分为家人寻找一片安息之所。如果战争没有残酷到使他在县城、在自己的老家无法立足，他会悔了这门亲事，将姑姑嫁到青岛或是烟台的大户人家。

姑姑又一次成为新娘，新郎是我的姑父。他的父母收留下爷爷一家人。

灵巧的手指

在这个四面环山、几乎与外界隔绝的幽静之处，爷爷一家人过了几年没有战乱的世外桃源一般的生活。

九个月后，姑姑生下了一名男婴，也就是我的大表哥——果。果的出生没有受到应有的欢迎，姑姑对他极其冷淡，她的态度影响了姑夫、姑夫的父亲、爷爷、奶奶，以及后来的我家所有的亲戚，自然也包括我。

我们家所有的人都对果非常冷淡，没有人主动跟他说话，走亲访友或是家庭聚会的时候，他是第一个也是唯一一个被遗忘的对象。

这种现象一直持续到1989年。

1989年中日邦交17年，莱阳市对外招商投资，招来很多日本投资商，有一位投资商委托市政府寻找一名女人，说出名字，竟然是姑姑。

日本商人在市政府人员的陪同下，来到姑姑所在的村子。姑姑正站在村头看喜鹊搭窝，一棵枝叶繁茂的柿子树上，搭着一个硕大的黑黝黝的窝，一群喜鹊围着那棵树飞来飞去，叫个不停。

姑姑没有对日本商人的到来感到惊讶，她似乎早就知道或者一直等待日本商人的到来。她将手搭到额头上，看着那群喜鹊说："一只喜鹊刚刚学会搭窝，其他的喜鹊在为它庆祝。"

日本商人冲姑姑鞠了一个躬，说出一个日本名字，名字代表的那个人是他的叔叔。

姑姑回到家，喊出了果，指着果对日本商人说："这是你大哥。"

尘封的历史被一层一层揭开，与姑姑结婚的那名年轻男子是日本士兵，确切地说是个日本间谍，他潜伏在爷爷家，利用各种机会收集八路军与国民党军的情报以及万第镇的地形图等信息，通过电台发给设在烟台的日军指挥部。读者还记得他那只不让姑姑看的柳条箱子吗？电台曾经放在那只柳条箱子里。日本兵并不是帮助国民党军攻打八路军，而是企图将整个万第镇掌控在手中，打通烟台通往青岛的这个咽喉地带。八路军与国民党军、日本兵几次战斗失败就是因为他向日军提供了八路军的情报。

那么，姑姑呢？

姑姑是共产党员，负责收集国民党兵的情报并将它送给山里的八路军。她还负责送钱、药品。马淑玲是姑姑的上级领导，而马进给则在姑姑的劝说下加入共产党。还有爷爷，爷爷在姑姑的劝说下将埋在地下的银元挖出来献给了山里的八路军。

这样离奇的事情是真的吗？如果是假的，那么爷爷的钱给了谁？马进给又为什么要帮助共产党？如果是真的，那么姑姑为什么会跟日本士兵结婚，为什么马淑玲与马进给被捕与牺牲时没有交待姑姑？如果是假的，年轻男子为什么会离奇死亡？日本兵为什么要抓了姑姑？为什么抓了爷爷？

再退一万步讲，如果这件事情是真的，姑姑是英雄还是叛徒？

这样一些真的、假的疑问弄得我们家所有的人头晕脑涨。他们期待着姑姑给一个确切的答案。然而如同多年前姑姑离家出走又突然归来一样，姑姑什么都不解释。

日本商人提出带果回日本，果是年轻男子唯一的骨血，在日本有一大帮亲人和一份财产等待着果。

果一直站在屋角静悄悄地听，他的双手插进衣袖里，看上去一点都不像日本人，与中国的农民没有任何不同。大家将目光投向果，等待果回答"去"或者"不去"。

果不说去也不说不去，他目瞪瞪地看着所有人，一个一个地看过来，一脸的不安、惶惑与窘迫。他突然"啊"地尖叫一声，跑出屋子。

果没有去日本，一直生活在村子里，后来他的儿子考上大学，毕业后到烟台工作，他就带着姑姑一起搬到烟台居住。

13

今年夏天，我到烟台出差，爸爸嘱咐我去看看姑姑。去姑姑家的路上，发生在姑姑身上的这些事情像电影一样在我的脑海里一段一段地回放。这些事情都是爸爸陆陆续续讲给我听的。那些时间段，爸爸拿不准，我查了许多资料，才勉强弄清楚。但是有些问题，至今还很糊涂：比如姑姑在哪里参加的共产党？比如她什么时候发现那名年轻男子是日本间谍？比如年轻男子是不是被她杀死的？还有她与年轻男子之间有爱情吗？后来她为什么一直没有寻找党组织？做了那么多的贡献，为什么甘愿被人遗忘，被时光掩埋？

小时候，我问过姑姑一些类似的问题，姑姑总是一笑，说："小孩子，问这么多做什么。"

这一次，我还想问问姑姑。这一次，姑姑会告诉我吗？

敲开姑姑的家门，很不巧，就她一个人在家。她问我是谁，我说出自己的乳名，说是她的二侄女，没承想，姑姑印象全无。我拨通爸爸的电话，与爸爸通话后，姑姑才让我进门，她坐在沙发上，戴着老花镜，一遍一遍地看我，说："我怎么不记得有你这个人。"

我的眼中热泪滚滚，不仅姑姑记不得我，如果我与姑姑在马路上相遇，我也会不认识她。算起来，姑姑已经九十一岁高龄，算起来，我有二十五年没有见到姑姑了，印象中的姑姑是个衣着整洁、面孔干净的女人，头发总是梳得一丝不乱，脚上的鞋没有一点泥土。她喜欢擀面条，擀的面条又劲道又好吃，小时候到她家走亲戚，我百分之九十是冲着她的面条去的。

眼前的姑姑又老又瘦又矮，满脸皱纹，没有牙齿，从前的模样一点见不到，倒是完完整整的我的奶奶的模样。

我的眼泪一遍遍地淌下来，开始用手去摸，最后索性将手盖在脸上，让眼泪流了个痛快。姑姑，我亲爱的姑姑，你生命中的那些重大事件也像忘记我一样，被你忘记了吗？

终于，我静下心来，大着胆子问姑姑："姑，你还记得那个日本间谍吗？"

姑姑变了脸色，说："什么？"

我以为她没有听懂或是没有听清楚，提高了声音问："姑，那个日本间谍，你怎么发现他是一名日本间谍的？"

姑姑盯着我的脸一点一点仔细地看，将近一分钟的时间过去，她才一字一句慢慢地说："结婚的那天晚上，我发现他的手指特别灵巧，只有经过特殊军事训练的人才会拥有那样灵巧的手指。"

山中有只狼

　　看守点是在峭壁上掏出的一个洞穴，不足 2 平方米的地方搁着一张木质的单人床。说不出这张床的年岁有多久，只是感觉它已经很久了，久得就像山顶上那棵虬曲蜿蜒的松树，久得就像悬崖上那株摇摇欲坠的刺槐，久得就像大渡河里的滔滔流水。如果荆金泉的文化水平再高些，如果他读的书再多些，那么他还会想出更多描绘这张床的词汇。可是现在，他什么都想不出来了，他坐在床上，说："反正超过25 年了，25 年前，我到看守点时，你已经在这里了。"

　　荆金泉有个自言自语的习惯，在这没有人烟的所在，在这只有风声、雨声、太阳照在树木、照在钢轨上发出"滋滋"声音的所在，荆金泉跟所有他能够看得到的东西说话，钢轨、枕木、树木、石头、侵入线路的牛、羊，还有看守点里的这张床。很长时间，荆金泉怀疑这张床是生在洞穴里，而不是被人搬进这里的，它的四脚不是扎在洞壁上，而是硬生生地从石头里生长出来的。如果再浇点水，虽然洞穴里面非常潮湿，鞋子搁在床底下，一晚上就湿漉漉的，但是再浇点水，这床就会长出碧绿色的叶子，开出鲜红色的花朵来。

　　其实荆金泉并不是每天都待在看守点里，顺着铁路线往东走，一个人在密林遮蔽下的铁道边背着背篓，走上三个小时，就会来到一处镇子。镇子的一角有他的单身宿舍，单身宿舍里也搁着一边床，这张床的年数要短一些，他结了婚，又离了婚之后才住到这里的。这里的墙壁干净而清爽，可是荆金泉待在这里只觉得心慌。汽车声，小商小贩的吵闹声，喧嚣的声音透过门缝、透过窗缝、透过墙壁的罅隙，不绝如缕地传进耳畔，只叫他感觉心慌。坐着沉不住气，站着沉不住气，睡觉睡不着，洗衣服洗不下去，到室外走走，空气又苦又涩又厚，叫人透不过气。

小镇有一处化工厂，很多人讲，是因为有了化工厂才有了小镇，是因为有了化工厂，才有了铁道线。化工厂就是小镇的灵魂，是小镇存在的唯一理由。可是荆金泉终究不喜欢，是它将小镇的空气弄得很糟糕，没有了山里的那般清新。吸进一口，就吸进了松针的香味、吸进了新鲜木头味道的清新。

荆金泉不知道自己是不是因为含着新鲜木头味道的空气才喜欢山里的生活。也许，除了空气，还因为山脚下的那洼泉水，值班经过泉水的时候，荆金泉总要灌上满满一水壶。绿色的军用水壶扑哧一声丢进水里，手也紧跟着伸进去，那水，哎呀，又柔又滑又顺，就像绸缎一样。喝一口，咻溜一声滑到胃底，整个人就轻盈了，整个人就通透了。

如果还要有一个原因，那么，就是因为那只名叫"隋花香"的狼。

说起隋花香，荆金泉就会想起自己的前妻。前妻的名字就是隋花香。虽然叫隋花香，但是隋花香长得一点也不好看，一点不像兰花。她就是因为长得不好看才与荆金泉结婚的。她经常用套袖拍打着身上，说："就凭我，哼，荆金泉，就凭我……"她相不中荆金泉的丑，相不中荆金泉的木讷，丁点事情都要与荆金泉吵架，吵得急了，荆金泉回一下嘴，她一个耳光就甩到荆金泉的脸上。茶壶、水杯，身边能够抓得到的东西都是她击打荆金泉的武器，有一次竟将菜刀扔到荆金泉的大腿上。虽然如此，荆金泉还是一心一意地跟隋花香过日子，每月发的工资全部交给隋花香。被隋花香打伤了，自己找个胶布贴到伤口上。

可是，即使这样，隋花香还是不满意。隋花香不满意他在看守点工作，说那里离家太远，她晚上一个人睡觉害怕，荆金泉说："你这么厉害的人还知道害怕？只有别人怕你，你怎么怕别人。"隋花香手里正提着一个暖瓶，她一下将暖瓶丢到地上，巨大的爆炸声后，地上一片晶莹的碎片。她说："我不是人吗？我不是女人吗？我凭什么不害怕。工区里的人都说你神经出问题了。你因为神经出了问题，才愿意到山里边去。"

荆金泉在隋花香的骂声里叹气。隋花香骂得狠了，他就出了屋子，他顺着铁道线一直往西走，一直向西，那些只有在电影、画报中才能够出现的美丽景象就搁置在他的眼前。他感觉自己走在了电影里面，走在了画报里面。隋花香隐在了脑后，荆金泉的心轻松了，快乐了。他本来就是山里长大的孩子，他是喜欢山的。可是有谁知道他喜欢山呢？

荆金泉一直走到了夜里，他坐在铁道旁边的一块大石头上，如同锅底那样大那样圆的月亮静静地挂在头顶，月光映到钢轨上，长长的弯弯的两条亮光隐入远处的黑暗里。四下里一片虫鸣，风吹过树林发出"嚓嚓唰唰切切"的声音。荆金泉长长地叹气。真好，这样真好。

远远地传来一拢又一拢雪亮的灯光，远远地传来焦急的呼唤，"荆金泉，荆金泉"。荆金泉站起了身子，是隋花香带着人来找他。隋花香的脸上第一次有了温柔的神色，她说："回去吧，只要好好的，你爱怎样就怎样吧。"

可是后来，隋花香还是与荆金泉离婚了。

荆金泉说不上恨隋花香，一想起隋花香心里就淡淡的，随着离婚日子愈久，愈发感觉隋花香只是梦中的一个影子，隋花香一点不曾在他的生活里存在过。可是遇到那只狼后，在他想给狼起个名字的时候，他一下子想到了隋花香。好吧，就叫它隋花香吧。

第一次遇到隋花香是一天下午，那一天，荆金泉不值班，一个人背着背篓在山里乱走。看身旁的树，看头顶的叶子，闻山里边的空气，累了就在树底下躺着，自己跟自己说话。

荆金泉跟自己说话的时候听到了狼嚎。对狼和狼嚎他一点也不陌生。小时候，在他的老家有很多狼。他的老家将狼叫作"麻虎"。老家的人对狼十分敬重，很少有人打狼，并且认为只有人做了错事，狼才会出现在眼前。这时的人要跪在狼的面前，跟狼细细慢慢地说话，要掏心掏肺地检讨自己，直到狼静悄悄地离开。在老家，广泛流传着一个故事：一个喜欢打猎的男人在山上遇到了狼，他端起枪打狼，瞄准的时候，出现在面前的是他的母亲，放下枪时，眼前的又是狼。如此反反复复四五次，男人终于开了枪。狼却一下子没了踪影。男子回家发现母亲躺在炕上死了，说是莫名其妙地被一件异物击中了胸膛。

荆金泉听到了狼嚎，但是没有看到狼的影子，他要跟狼说话，可是没见到狼。他要跟狼说话，可是他也怕狼。荆金泉想逃开，趁着没有看到狼的影子。他背着背篓向前走，可是，他看到了一堆踩翻的树枝，树枝的下面是个洞，洞里窝着一只狼。

荆金泉一下子坐到地上，看来逃是逃不掉了。他必须面对狼，面对自己了。荆金泉开始说话，他说："我没有做错事呀。我一直在工作，似乎除了工作，我没有别的爱好。我没有家，远在镇上的那间房子是单身宿舍，单身宿舍不能算家。我住在看守点与住在单身宿舍没有什么两样，到哪儿都是一个人。一个人走路，一个人做饭，一个人巡线。我以前是有过老婆，可是她跟我离婚了。离婚是我提出来的，可是不离婚能行吗？床底下都有别的男人的鞋了。"

荆金泉絮絮叨叨地说了半个小时，说到最后他流眼泪了，他趴在地上哭得眼泪一把鼻涕一把，他第一次发现自己能够这样流畅地讲话，第一次发现自己能够一次讲这么多话，第一次发现将肚子里的话都掏出来这样轻松。他检讨得够深刻了，狼应该听够了吧？狼应该走了吧？

荆金泉抬起头，发现狼还窝在洞里，目光灼灼地看着他，露着无尽的凶光。

荆金泉迷惑了，难道这里的狼跟老家的不一样？荆金泉瞪大了眼睛，发现一只大夹子夹住了狼的右前腿。狼的右前腿已经血肉模糊。

荆金泉将手伸进洞里，他想救狼。狼脖子一挺，发出低沉的嚎声，随即嘴巴张大，露出寒光凛凛的牙齿，目光也变得更加凶恶。

荆金泉慌忙将手缩回去，坐在洞的旁边，看着狼，狼也瞪着他。看起来，狼很累很疲倦，毛发肮脏，肚皮紧紧贴在骨头上。

荆金泉的背篓里有两根火腿肠，他把火腿肠剥了皮扔进洞里，狼警觉地嗅了两下，咬到嘴里，吞进肚子。

荆金泉知道狼饿了，他背着背篓下山，顺着铁道线走，来到镇上，买了新鲜的猪肉，又回到山上，把肉抛进洞里。

荆金泉在山上一直待到天黑，也没见到猎人来，他本来打算向猎人求情放了狼的。荆金泉又伸手进去，狼还是恶狠狠地瞪着他，低低地嚎叫着，露出寒光凛凛的牙齿，恨不得将他的胳膊咬下来。

第二日，荆金泉值班，第三日，荆金泉又背了猪肉去，他丢了猪肉进去，狼却不吃。荆金泉将肉丢到狼的嘴边，狼依旧不吃，它依旧瞪荆金泉，可是目光不太凶劣，嘴张得不太大，牙齿的寒光也弱了。

第五日，荆金泉背着肉去，他发现洞里的肉没有了。狼正在试着站立，它拖着那只大夹子，试着站起来，可是试了几次都没有成功。荆金泉将肉扔进去。狼抬头看他，嘴巴拱到肉上，一口一口吃进肚里。

顺着山往北走，走上两个小时，能够到达一个村子。荆金泉从来没有来过这个村子，但是为了狼，他来到了村子。在村口，他遇到一名老年妇女赶着一头猪仔上山，老年妇女说："将猪放到山上，隔半年或者一年到山上寻猪，就能寻到一头大猪，身后还会跟着几头小猪。"

荆金泉问："你们都是这样养猪的？"

老年妇女说："不仅养猪，牛、羊、鸡也是这样养的。"

荆金泉"噢"了一声。怪不得经常有牛、羊跑到线路上，根本不管即将飞驰而过的火车。荆金泉常常在后面追，牛、羊在前面跑。有一次火车撞死了一头牛，耽误行车 20 分钟，荆金泉不仅被司机骂了一顿，还被工区扣了五十元奖金。

荆金泉向老年妇女打听村子里的猎人，老年妇女的嘴撇起来，说："报应，报应。大家都不叫他打猎，他偏偏要打，鸟、兔子、野鸡，凡是山里跑的，天上飞的，见到了都要开枪打，听说他还敢打黄鼠狼，黄鼠狼能打吗？修炼千年的黄鼠狼毛是白色的，修炼万年的黄鼠狼毛是黑色的。千年白万年黑，这种东西，他也敢打。这不，枪走火，将两只手炸没了。听说是打狼时炸没的。他举起枪就看到面前有一根雪亮的柱子，上顶着天，下顶着地，眼前白光闪闪，轰的一声，枪就走火，两只手就炸没了。真是报应。"

老年妇女一边说一边赶着小猪仔往山上走。猎人的手既然炸没了，就没有必要找猎人了。荆金泉跟着老年妇女一起上了山。

荆金泉发现洞里的狼没有了。荆金泉跳进洞里，他发现洞很深，他想不明白这样深的洞，带着大夹子的狼是怎么逃出去的。荆金泉手脚并用，费了无尽的力气才爬上洞，他折了很多树枝丢进洞里，一直将洞填平，然后背着背篓离开了。

日子一天天过去，荆金泉很快忘记了那只狼。看着满山满山的绿叶，荆金泉都怀疑他曾经遇到过狼，就像怀疑自己曾经结过婚，曾经跟隋花香生活过一段日子一样。可是一天巡线的时候，荆金泉突然遇到一只狼，那只狼挡在线路中间，四脚像钉子一样钉在枕木上，龇着牙目光凶狠地看着他。荆金泉吓坏了，这是他第一次与一只身体健壮、四肢灵活的大狼面对面相处，在老家听过的那些故事纷纷扬扬从脑海中穿过，可是他没有勇气跪下来跟一只目露凶光、杀气腾腾的狼说话。他忽然觉得老家的那些故事都是杜撰的，是为了教育人敬爱大自然、爱护动物的。真实的场景与故事中的描写一样的时候，现实中的人要跟故事里的人不一样。荆金泉转身就跑，他听到了身后的风声，两只冰凉的爪子搭到后背上，将他扑倒在地，随即那张吃惯了肉的嘴巴就咬在他的大腿上。

惊慌之间，荆金泉看到了狼的右前腿，那里丢失了一圈毛，露出紫红色的凸起的肉皮，荆金泉一下子想到那只被大夹子夹住前腿的狼，大叫一声："你吃了我买的猪肉。"

狼似乎吃了一惊，狼似乎定了眼珠看了他一两秒，旋即松开嘴巴，身子一跃跑远了。荆金泉脱下裤子，看到大腿上留下两道牙印。狼没有咬烂他的皮肉。

第二次遇到狼是一个月之后的晚上，荆金泉巡线回来，看到一个黑黝黝的影子蹲在看守点的门前。荆金泉起初以为是人，走近了才发现是狼。荆金泉一屁股坐在地上。说："你非要吃我吗?"

狼没有吃荆金泉，反而趴了下来，头搁在前爪上。狼的动作让荆金泉感觉奇怪，他仔细看狼，发现狼受伤了，依旧是被大夹子夹过的那条前腿，爪子上的一块皮肉腐烂，并且流出血来。荆金泉挪到狼的身前，大着胆子抓起狼的前爪，他在那里看到了一枚钉子，钉子肯定是人类扔下的，可是为什么扎进了狼的爪子？荆金泉一用力，将钉子拔了出来。他进入看守点，拿出一盒消炎药，碾成粉末，涂到狼受伤的地方。荆金泉又找布包扎狼的爪子，找来找去，没有找到，他撩起衣服，撕下贴身背心的下摆，包到狼的爪子上。忙完了，荆金泉站起身，狼也站了起来，伸出火红色的舌头，"嗞啦啦"地舔了荆金泉的鞋面一下，转身，一跛一跛地走了。

清晨，荆金泉在看守点的门前发现了一只咬死的兔子。可是荆金泉不吃野兔，他将兔子埋在树底下，让它生成肥料，滋润着树丰盛地成长。

五天之后的深夜，狼又来到了看守点。三个男人摸进了看守点，他们的目标不是荆金泉，而是看守点上方用钢轨、角钢和圆钢焊成的护栏网。这样的情况，荆金泉遇到过一次，他用对讲机喊来车站的警察，一下子抓住了两个男人。这一次，荆金泉没有喊警察，因为他看到了那只狼，狼冲进看守点，扬头朝一个男人咬去。可是狼什么都没有咬到，三个男人惊叫着跑出了看守点。

荆金泉也吓了一跳，他缩在床上，看到狼抬起脖子，目光变得柔和，心才一点点平静下来。

梦里，荆金泉又看到了狼。狼站在一片绿叶上面，站在一朵鲜花上面，站在一汪清水里面。一种温暖、舒服、甜蜜而又略带酸楚的感觉漾满了荆金泉的全身，荆金泉觉得头软软的，身子软软的，四肢软软的，仿佛在澡堂里泡热水池子泡过了头。荆金泉从梦中醒过来，连绵不绝的风声传进他的耳畔，清清亮亮的月光照亮床头的一处墙壁。荆金泉真真切切地感觉到山野的存在、生灵的存在。他是多么喜爱这片山野，这里的树、草、石头都有灵性，都有感情。他能够感受到这些有灵性的生物的活动，悄悄对话的树，欣赏着月光的石头，睡意朦胧的小草。多好呀，这里的一切真好。天上下雨了，雨也是有灵性的，它们在跟树跟草跟石头亲吻，跟树跟草跟石头恋爱，更加繁茂的树与草就是它们的爱情结晶。狼是山野中的一员，荆金泉慢慢地感觉不那么怕狼了。

荆金泉走在线路上，拿着尖嘴锤，敲得钢轨叮叮铛铛一片脆响，铁路两边的树技挂满水珠，风吹过来，水珠带着五颜六色的太阳光瓣里啪啦地甩到他的脸上。荆金泉一边走一边看着线路，一边看着路边的山体，突然狼一下子钻出来，它站在钢轨中央，高昂着头，吐着血红的舌头，目光灼灼地看着他。

荆金泉后退了一步，不知道应该跑开，还是应该将狼赶走。一闪一念之间，就看到狼身后的山体滚下一块巨石，狠狠地砸在铁路上，又弹到大渡河里。荆金泉惊出一身冷汗，他走了过去，站在狼的面前。狼围着荆金泉转了一圈，伸出火红色的舌头，"嗞啦啦"地舔了他的鞋面一下。荆金泉将手放到了狼的后背上，硬硬的狼毛刺得荆金泉的手生疼。他试着像抚摸狗那样抚摸着狼的后背，狼身子一耸，跳到了线路外头。荆金泉以为它要走，可是它跑了几步，又到前面等着荆金泉，荆金泉走过去，它又跑到了前头。荆金泉不知道狼是什么意思，他走走停停，狼也走走停停，他甚至拿起一块石头，像吓唬狗那样，蹲下身子吓唬狼。狼站在不远处，歪着脑袋看着他，突然抬起头，冲着天"嗷"地叫了一声。荆金泉吓得坐到地上，狼又叫了一声，一步一步走了过来。荆金泉把手放到狼的后背上，这下子狼没有躲闪，荆金泉的手一下一下地动，像抚摸狗那样，抚摸着狼的后背。

荆金泉试着跟狼说话，他"狼呀，狼呀"地叫着，叫着叫着，他想，得给狼取个名，取个什么名呢？就叫隋花香吧，不管狼是公的，还是母的，都叫隋花香吧。

隋花香常常出其不意地跑到荆金泉的面前，有时候在荆金泉吃饭的时候，有时候在荆金泉巡线的时候。有一天，荆金泉看到线路上远远出现一个影子，一晃一晃地动。荆金泉以为是隋花香，定睛一看，才知道是一只羊，模特一般一脚一脚踩着枕木走路。荆金泉去撵羊，却见一个黑影"呼"的一声跃了过去，几秒钟的时间，羊的哀鸣传过来。荆金泉跑过去，看到羊屎如同花朵一般，点点滴滴洒在线路上。草木深处，隋花香咬开羊的肚皮，大口大口地吃着肉。

荆金泉坐到草地上，用手拔草，竟然有些拔不动。荆金泉大声喊："隋花香，你不能吃羊，你吃了羊叫人找上门来怎么办？"

真有村里人来找荆金泉，问荆金泉有没有看到一只狼。

荆金泉连连摇头，说："我从没见过狼。你们为什么要找狼？"

村里人说："山上真的有狼，但是以前从不祸害人。最近不知怎么了，不仅吃牲畜，还在村边乱叫，吓得孩子都不敢出门了。铁路师傅，你巡道也要小心点。"

村里人三三两两地离去，荆金泉坐在看守点等隋花香。等了一晚上隋花香没有来，等了两晚上隋花香没有来，一个月后隋花香才来了，身后还跟着一只体格娇小、面容有些俊美的狼。

隋花香来到荆金泉的身前，那只俊美的狼却不过来，站在一棵树底下远远地看。荆金泉想找一件东西作为见面礼送给那只狼，找来找去也没有找到一件东西，最后他折了一根树技，采了很多鲜花，编了个花环套到隋花香的脖子上。他拍着隋花香的背说："这不是给你的，这是给你媳妇的。好好和她过日子，不要再到处瞎跑了。"

隋花香戴着那个美丽的花环，跑到那只狼的身边。两只狼一齐站在树底下，仰起脖子冲着天发出长长的嚎叫。

村里人搜索狼的行动没有中止，反而更加猛烈起来，他们举着火把，拿着木棍，敲着锣在山里乱走。吵闹的声音顺着风传遍了整个山体。走到荆金泉这里的时候，荆金泉夺过一个人的棍子，大喊大叫："山里哪有狼，这山上哪有狼。"他的头发蓬乱，双眼血红，就像一只狼。

村里人却不生气，说："铁路师傅，山上真有狼，它偷走了村里的小猪崽。我们一定要抓住狼。"

荆金泉背着背篓来到山的深处，他发现了村民挖的几个陷阱，每个陷阱都有两三米深，每个陷阱都可能置隋花香于困境。荆金泉折了树枝将陷阱纷纷填平，填平之后还用脚狠狠地踩，恨不得将满腔的怒气塞进陷阱一块填没掉。

荆金泉又来到村子，他将他跟隋花香的故事讲给其中一个村民听，期望这个村民告诉全村人：狼是有灵性的动物，不要去伤害它。

村民却将荆金泉领到一户人家门前。荆金泉看到一个男人用没有手的双臂夹着扫帚清扫庭院。村民说："瞧他多可怜，狼偏偏来祸害他。他家的孩子遇到狼好几次了。"

荆金泉一下子笑出声来。在村民不解的目光中离开村子。他顺着山慢慢走着，快到看守点的时候，看到一只狼唰地一闪，又消失了踪影。荆金泉以为眼前出现了幻觉，走了几步又看到狼的身影，五次三番下去，荆金泉确信他的面前真有一只狼。荆金泉大声喊起来："隋花香，隋花香。"

草丛扑倒，树木微动，一只狼从草影里、从树影里走到荆金泉的面前，不是隋花香，是隋花香的媳妇。它大腹便便，表情凄楚，嘴搁到荆金泉的鞋面上，发出人类哭泣一般的哀鸣。

荆金泉大吃一惊，手托起狼的嘴巴，问："怎么了？"

狼抬着头，冲树木深处望了望，又调转头，瞪着两只小眼看着荆金泉，然后转过身子向前走去。荆金泉眼见着狼的身影远了，抬腿又往看守点走，没想到狼又来到他的面前，转了一圈又走了。来来回回三四次，荆金泉不知道狼是什么意思，想了又想，才突然明白过来，放下背篓跟在狼的后面跑起来。

狼怀孕了，奔跑的速度不是很快，但是荆金泉仍然跟不上。树枝划破了荆金泉的脸，他顾不得擦拭伤口，石头将他绊倒了，他爬起来又跟着狼跑。狼终于停止了脚步，荆金泉听到了隋花香低低的嗥声。

隋花香又掉进了陷阱。

荆金泉折了一根树枝伸进陷阱，盼望隋花香能够用嘴叼住树枝，将它拉上来。然而隋花香不明白他的意思，眼见着树枝在眼前动来动去，就是不张嘴叼，荆金泉一着急，扑哧一声跳进陷阱，抱起隋花香，将它高高地托在头顶。隋花香身子一跃，前腿扒住了陷阱洞口，可是似乎没有扒牢，眼见就要掉下来。荆金泉想伸出手帮它，却够不着它。着急的时候，就见隋花香后腿在洞壁上蹬了几蹬，唰的一声上去了。

洞口消失了两只狼的身影，荆金泉才发现他无法爬上陷阱。他救了隋花香，自己却陷入了困境。荆金泉冲着陷阱上方的天空大喊：

红酥手

"啊，啊，啊。"树叶摇动，光影摇动，却没有任何人回应他。

眼见得天黑了下来，星星上来了，月亮上来了，寒气也上来了。荆金泉忍不住哭了，难道自己要死在这山上，死在这陷阱里吗？

他又冲着洞口"啊，啊，啊"地喊，依然没有任何回应。

天亮了，太阳出来了，一点一点慢慢西移。荆金泉又渴又饿，连喊的力气都没有了，他坐在洞底眼巴巴地冲着洞口望去。"噗"的一声，洞口跌进一件东西，荆金泉看，竟然是只咬死的野鸡。隋花香的面孔随即出现在洞口，看了他两眼又消失不见了。似乎过了一个小时的时间，一根树枝伸进洞内，荆金泉伸手去够，却够不着。他喊："太短了，太短了。"树枝缩了回去，十几分钟的时间过去，一些土块接连不断地掉进洞里，荆金泉一下子明白过来，他用手挖洞壁上的土，慢慢地，脚底下就垫了一个土堆。树枝又伸了进来，这下他能够着树枝了，他抓住树枝，脚蹬着洞壁，费了九牛二虎之力爬到洞口。荆金泉差点又跌回陷阱，因为他看到隋花香嘴里含着树枝，四脚像钉子一样钉在地上。

隋花香的嘴与脚血肉模糊，荆金泉的十指也鲜血淋淋。他领着隋花香向看守点走，隋花香却转身去了另一个方向。它不走，站在三步之外的地方看着荆金泉，荆金泉走过去，它又掉头前行。走走，停停，走走，停停，荆金泉走进了一个山洞，他看到隋花香的媳妇躺在洞里，四只可爱的小狼崽叼着它的乳头，闭着眼睛吃奶。

荆金泉期待着有一天，隋花香带着它的媳妇和四个孩子一起出现在看守点或是出现在线路上。他坐在太阳底下，看着它们六个玩耍嬉戏，该是多么美好的人间景致。然而荆金泉一直没有等到那一天的到来，倒是一名年轻人在深夜敲响了看守点的门。年轻人说："不好了，狼群围了村子了。"

"啊？狼群围了村子找我做什么？"

"我爸叫我找你的。我在镇上上班。我爸说你认识一只狼，他说是你告诉他的，那只狼叫隋花香。"

荆金泉慌忙跟着年轻人走，年轻人一边走一边絮絮叨叨，说："现在狼是保护动物，不叫打狼。年前派出所到村里没收了所有的火枪。这下子狼来了，可怎么办？"

在村口，荆金泉果然看到一个个闪烁的绿点晃来晃去，年轻人靠在他的身上，双腿打着绊，跟着他进了村子。他们看到几名男子拿着刀，举着火把蹲在一截墙后面。

荆金泉问："狼什么时候包围了村子？"

一名村民说："今天晚上。"

另一名村民说："不对。三天前就来了。"

又一名村民说："三天前只来了一只狼，怎么能说包围呢。那只狼在村口那个叫呀，像哭一样，后来不叫了，狼群就来了。"

荆金泉踩脚："你们肯定做事了，肯定做什么事了。"

"没有，什么也没有做。"村民你望我，我望你。突然一名村民说："我家孩子三天前从山上拣了只狗，我看它不太像狗。"

"在哪？在哪？"

村民领着荆金泉去他家，荆金泉果然看到一个小小的黑黑的东西卧在他家孩子的被窝里，那哪里是狗，那是一只小狼崽。

谁也不敢将小狼崽送出去，有人建议将小狼崽扔到墙外，可是又担心摔死了，引起狼更大的愤怒。

最后他们求荆金泉将小狼崽送出去。

荆金泉说："你们怕被狼吃了，我就不怕吗？"

村民说："刚才你进村的时候，狼不是没吃你吗？"

荆金泉说："好，我可以将小狼崽送出去，不过我有一个要求。"

"什么要求？"

"以后，你们不能打狼。"

"好，好，好。"

红酥手

荆金泉抱着小狼崽走出墙体，他向那片莹莹闪动的绿光走去，可是他终究不敢靠它们太近。他将小狼崽放到地上，双手举过头顶，大声喊："隋花香，你要相信我的话。我向你保证，我们不再伤害你，不再伤害狼群。也请你们不要伤害我们。"

荆金泉回到墙体后面，他跟村民们一起趴在墙头上看，看到莹莹闪动的绿光跑来跑去，有一双跑过来，又跑走，紧接着那片绿光全部消失了。

荆金泉与村民松了口气，可是突然之间，一连串的嘹亮的狼嚎一声接一声地响彻了夜空。荆金泉与村民吓得一齐跌坐在地上，他们等着狼群重新包围过来，然而狼群始终没有回来。

就这样，隋花香从荆金泉的生活里消失了。一年没见到隋花香后，荆金泉确信隋花香再也不会在他的生活里出现了。村民没有信守诺言，还是拿着木棍，拿着火把，拿着铜锣到处找狼，找了一段时间始终没有找到狼，狼也没再出现在村口，没再祸害他们，他们也就停止了寻找。

一切与狼有关的事物有关的话题有关的景象，在荆金泉的生活里全部消失，而荆金泉的生活还在继续，他依旧巡线，依旧在山里走来走去。他经常想起以前的一些日子，牛、羊在线路上跑，他在后面追，这样的景象在他的生活里也消失了。有一天工区领导打来电话，说："段领导添乘检查线路，对你巡守的线路给予高度评价。"领导问他有什么要求，荆金泉说："我没有什么要求。我就是有些寂寞。"

寂寞来自何处？也许来自隋花香的消失。荆金泉走在线路上，眯了眼睛看前方，眯了眼睛看山体，他似乎听到了隐隐约约的狼嚎，仔细听，耳边却没有狼嚎，耳边只有鸟鸣、虫鸣，只有树叶摇动的声音，尖嘴锤敲打在钢轨上、叮叮铛铛的声音。

瘦小的身影

1

铁路两边是一个又一个的巨大土堆，高处一个平顶，腰间是农民开辟的梯田，一圈又一圈，依次向下，种着绿色或是黄色的庄稼。不明就里的人以为是一座座土山或是巨大工程之后留下的废墟，读过历史的人或是当地土著都知道它们是一座又一座陵墓，里面埋葬过春秋战国的王侯将相，那番气势、壮阔非当代能比。群陵远处是一座冒着青烟的大山，站在山顶可以看到浩淼的大海，向西是宽阔的河道，曾经，也就是文化大革命之前，那里大水汤汤，虽是北方，河面上依然有船只穿梭。现在，河道消失了水的踪影，里面长着树、草，有些地方被开垦成田地，种着庄稼，一只巨大的挖土机梦魇一般一下一下僵硬地挖土。虽然没有水，河道上方依然架着铁路桥，似乎时刻做着来水的准备。铁路桥总共两座，一座供向东的列车行驶，一座供向西的列车行驶，两者遥遥相对，仿佛鹊桥两端的牛郎、织女，相见却不能相拥。西行的列车通过铁路桥，拐一个小弯，便开始减速，轻轻的"咣铛"一声，闸瓦伸到急速旋转的车轮表面，紧紧贴合上去，车轮仍旧在旋转，但是受闸瓦牵制，转得越来越慢、越来越慢，到达车站时，完全停止转动，列车停靠在站台。有经验的火车司机停车非常平

红酥手

稳，几乎没有任何冲撞与颠簸。没有经验的司机常在停车的一瞬，来个刹车，列车唰地向前一冲又向后一顿，最后猛地停下来。车厢里的旅客跟着列车来回晃上三晃，再厉害的，箱子、提包从行李架上掉下来，餐车里的碗、盘子哗啦哗啦掉得满地都是。此时，脾气不好的旅客就会站在车厢用恶毒的语言与司机的母亲发生虚幻中的肉体关系。

铁路桥离车站800米，800米是绿皮车进站前的刹车距离。徐明宇坐在宿营车里，感受到闸瓦与车轮紧密咬合时带来的快感。它们犹如小别的夫妻，在车站与车站的之间分离，然后在离车站800米的地方，重逢、相遇、撕咬、纠结，牢牢地结合在一起。光洁如同女人肌肤的车轮踏面，平滑如同男人胯间皮肤的闸瓦表面，紧紧贴合在一起，用力，用力，使这个载着几百名几千名旅客、刚刚还在田野不可一世、风驰电掣的庞然大物缓缓停下来，变戏法一般吐出腹腔内的旅客，吞进站台上的旅客。

列车驶过铁路桥的时候，徐明宇拿着检车锤，戴着写着"检车员"字样的袖章，穿过整个列车，来到行李车上。列车停稳后，他必须下车检查，车轮、弹簧、转向架，所有载动旅客行走的车辆配件都是他检查的对象，他要找出暗藏的危险，进行清除，保证列车的运行安全。当然这种危险通常不存在，但是不能因为不存在，就掉以轻心。

下车之前，徐明宇的目光已经停在线路上，一路向前，怀着一点酸楚、一点爱恋、一点疼痛，寻找那个在10号车厢上水的小姑娘，这样的寻找已经很久了，一个月、一年、一生或是一个世纪。线路上布满耀眼的日光，小孩拳头一般的石砟间铺着一条狭窄的水泥板路。水泥板做得不精致，边缘毛糙，表面坑坑注注。隔上几米，就有一条长长的，如同黑蛇一般的橡胶管子懒洋洋地躺在上面。

这是专为上水工铺设的水泥板路。每个中等车站都配备上水工，她们给停留车站的列车上水，供餐车做饭，旅客饮用、洗漱，还有冲厕所。徐明宇跑这条铁路线两年多了，知道这条水泥板路铺设不久，它使上水工的脚与坚硬的道砟分离，不仅便于行走，还解放了她们的鞋子，那些价格便宜的布鞋可以坏得慢一些，鞋底不再像被子弹打烂

瘦小的身影

的树叶，散乱着粉白色的布边与乌黑色的胶皮。想到粉白色的布边、乌黑色的胶皮，徐明宇心疼起来，他记得的，他第一次见到她时，她就穿着一双那样的鞋子，鞋子里面的脚没有穿袜子。小姑娘，十八岁多一点点，穿着土黄色的工作服，戴着明黄色的安全帽，小小的脸，鼻子上架着白边眼镜，脸上是故意做出来的成熟而又认真的表情，但是掩饰不住如水一般盈盈溢出的稚气，是对世界对人生还没有形成固定认识，对周遭一切和自己即将面临的生活懵懵懂懂的稚气。

十八岁，并不是年龄最小的铁路职工，80年代，铁路上有子替父职，简称"顶替"的就业方式，很多十四五岁的农家孩子改了年龄顶替父亲入路成为铁路职工。徐明宇所在的车间就有那么一个小孩，是个十足的孩子，说是十六岁，实际十四岁多一点，车间无法安排工作，买了一只羊，叫他牵着，在草地上放羊。当然也有年龄大的顶替职工，一名男子，二十二岁，精神有些问题，在油线室整天剥浸了机油的毛线，一双手油乎乎、湿漉漉的，见人就眯着眼笑，嘟嘟嚷嚷地说话，烦了的时候，会突然消失一段日子。班里人说他不愿意做铁路职工，老嚷着回家，他父亲几度前来做工作，可是没有做通，后来他在单身宿舍上吊自杀了。

这些比较悲催的人，小小年龄只身从农村来到城市，心智没有成熟，与一帮成年人，应该喊叔叔与阿姨的人打交道、做同事，那些人偏偏又生活在社会最底层，没有文化，不懂得爱与尊重，不知道这些少年还处于青春期，不能够将他们当作同事，只能当成孩子照顾。这些人，农村顶替入路的少年，像没有长成的小树，胡乱地扔进荆棘与乱草之中，胡乱地生长。

徐明宇出身城市，毕业于铁路司机学校，从小受着周围人的爱护与推崇，按部就班地上学、工作，几乎没有受过任何苦，可是他感受得到这些顶替铁路子弟的苦楚，相信他们稚气或是故作坚强的外表下面，隐藏着一颗敏感、疼痛而又布满伤痕的心。比如这个小姑娘，十八岁，正是如花似玉的年龄，有着光洁的皮肤、柔软的肢体和细白的双手，却要拖着长长的胶皮管子，在列车背面上水。上水口紧挨着便筒，常常地，黄色的尿液或是粪便一倾而下，普通人见到这些污物都会掩鼻而逃，小姑娘却站在那里纹丝不动。她的同事，常常对旅客的这种行为提出抗议，徐明宇见过一名四十岁左右的女上水工将胶皮管子塞进便筒，用清水冲洗正在"方便"的旅客屁股。被水浇得精湿的旅客，提着裤子，头伸出车窗，破口大骂。女上水工大声回骂，言语彪悍，令人叹为观止。

小姑娘总在 10 号车厢上水，徐明宇下车时正见她将上水叉子插进水井，弯腰拾胶皮管子，胶皮管子足有 10 米长，小姑娘两只手握着前端，将管子从腋下穿过，如同拖着一条长蛇，将它拖到车厢前端，插进上水口。徐明宇一直担心她拖不动，因为她看上去实在瘦小，可是每一次，她都将它拖到了上水口。管子插进上水口，小姑娘折身，回到水井旁，拧开水阀。清亮亮的水立刻通过胶皮管子输送到列车上。

徐明宇走到小姑娘身边时，她已经守候在胶皮管子旁边。10 分钟的停车时间，她要拖管子、上水，然后在列车开动之前关闭水阀，将管子拔下来。否则，列车强大的动力会将管子从水井撕裂，带着它一路狂奔，击碎线路上的信号灯。

小姑娘站在列车旁边，似乎感觉不到徐明宇的到来。她一只脚向前，一只脚向后，呈丁字形站在水泥板上，一手提着上水叉子，一手掐在腰上，眉毛轻轻蹙在一起，眼神迷离，一副若有所思的表情。

在想什么呢？思考人生思考世界吗？徐明宇一边走一边忍不住回头看。等到登上机车后的第一节车厢，打开车门，抓住两边扶手，用力一跃，跳进车厢时，他的身子转过来，看到小姑娘关闭水阀，将胶皮管子拔下来，又如拖长蛇一般拖到水井旁边。徐明宇吁了一口气，知道自己是关心她的。

徐明宇走进车厢，复杂的混杂的喧嚣的气息包围了他。这是他非常熟悉而又熟知的味道，他深深吸了一口，听到火车头长鸣一声，车厢微微一晃，缓缓启动。将头探出窗外已是来不及了，徐明宇将脸贴在车窗玻璃上，看见楼房、树木、马路、车辆、桥一点一点向后倒去，拐一个弯，列车已是飞驰了。

徐明宇不太喜欢回家。他的父母都是铁路职工，父亲是中层干部，母亲是另一个段财务科的会计，这是令人羡慕的家庭组合。段内，许多男铁路职工找的是纺织女工或是附近农村的农民，甚至东北或是大西北的女人。徐明宇的母亲因为是铁路职工，理所当然地嫁给了铁路职工。徐明宇也理所当然地入路成为新一代铁路职工。他本来有更多的选择，如继续读高中，考大学，一流的考不上，二流三流的绝对不成问题，或是考邮电、商业、医务等中专学校，父亲替他选择了铁路司机学校，父亲感觉自己的孩子不干铁路是他人生的失败。徐明宇家里所有的一切都与铁路有关，宿舍区就建在铁路旁边，父母搬了几次家，都没有离开铁路。离铁路最近的时候，火车仿佛在家里穿行。徐明宇至今记得那个家的模样，一个长方形的院子，院墙不是砖或是石头而是乌黑的枕木，院子顶端一间屋子，搁着一张双人床、一个衣柜、一个桌子，还有一张茶几。从家里出来，必须经过五条铁路线。坚硬、雪亮、弯曲的钢轨，似乎可以扎穿脚背的道砟给徐明宇带来无限恐惧。徐明宇都是独自越过铁路，母亲走在前边，他走在后边，身边大人来来往往，其中一个穿着红旗袍红皮鞋的新娘子用力搬着一辆红色自行车。新娘子的皮鞋表面亮丽，鞋根却被道砟扎得伤痕累累。

成年之后，徐明宇依然能够忆起铁道线带给他的恐惧。他回到那里，站在铁道线的这端，看到一个五岁男孩站在铁路线的那端哇哇大哭，他的母亲冷着脸、皱着眉，背对着男孩一步一步穿过铁路线。不远处，一列拉着货物的列车慢吞吞驶来。徐明宇突然之间泪如雨下。

徐明宇不喜欢回家，因为母亲给他介绍了一个女朋友。每次回家，那名女子都在家里等他，当然是母亲打电话将她叫来的。她与母亲在厨房洗菜、做饭、说话，徐明宇进屋，她的头伸出来，向他笑，嘴唇一抿，说："回来了。"仿佛不是母亲介绍的女朋友而是母亲的女儿。

她是母亲科长的侄女，父亲是某个企业的领导，总之是个干部子弟。母亲相中她十之八九因为她的父亲。这种动机不纯的相亲，徐明宇打心眼里反感。偏偏女子喜欢他，是没有理由、彻头彻尾的喜欢。可是这有用吗？她喜欢他，他不喜欢她。这有用吗？

徐明宇进卧室躺到床上，眼前浮现出小姑娘的身影。她的父母是

红酥手

做什么的？应该也是铁路职工吧？应该是普通的工人，这一点可以肯定。稍微有点本事的人不会叫自己的女儿去上水。她的不快乐是因为做上水工吗？她看上去是不快乐的。

门推开了，先进来一个端着饭盒的手，白白的一段皮肤延续到腋下碧绿色的衣袖，是成心诱惑人，试图令人想入非非的那种打扮。尔后整个身子进来，果然是穿着旗袍的，碧绿色的印着白色花纹的旗袍。腿上的开叉露出了粉白色的打底裤，又是故意的，那么细细窄窄的一截，偏偏毫无遗漏地落入他的眼里。

徐明宇将脸转过去，女人走过来，坐到床边。床吱呀一声陷下去，又慢慢弹上来。女子捏着一只草莓递过来，直接递到他的嘴边。徐明宇看到两只圆润的、指甲修剪得整整齐齐的指头，透着少女特有的粉白。是没有受过苦的，被人宠着、娇惯着的女孩的手。她的工作是银行职员，穿着漂亮的制服，坐在明净的玻璃窗后面。她的工作，应该不是为了生存而是为了消遣吧。

徐明宇坐起来，没接草莓，直接将饭盒端了过来。饭盒里整整齐齐排着草莓，四个一排，排了四排，上面洒着雪粒一般的白糖，徐明宇将草莓一个一个拿出来，搁到桌子上，露出来又是一层草莓，总共三层，每一层都洒着白糖。

女子说："特意给你买的，买给你吃的。"

徐明宇打了个寒噤，看着那些草莓，感觉像自己被掏出或是被出卖的心脏，一个一个又一个血红的心脏，里面隐藏着一个一个良心。他将它们重新摆回饭盒，连同女子手中捏的那个。女子站起来，笔直的腰身，屁股那里一段凸起。她走到窗前，闭合了窗帘。徐明宇的汗都要下来，几乎是跌着过去，将窗帘打开。女子又将它们闭合，徐明宇又打开，女子又闭合，两手紧紧抓住窗帘的结合处，泪莹莹下来："你终究是不喜欢我的。告诉我，我哪里不好？我改。只要你能喜欢我，我可以改。"

徐明宇怔怔地看着她，仿佛不明白她说的是什么。他看着眼泪从她的眼里流出来，透明的流成了一条线的泪水，到下巴处滴下来，滴到衣服上。徐明宇的心搅成一团，急忙转身，拉开门，来到客厅。

母亲坐在沙发上剥豆子，面前一个雪亮的不锈钢盆，已经盛了半盆豆子，她喜欢用豆子炖肉。母亲看着他，手里的豆子扔出来。剥出来的，没有剥出来的豆子滴溜溜地、噼啪啪地滚了一地，母亲说："总有一天，你会后悔。总有一天，会后悔。"

会后悔吗？他想。不理母亲，打开门顺着楼道来到院里。院中间一个花池，开了一池的繁花，深红的、暗红的、紫的、黄色的，他认识其中几株，名字叫作月季，其他的一概不认识。那黄色的花开得最不好看，小小的、瘦瘦的，他却偏偏喜欢，喜欢得不行。站在花的前面，他呆呆望过去，看到一只蜜蜂在花瓣上舞来舞去，尔后停到花芯，两腿沾满了花粉，一下一下地颤动。他突然心疼得不行，捡了一根干树枝去赶，又怕弄坏了花，只在花的上方一下一下挥动，蜜蜂没有受到惊扰，依然伸着腿乱颤，最后似乎玩够了，折起身，飞走了。

徐明宇烦得不行。离开花池，到一棵树下，坐到一块石头上，样子不像年轻人，倒像饱经事故的老头。他低着头，算日子，算来算去，知道见上水的小姑娘已经二十几次了，从去年春天一直到今年春天。见到她时满心欢喜，没待下车，一把检车锤就舞成了麻花形状，曲子也从口里哼出来。那个时候他的心是安定的，是温暖的，从列车上下来，一步一步向她走去，摸轴承盖，测试轴温，检车锤敲到车轮上，叮叮铛铛一片脆响，雨点洒在水面上一般，传递着内心的欢喜。虽是欢喜，却也敲得有章有节、有板有眼，完全符合检车要求。当然，当然，也有遇不到她的时候，她三班倒，一个白班后是一个夜班，休息一天一晚上又是一个夜班，而他退乘后，休息三天再出乘，因此他经常遇不到她，遇不到时，他便感到焦虑，步子迈得有些急有些碎，检车锤敲在车轮上，虽然仍是一片脆响，却是打破了的瓷盘一般，哗啦哗啦，响得叫人心烦。

2

刚刚踏进行李车，徐明宇就被一阵叽叽喳喳的叫声包围，抬头望去，满眼都是金黄色的小鸡，黄色的嘴，黄色的毛，黄色的爪子，软乎乎的一团，在笼子里，悠闲地走来走去。"哦"，徐明宇不由自主地叫出声来，春天到了，行李车上常运送这样可爱的生灵，上个车站它们还没运进车厢，这个车站却变戏法一般出现在他的面前。

徐明宇围着笼子转来转去，皮肤黝黑的矮个押运员问他："喜欢吗？送你两只。"

徐明宇自然喜欢，说："给我两只，不过，必须收钱。"

抱着两只小鸡下车，线路的上水工向他投来惊喜的目光，她们伸手跟徐明宇讨要，徐明宇只是摇头，走到 10 号车厢，走到小姑娘身边。如他所期望的那样，小姑娘投来欢喜的目光，掐在腰上的手放了下来。徐小宇将小鸡递过去，她接过来，端到胸前，看了看，又看了看，尔后，才抬眼看他。

徐明宇以为她要和他说话，他一直盼望她开口说话，他也有很多话想跟她说，比如：她叫什么，有没有男朋友？他是否符合她找男朋友的标准？如果可以的话，做她的男朋友好吗？

可是她只是看着他、看着他，眼睛弯成曲线的模样，看着，就是不说话。

此后再相遇，依然无话，可是徐明宇看出了她的变化。徐明宇下车，首先遇到的是她的目光，亮晶晶的，天上的星星一般，晃呀晃，然后垂下眼帘，盖住目光。徐明宇拿着检车锤从她身边经过，她的脸会红，先是一点红，然后再红一些，眼皮垂着，眼神迷离，嘴唇与嘴唇上的汗毛微微颤动。

徐明宇的心像滴进了泉水，一波一波又一波，荡漾出好看的涟漪，他心跳得厉害，腿有些打绊，呼吸也快了起来，擦身而过之后，心跳得依然厉害。回头看她，脸上一片红，又一片红，相信，她的心跳得同样厉害。

旗袍女子依然到徐明宇的家里来，根据时间的流逝，变化着送给徐明宇水果，李子、桃子、苹果，还有一些徐明宇不认识的，产自南方的水果。新鲜的、色彩艳丽的水果，如同女子逼过来的嘴唇，令徐明宇心生畏惧，退乘之后，他索性不再回家。徐明宇在马路上闲走，走到火车站，突然就进候车室登上东行的列车。

119
瘦小的身影

在小姑娘上水的车站下车，站在站台中间的绿色栅栏旁边，看着旅客来来往往，心里安定得不行。他似乎是第一次不以工作者的身份看这些忙忙碌碌，如同蚂蚁一般，扛着大小包裹行走的旅客，这些往常被他熟悉与淡漠的人，此时，奇怪而又陌生。一个老头拿着只矿泉水瓶子下车，一屁股坐到徐明宇身旁，说是刚从北京上访回来，他每年都要到北京上访，他的主要工作就是上访。他向徐明宇讨要白开水，说："灌在瓶子里，灌在瓶子里就行。"

徐明宇别过脸去，不理老者。他在等待列车开行，列车开行后，就会看到小姑娘是否在线路上。好不容易，好不容易，列车开动了，如同一个巨人吞纳进站台上的旅客，慢吞吞地挪动步子，提速，转弯，很快变成风驰电掣的一条长线。被它遮蔽的铁路线露了出来。小姑娘果然当班，还是土黄色的工作服、明黄色的安全帽，却没有拿着上水叉子，而是跟一个男人热烈地说着什么。

徐明宇听不清他们在说什么，只是看着他们一边说一边走到站台上，男子突然弯腰，脱下小姑娘脚上的鞋子，转身，扔到站台顶棚上面。小姑娘光着脚跳起来，这时候，徐明宇听清了男子的话："这么破的鞋子，一定要扔掉，我不给你扔掉，你绝对不会买新鞋子。"

小姑娘依然跳，脚下安了弹簧一般，跳了一下，跳了一下，又跳了一下，突然转身，跳下站台，迈过钢轨，迈过枕木，再迈过钢轨，来到线路的水井旁，她的手里拿着两只硕大的黑色胶皮手套。她拧开水阀，灌了两胶皮手套水，提着，跳上站台，"哗"地一声全部倒到男子身上。

围观的人一齐笑起来，小姑娘的同事，还有那个被水浇湿了的男子。徐明宇却笑不出来，他看着小姑娘的脸涨得通红，嘴唇紧紧抿在一起，眼里有亮亮的东西，晃来晃去。徐明宇心痛得不行。想上前跟她说话，可是没有一点点力气，眼看着小姑娘赤着脚，跑到站台的另一端。徐明宇手抓了栅栏，坐到了上访老人身旁。

他等着小姑娘回来，一直等到西行列车进站，也没等到她来。

检车、下车没有见到她，再一次，还是没有见到。再一次，仍旧没有。这是从未出现过的情形，无论如何第四次能够见到的，可是仍然没有见到。

为什么不上班了？是因为扔鞋子的事情，受到伤害了吗？徐明宇又一次心痛得不行，忍不住问她的同事，说是回家了。"知道吗？她是顶替入路的。她的家在胶东农村。"

噢，是这样的。怪不得那样羞涩，怪不得总是不说话，怪不得鞋子穿坏了，仍然舍不得扔掉。问她家的具体地址，同事翻了一下眼皮："问那么多做什么？农村孩子，穷，没本事。冬天时，上水管子冻成了冰条，不是她用的管子，别人偏说是她用的。她嘴笨，一着急就结巴，辩论不过，只有守着那根管子哭。还是接班的男同事将管子拧下来，拖到太阳底下，晒开冰块。班里是有人欺负农村顶替的，不过，她们也不争气。噢，听说为了顶替，她哥跟她翻了脸，几年不说话，也不跟她爸妈来往。我说多了，你问她家住哪，我为什么要告诉你？"

这样的身世。原来还有这样的事情。徐明宇想到自己，想到那个几乎要耗在他家里的旗袍女子，感觉眼前的事物非常恍惚和陌生。再想一想，又感觉他的家，感觉旗袍女子非常恍惚和陌生。他都分不出哪是真实哪是虚幻了。

徐明宇有办法，退乘，打她单位人事科的电话，谎称她的同学，于是问出她家的地址，真的是胶东的一个村庄。从徐明宇居住的城市出发需要坐8个小时的火车。下了车，要坐汽车，并且可能步行一段路程。8个小时算什么呢？坐汽车算什么呢？步行又算什么呢？徐明宇跑到火车站，寻找最早一趟东行的列车。检票时节，人群里挤来旗袍女子，手里提着一只塑料饭盒，跌跌撞撞过来，塞进他的手里。徐明宇打开饭盒，里面是去了皮的、切成小块的苹果，每块苹果上插着一只短短的牙签。四周的嘈杂一下子静止，徐明宇的耳边一连串丁零零的尖细响声。他看着女子的脸，是经常做美容的、精心修饰过的脸庞，眉毛修得无可挑剔，皮肤像剥了皮的鸡蛋，嘴唇上抹着淡红色的唇膏。他的汗毛都要竖起来了，将饭盒扣紧，放到人群旁边的座位上，头也不回，挤进检票口。

列车一路东行，东行，树木渐次变绿，水洼渐次增多，风凉起来

瘦小的身影

了。火车到站时，夜色苍茫，星斗满空。

出火车站，徐明宇才发现他没带足够的钱，此时竟然无钱住旅舍。可是他一点不感到可怕，他正想早一点见到她。在马路口，问一个老人，再问一个年轻人，再问一个中午人，得到通往那个村子的路线，徐明宇顶着满天星光一步步走去。通常他都是夜间行走在车站，行走在线路上，现在，走在平坦的、一会儿上坡一会下坡的公路上，满怀新鲜，满怀幸福，满怀期待，一点感觉不到累。走下公路，是个镇子，镇中心有家商店，透着灯光，灯下，一个女人走来走去。徐明宇走进去，问村子的路线，女人向前指，又指，不说话，仿佛是个哑巴。徐明宇出商店，继续东行，是条狭窄的土路，两边种着杨树，出了镇，过了桥，杨树消失，换成一望无际的庄稼。天空不是黑，而是幽幽的蓝，挂着又大又圆的月亮，照得四下一片通亮。徐明宇手晃起来，在安静的乡间小路，在一望无际的绿油油的庄稼陪伴下，他的手晃起来，仿佛拿着检车锤，嘴里也哼起曲子，仿佛列车马上停靠站台，仿佛他要下车检查，马上可以看到那个上水的小姑娘。

走到村头，身旁一条浅河，数排垂柳，几声犬吠，村子沉浸在深睡之中。已是深夜。

徐明宇往村子里走去，安静的村庄似乎意识不到他的来临，树静悄悄的，房屋静悄悄的，路静悄悄的，就连犬吠也消失了。他在一排一排房屋后面走过，猜测她住在哪一扇门的后面。似乎每一扇门后都有她，又似乎都没有她。

终于困了，徐明宇来到一座草垛旁，草垛特有的暖煦煦的气息吸引了他，加重了他的瞌睡。徐明宇打了个哈欠，草垛里挖了一个洞，钻进去，想了一下她的模样，看了一下蓝幽幽的夜空，睡着了。

徐明宇是被晨起的女人惊醒的，女人尖叫一声，向后一跳，问："你是谁？为什么跑进俺家的草垛？"

徐明宇爬出来，摘掉手上、衣服上的草，知道自己很狼狈，但是仍旧说出来："找一个人，一个铁路职工，女的，戴着眼镜。"

"你是谁？做什么工作的？为什么找她？"女子问得详细，仿佛审问一个犯人。徐明宇十分艰难地回答，为了使自己的形象好一点，撒了一点点谎。女人终于不问了，说："她是俺表妹，俺是她表姐，你在这等着。俺去喊她。"

草垛旁边是棵高大的不知名的树，满树的花开得茂盛，一团繁华，一团锦簇。徐明宇站在树下，一片忐忑。她会来吗?? 她来了，和她说什么？

时间过了那么久，那么久，那么久。她真的来了。没有穿土黄色的铁路制服，没有戴黄色的安全帽，穿着粉红色的上衣，黑得发亮的裤子，脚上是半跟皮鞋，鞋根平整，没受一点点损坏。长长的头发披在肩上，仍旧戴着白边眼镜。他看到她眼里映出水光，一闪一闪的，像月光下的波浪。虽然被镜片遮着，他依然看到了水光。

她走过来，走过来，站在徐明宇的面前，笑，没有话，一句话没有，只是笑。徐明宇也笑，然后转头走。步子越来越快，越来越快，她跟在后面。他说："别送了，回吧。"她不说话，他又说："别送了，回吧。"她还不说话，只是跟着，跟着。跟到了桥头，徐明宇又说："别送了，回吧。"

她终于说话了，她说："吃早饭了?"

徐明宇点头，胡乱点头。

"钱够用吗?"

点头，胡乱点头。

"再过三天，我就回去。"

徐明宇又点头，迈开步子走。路的两边全是果树，小小的椭圆形的叶子几乎要碰到一起，他走得越来越快，感觉这次她没有跟过来。拐弯处，回头，她果然没有跟着，站在桥头，站成小小的一个点，身后是大得红得令人心痛的太阳。

往回走才知道，路极其漫长，徐明宇饿得几乎要晕倒。口袋里的钱不够餐费，并且路上没有饭馆甚至没有一间房子。徐明宇走着，走着，终于见到一个塑料布搭成的棚子，棚子里坐着一个老人，说是给施工队看设备的。徐明宇问："给点水喝，给点吃的，好吗?"

老人奇怪地看着他，但是倒了一杯水，拿出一个硬得如同石头的烧饼，徐明宇喝着水将烧饼吃进肚里，掏出口袋所有的钱，一块两毛

123

瘦小的身影

钱，放到桌子上，低着头离开。

到达火车站，心安定下来。徐明宇跑惯了列车，见到铁路，见到车站，闻到火车的气息，就感到安全。虽然车站是陌生的，站务员是陌生的，但是喧嚣的气息、火车的味道、铁路的味道，是他熟悉的，是他熟知的。人群往进站口拥去，检票员开始检票，列车即将进站，徐明宇没有钱，没带工作证，在这个城市没有一个熟人，通行遇到困难。但是他一点不害怕，他站在拥挤的人群后面张着嘴笑，孩子一般。徐明宇知道日子长着呢，他总会坐上列车，通过车站、火车，到达他居住的城市，到达小姑娘上水的车站。他会看到她瘦小的身影。站在 10 号车厢旁边，一只脚向前，一只脚向后，一只手拿着上水叉子，一只手掐在腰上。他会看到她，并且相信，有一天，她会将手放进他的手里，叫他娶她。

红酥手

奔跑的村庄

我一直在想这件事是不是真的：我们的村子，所有的人、房屋、家具、农具、猪、狗、庄稼……所有有生灵和没生灵的物体，在一个清晨，跟在一个男人后面，兴高采烈、跌跌撞撞、咕噜咕噜地向前跑去，跑着跑着一下子消失了踪影。

这件事发生在我上小学五年级时，我是1973年生人，上小学五年级时12岁。当时不知道为什么，我们镇所有小学五年级的学生都集中到一个叫作"秀山中心小学"的学校读书。"秀山中心小学"坐落在秀山村，离我们村五里路，那个时候，没有校车，自行车也很少，所有学生必须通过步行完成上学的路程。我们通常五点半或是六点多一点从家里出发，在村中央汇合，结伴走出村子。出村不远是个菜园，菜园里有座红瓦房，越过红瓦房五六分钟，是个小上坡。坡的两边都是庄稼地，右边的庄稼地紧挨小路的地方垒着三座坟。那三座坟给我们带来无限恐惧，每每经过都要将头扭向左边，快快地通过。

第一次见到那个人，是我们快要到达三座坟的时候，那是个初春的早晨，天不是很亮，四周黑蒙蒙的，在我们准备将头转到左边，快快从坟旁经过时，突然有人大喊："鬼，鬼。"

来不及分辨是否真的有鬼，我和另外的同学"哇"的一声转身向后跑，跑到红瓦房才停脚往回瞧。晨光中，看不到三座坟的影子，只看到一堆又一堆朦朦胧胧的黑，黑的边缘镶着一条亮边，那个"鬼"就在亮边上一闪一闪地动。

大家又是"哇哇"大叫，小狗一般挤在一起，唯恐那个鬼跑过来吃掉我们。可是挤了半天，不见那个鬼过来。胆大的男生说："我去看看，是不是真的是鬼。"

男生挪着步子慢慢向小上坡走去，我躲在他身后，一步一步跟着挪，眼看着小上坡到了，眼看着三座坟到了，男生却不敢走了，站了一下，"哇"地大叫一声就往回跑。我也"哇"地大叫一声，却没有跑，为什么？因为我突然想到：如果鬼真的想吃我们，跑是跑不掉的。我站在原处没有动，双腿却不停地打着战抖，尿也差一点撒到裤子里。这个时候，天有些亮了，"鬼影子"也清晰了一些，他依然一闪一闪地动，眼见着冲我动了过来，我的腿抖得更厉害了。可是抖着，抖着，突然不抖了，为什么？因为我发现鬼影子是个人，是个穿着绿军裤、白背心的年轻男人。一动一动的是因为他在跑步。

年轻男人跑到我身边，呼呼哧哧的，像一匹喘息不停的马。他的额头上布满汗，脖子与胸脯上也布满汗。他停下脚，头像钟摆一样晃来晃去，说："你是寻芳村的，你是某某某的妹妹吧。三年不见，长大了。""某某某"是我姐姐的名字，他竟然认识我，我抬头看了他一眼，感觉并不认识他。

男人拐向另一条小路。我冲着身后喊："不要害怕，不是鬼，是人。"

同学们谁都不相信，我跑过去，如此这般描述一番，他们才半信半疑地跑到小坡，盯着那人的影子认认真真看了半天，确信他是个人而不是鬼。同学们"嘘"了一声，埋怨道："大清早跑什么步呀，尽吓唬人，跟鬼没有两样。"

我说："我就知道没有鬼，我才跑过去看。"

同学们又是"嘘"了声，说："我才不信。谁会相信没有鬼？刚才你快尿裤子吧？这个世上既有人也有鬼。我奶奶跟我说过，她晚上经常听到有人在院子里说话，黑洞洞的院子，没有人却有人说话，不是鬼是什么？"

"兴许不是鬼是别的东西呢。"

"别的东西？哪有别的东西？"

"是有别的东西。"一个男同学很认真地说道，"我家的桌子会自己移动位置，今天在屋子的东边，明天跑到屋子的西边。我奶奶也跟我说过，我家门口的两棵槐树一到晚上就跑到一起说话，天亮才分开，站到门的两边。"

"是呀，是呀，我家也有这样的事情。一根绳子明明放在桌子上的，眨眼之间就找不到了，不知道什么时候，它自己挂在墙上了。我爷爷的眼镜明明放在炕上的，可是到处找不着，最后在灶屋的凳子上找到了，它自己跑去看烧火了。"

同学们七嘴八舌地说着，我盯着一根摇来摇去的青草不再说话。我不是不承认他们说的事情不存在，这些事情确实在我们村存在，不仅爷爷、奶奶、爸爸、妈妈说过，我们自己也亲眼看到过，比如面缸里的面突然多了，或是突然少了，一把铁锄跑到屋顶上晃来晃去。起初村里人以为是黄鼠狼——黄大仙捣的鬼，抓了几次没抓到后，就不将这些事情当事情了。我不说话的原因是在想这个跑步的男人是谁，他的头为什么会像钟摆一样晃来晃去？

农村没有人跑步，所以这个人很快被我打听了出来，他叫刘生根，是我们村的退伍军人。在部队没练过武、没拼过刀、没架过电话线、没开过汽车，他在部队喂了三年猪。喂猪，是个农村男人不愿意做的活。农村喂猪的都是女人，一个女人只喂一头猪，刘生根是个男人，一个男人却喂很多头猪，为此村里人有些瞧不起刘生根的军人生涯。

还有刘生根的头，刘生根当兵时，头不像钟摆一样晃来晃去，退伍回来，却像钟摆一样晃来晃去。有人说他因为头晃来晃去才被迫退伍，又有人说退伍时他的头不晃来晃去，在回村的火车上，遇到件事情才晃来晃去的。遇到的事情是什么，没有人说得清楚。

刘生根虽然喂了三年猪，但是像所有军人一样保持了晨跑的习惯，退伍之后也必须晨跑，虽然他的头晃来晃去，但是不跑他就浑身不舒服。在很多农村女人黑灯瞎火地生火做饭，男人在被窝里呼呼大睡，孩子揉着眼睛刚刚睡醒，猪、狗哼哼叽叽乱叫的时候，刘生根从家里跑出来，晃着他的脑袋，大迈着步子跑到村口，跑到绿油油的庄稼地里。

村里人对刘生根的晨跑很有看法，因为刘生根在部队没有提干，没有任一官半职，因为刘生根的头晃来晃去，村里头不晃的人都不跑步，他的头晃来晃去，却要跑步，村里人就将他的跑步当成受了刺激，精神出现问题的表现。

村里已经有三名精神病患者，一名是个老年男人，被关在村委的一间旧屋子里，没有媳妇、儿子，只有兄弟和侄子。兄弟与侄子每天给他送饭。吃饭时，是他屋子唯一敞开门的时候，吃完饭，房屋的门再一次锁闭。老年男人经常趴在窗户上往外瞧，笑眯眯的，一点都不像精神病。后来，这个老男人被村里一名具有暴力倾向的年轻精神病打死了。

具有暴力倾向的精神病也是退伍军人，听说在部队没有提干才变成精神病。他是村长的弟弟，没被关进旧屋子，娶了一个媳妇，生了一个儿子，堂而皇之地不参加村里的集体劳动，在别人热火朝天干活的时候，他非常幸福地四处游荡。他最喜欢游荡的地方是村小学操场，他在操场上走来走去，微笑着，低着头，嘴里嘟嘟囔囔。这是他不犯病的时候，他犯病的时候必须找一个人打一顿，那个挨打的人大多是他的老婆，他的老婆是我们村的第三个精神病，她的病轻一些，很少有发作的时候。这个具有暴力倾向的精神病犯病的时候，将老婆绑起来、吊起来打，有一次将她捆到椅子上，用锯锯她的脖子，差点将她的头锯下来。

如果刘生根也是精神病的话，他就是我们村第四个精神病患者。一百多户人家，五百多口人，竟然出了四个精神病，这是件叫人很难接受的事情。所以村里人对刘生根很有看法，盼望他快快停止跑步。

刘生根根本不管村里人的看法，或者他根本不知道村里人对他的跑步有看法，他一如既往地跑下去，从初春跑到春末，从春末跑到夏天来临，夏天来了，四野通亮，站在村子的高处，比如平房，比如猪圈，就能看到刘生根跑步。这个时候，男人不睡懒觉了，孩子上了学，女人也有了一点空闲，大家就站在某个地方看刘生根跑步。起初只有几个人看，后来变成很多人看。这个情景很像一年前，我们村来

128
红酥手

了一个城里人，这个城里人每天早上在场院打拳。场院是农村用来晒粮食的地方，开阔、平整，散发着泥土的芬芳，非常适合跳舞、打拳或做其他健身活动。可是农村人从来不健身，那个场院除了晒粮食，就是孩子用来学骑自行车。所以城里人在场院打拳，村里人就觉得奇怪，大家隔着一个菜园子，托着腮，吸着烟，抱着孩子，看把戏一样看着城里人穿着白衣白裤，一招一式地比划，最后得出结论："这城里人呀就是不一样。"

村里人到镇上赶集，经常遇到胖的或是瘦的，男的或是女的打听刘生根的情况，他们总是说："人倒是挺好，就是精神不太正常，大清早的做什么不好，偏偏起来跑步，说是不跑就难受。对了，他的头还晃来晃去，头不晃的人都不跑步，他晃头的却非要跑步。"

打听的人一听变了脸色，村里人还觉得纳闷，说话说得好好的，变什么脸色，难道说话没说到人家的心坎里。有一天刘生根的母亲突然站在街口大骂，"你们这些黑了心的，烂了肺的王八蛋，你们的良心都扔到猪圈里了。我家刘生根哪里对不起你们，他见到哪个不喊大娘大婶，不喊大哥大嫂，不跟你们赔笑脸，说好话，你们偏偏往死里整他，往坏里说他……"从村东到村西，从村南到村北，刘生根的母亲将全村所有人家骂了一遍。村里人起初觉得奇怪，刘生根的母亲平日脾气好着呢，今天为何愤怒得像只母狼？有人就想上去跟她理论一番。听了一会，理论的勇气没有了。有女人劝刘生根的母亲，即使被她骂也劝她，有人回家做了荷包蛋端出来，叫她吃点东西，攒点力气再骂。刘生根的母亲不骂了，坐在地上呜呜咽咽哭起来，哭刘生根的头晃来晃去，哭刘生根偏要出去跑步，哭刘生根的亲事，那些有四成、五成、七成、八成成功的亲事全都没有了。那些打听刘生根的人都是刘生根未来的丈母娘或是丈母爷，村人无意间的评论搞砸了刘生根的亲事。

再后来，遇到打听刘生根的人，村里人就刻意美化一番，所谓的美化就是不讲刘生根跑步的事情。

刘生根很快结婚了，结婚头几天他没有出来跑步，走起路来还软绵绵的。可是不长时间，他又出来跑步，再待不长时间，他就离婚了。

刘生根的离婚惊天动地，为什么？因为他将老婆告上了法庭。我妈是村里的调解主任，刘生根告老婆必须通过我妈这一关。那一天，应该是年初四，刘生根提着一个黑色人造革皮包跨进我家。我对这个日子记得这样清楚，是因为在我们那儿，年初四是女婿看望丈母娘的日子，我姐姐虽然大我八岁，但是她没有许配人家，我这样小，与"女婿"这两个字挨不上边，刘生根的进门就显得突兀与突然。他带了两包桃酥点心，放到我家的桌子上，一偏腿坐到炕上，看样子要在我家吃午饭。

我妈与我姐准备午饭，两人出出进进，碰面时相视一笑，一副神秘莫测的样子。我没有事做，坐在炕上看刘生根晃来晃去的脑袋，这一看不要紧，我发现刘生根的手也晃来晃去。我倒了杯水递给刘生根，不是为了叫他喝水，而是为了证明他的手晃来晃去，一杯水在他手里晃出了美丽的水花。我忍不住用手扳住刘生根的脑袋，刘生根笑着说："小妹，你要干什么？"

我说："你的头晃来晃去，不难受吗？"

"小妹，不晃才难受呢。"刘生根拉开包，拿出一叠纸，说："小妹文化程度高，帮我看看，写得行不行？"

听到刘生根夸我文化程度高，我激动得不行，慌忙将纸抓在手里，唰唰几眼看完，那是刘生根的离婚起诉书，离婚的理由是：女方与邻居有染。一晚上来四五回，他的身体受不了。

与"邻居有染"我懂，一晚上"来四五回"我却不懂，什么四五回？来的什么？刚要去问，我姐一个箭步冲过来，将纸抓在手里，塞给刘生根。"我妹小，她懂什么！"

我说："我懂，我写作文全班第一。"

我姐白我一眼："胡说什么，上一边去。"

刘生根扬着那叠纸，说："你是大学生，中文系的，帮我看一看。"

我姐说："我更不懂，我更看不了。"

刘生根走了，我妈说刘生根闹离婚的真正原因是：他老婆不要他跑步。

我大叫起来："写这个不就行了？写什么跟邻居有染、一晚上来四五回？"

我姐端了碗水叫我喝，骂我用脏话脏了嘴巴，将来嫁不出去可得怨自己。

我妈说："他这样写，别人不说他是精神病吗？以后找媳妇就难了。"

"年初四提着桃酥到咱家，也只有精神病才能做出这样的事。"

年过完没多久，刘生根就离了婚，他在我们镇上一下子出了名，镇上所有村子的所有人家都知道我们村有个宁可不要媳妇也要跑步的精神病。刘生根却一点不在乎，他看上去非常高兴，穿着绿色军裤、白色背心，晃着头在田野里跑得飞快。他妈站在平房上一边看他跑步，一边哭。

村支部书记、村主任找刘生根做工作，要他为了自己，为了他妈，为了寻芳村的荣誉不再跑步，刘生根瞪着眼睛看着他们，仿佛不明白他们在说什么。他看着他们，眼睛眨巴一下，眨巴一下，又眨巴一下，村支部书记、村主任激灵灵打个冷战，再不提不要他跑步的事情。

支部书记与村主任不提刘生根跑步的事，我却要提刘生根跑步的事，为什么，因为刘生根用跑步救了一个小孩子的命，用跑步挣了一辆自行车，挣了一台电视机，又因为刘生根用跑步，将我们村所有的人与所有的房屋、家具、农具、猪、狗等带到一个我们再也找不到的地方。

先说救小孩子的事。被救的小孩名叫星召。据他爸爸讲，星召出生的头天晚上，他爸爸梦到一个白胡子老头，老头说："你的孩子得叫星召。"村里人听说后立刻对星召刮目相看，认为那个白胡子老头是太白金星，星召是太白金星手下的童子或者直接就是太白金星播下的种子。虽然星召的成长与别的小孩没什么两样，甚至比别的小孩子更加邋遢，更加不像个人样，但是村里人仍然认为他是一个不同凡响的孩子，将来不是做村主任就是乡长。但是后来星召打破了人们的美

奔跑的村庄

好愿望，他离家出走，至今没有音信，他的母亲外出寻子，无果而归
生病死去。村里人恍然大悟，说："什么星召，名字太大了，担不
起，弄得家破人亡，还是叫死狗死猫吉利。"

说远了，拉回来，还说刘生根救星召的事情。有一天星召闲着无
事，坐在院子里打开了一瓶乐果。乐果，顾名思义是给果子带来快
乐，使果子不快乐的缘由是害虫，所以乐果是一种专门杀死害虫的农
药，喝多了能够致人死亡。没有人知道星召喝了多少乐果，他被他奶
奶发现时已经躺在地上，口吐白沫。星召的奶奶站在街当口喊人，喊
了半天一个人没有喊到。为什么？因为村里出了一个醉汉，醉汉站在
村北一户人家门口，冲着一匹拴得紧紧的马挥拳头。村里男男女女老
老小小都站在那里看醉汉抢拳头，没有人制止醉汉，也没有人将马拉
开，大家像看电影或是看电视一般躬着腰、袖着手、仰着脸、张着嘴
看着醉汉的独角戏表演，没人听到星召奶奶的呼喊。星召奶奶抱着星
召艰难地跑过来，一个男人才大梦初醒般，从家里搬出自行车，载上
老太太与星召往医院跑。那些看醉汉的人齐唰唰转头看着他们，等到
他们消失了身影，又齐唰唰转头重新看醉汉。

男人骑着自行车走了一段时间，自行车的链子断了，这个时候再
回村找自行车势必耽误时间，男人踮起脚四下乱看，盼望看到一个骑
自行车或是骑摩托车或是开拖拉机的人，他看来看去没有看到自行车
或是摩托车或是拖拉机。倒是看到一个人在田野里一闪一闪地动，绿
色的军裤，白色的背心，头像钟摆一样晃来晃去，不是刘生根又是
谁。男人张开手臂大声喊："喂，嗨，你，喂。"喊着喊着，刘生根
就跑到跟前，什么话不讲，看了两眼，背上星召就跑。

看起来刘生根的步子不急不徐，甚至有些软绵绵、慢腾腾、漫不
经心、蛮不在乎，但是五分钟下来、十分钟下来，就能感受到他的速
度，他跑得竟然比村里蹬自行车蹬得最快的人还快。

星召被送进医院，经过灌肠、打针等治疗，恢复了健康。出院
后，星召的爸爸提了两包点心去谢刘生根。刘生根离婚后，村里人都
不到他家去了，村里人都忘记他家是什么样了。因此村人里就对星召
的爸爸有些好奇，好奇星召的爸爸在刘生根家看到些什么，听到些

什么。

半小时后，星召的爸爸走出来，他看着围在一起的村民，嘴抿成一条缝，脸上挂着高深莫测的笑容，什么话不讲，转身回了自己的家。

这件事过去不久，村里突然来了镇上的干部，说镇上要举办农民运动会，举办农民运动会的目的是选拔运动员参加县、市、全国的农民运动会。他说："村里不是有个喜欢跑步的刘生根吗？要他好好练练，准备参加运动会。"

第二天，村支部书记到镇上开会，回来就召集男女老少在村口跑步，说是选拔运动员参加镇里的农民运动会。这种事还用选拔吗？当然是刘生根了。刘生根精神不好，难道还要全村的人精神不好吗？村里人对支部书记满怀意见，也不参加跑步，唯有刘生根穿着绿色的军裤、白色的背后，晃荡着头，一本正经地站在支部书记画的起跑线上。

支部书记将手拢在一起，大声发动出来一个男人或是一个女人陪着刘生根跑步，他涨红了脸，因为过于用力而嗓音沙哑，可是他每喊一声，村里人就抱以一阵哄然大笑，及至最后，不等他张口，手往嘴巴上一拢，村里人就哄然大笑。这一天，俨然成了我们村的节日，村里人齐心协力发出一阵又一阵大笑，有的人笑痛了肚子，有的人笑出了眼泪，有的人笑得在地上打滚。

最后，支部书记脱了衣服，光着上身，穿着一条花裤衩站到刘生根的旁边。他的媳妇拿着他的裤子撕着拉着要他穿上，他一把将媳妇推进人群，人们又一次哄然大笑，这一次，笑声太大了，吓得村里的狗一起叫了起来。

支部书记大声喊："各就各位，预备，跑。"刘生根与支部书记一起跑起来。支部书记跑了五分钟就站住脚，扶住腿，大口大口地喘气，大口大口地吐唾沫。刘生根一步一步向前跑去，很快跑离了村里人的视线。村里人挤挤挨挨跑到支部书记站的地方，在那里能够看到刘生根，他已经跑到田野里，起初是个半大的人，慢慢地就变成了一个小点，慢慢地变成了一个更小的点。村里人等着他跑回来，可是等了半个小时了，也没见他回来。很多人感到索然无味，转身回家去了，剩下的人又等了半个小时，仍然不见刘生根回来，他们也感到索然无趣，也回家了。

刘生根一直跑到太阳落山才回来，他跑了整整一天。

刘生根作为我们村选拔的运动员参加镇举办的农民运动会，报的是 10000 米长跑。消息传到村里，村里人嗤之以鼻，10000 米长跑，干吗不报个 20000 里红军长征，不是能跑吗？跟红军比比吧。

支部书记发动村里人为刘生根送行，村里没有一个人去，大家都觉得自己怪忙的，都觉得自己精神怪正常的，去送刘生根跑步，不是与刘生根一样不正常了吗？

支部书记本来想送刘生根去镇上，临走时，他媳妇又将他叫到床上，所以刘生根自己去了镇上。

刘生根是走着去镇上的，回来时却骑了一辆自行车。为什么？跑步得了第一名，奖品是一辆自行车。天呀，这怎么可能？别人的自行车都是卖粮挣钱买来的，他的自行车却是跑步跑来的，并且是晃荡着头跑来的。村里人围着自行车看来看去，有人骑上将自行车转了两圈，说：嗯，这辆车还挺不错的。

刘生根早晨还是跑步，村里人本来已经不看他跑步了，因为他挣来了自行车，村里人又站在高处看他跑步，刘生根的步子还是软绵绵、慢腾腾，看上去很不用力的样子，但是不知道哪里变了，刘生根跑得跟从前不一样了。

一个月后，刘生根参加县农民运动会，报的依然是 10000 米长跑，这一次，不用支部书记发动，村里很多人陪着刘生根去县城。村子离县城好远的，可是村里人不在乎，他们陪着刘生根步行，抄小路去县城。那真是个激动人心的时刻，村子还笼罩在清凉凉的夜色里，各自的家门吱呀一声打开，男男女女脸上带着兴奋的、期盼的、神秘的抑或是隐晦的、说不清道不明的表情，汇集到刘生根的家门口。他们静悄悄地等着刘生根家里的灯熄灭，等着刘生根家的门吱呀一声打开，刘生根穿着绿色的军裤、白色的背心走了出来，他们一齐往村子的东方走去，因为县城在村子的东方。他们排成一支不太规则的队伍，上了村东的那座山，穿过茂密的果树林，下山，穿过一条河，进入一片田野，走到太阳呼的一声跳出来，将红色洒满大地的时候，县城到了。

到了县城当然要吃一次城里人吃的早饭，这是一顿何等开心的早饭，有的人握着一只烧饼呵呵笑出声来，有的人端着一碗豆浆呵呵笑出声来，有的人什么都不端，看着城里来来往往的男女呵呵笑出声来。亲爱的读者，如果你在27年前去过胶东的一座小县城，如果在一个清晨看到一些莫名其妙的，没有理由、没有缘由哈哈大笑的人，那么你看到的就是我们村里的人。

农民运动会在县一中举办，到了那里，村里人才知道没有买票、没有接到邀请进不了学校操场，除了刘生根，其他人全部被拒之门外，有人试图翻墙、钻门，都被值勤的警察拦下来。警察眼睛一瞪"再翻再钻，给你两个耳瓜子"。

村里人老实下来，蹲在一中门口的树底下、马路边，等着刘生根出来，学校的高音喇叭不时播放比赛项目，播到10000米长跑时，村里人依旧蹲在各自的地方，一个个恹恹的，仿佛不知道为了什么蹲在这里。

这种情形一直持续到发放奖品的时候，刘生根依然是10000米长跑第一名，这一次的奖品不是自行车了，是黑白电视机。

天呀，天呀，这怎么可能呀。村子里只有一台黑白电视机，那还是一户人家的城里亲戚倒下来的旧电视机。天呀，天呀，刘生根跑步就跑来了电视机，村里人站起来，村里人跳起来，村里人抱到一起，有些人流下了眼泪。

电视机是被大家轮流扛回村的，那一天寻芳村经历了一个不眠之夜，大家坐在刘生根家的炕上，站在刘生根家的地上，挤在刘生根家的水缸旁看电视里播放的内容，一直看到一片雪花飞舞还在看。

刘生根似乎累了，他在欢乐的、热闹的、热气腾腾的人群里靠着墙角睡着了。即使睡着，他的头也像钟摆一样晃来晃去的。

第二天，刘生根像往常一样爬起来，像往常一样，在村里的女人头不梳脸不洗地升火做饭，孩子从梦中醒来，鸡刚刚叫过五时，猪、狗等家畜开始嗯嗯吱吱的时候，起床，喝下一碗凉水。他依然穿着绿色的军裤、白色的背心，吱呀一声打开院门，再吱呀一声关上院门，甩甩腿，甩甩胳膊，然后跑起来。这样的跑应该没有异样的，可是这一次村子里出现了异样，那些往日呼呼大睡的男人从墙角下、从树底下、从草垛根、从猪坑旁，鬼影子般接二接三地出现，接二连三地跟在了刘生根的后边。他们穿着背心，穿着衬衣，穿着布褂子，穿着秋衣，或者什么都没有穿，光着黄乎乎的脊梁，跟在刘生根的身后。刘生根回头看了他们几眼，他们很不好意思，集体躲避着刘生根的目光，几秒钟下去，又回过头，张开嘴，露出或黄或白或不太白的牙齿冲着刘生根嘿嘿笑出声来。刘生根不再理他们，晃着头，专心致志地跑步。那些男人像根尾巴一样歪歪扭扭地跟在他的后面。他们的脚步不像刘生根那样慢悠悠的、飘乎乎的、松垮垮的，而是紧张的、急促的、纠结的、搅拌的，像机器按错了开关或是钟表上错了发条，他们有的跑到村口就停住脚步，扶住树大口喘气，有的跑到庄稼地里停下脚步，两手撑着腿，弯着腰，大口大口吐唾沫。有的跑到那座红瓦房一屁股坐到地上或是躺到地上，四肢摊开，仿佛死了一般。等到天亮，可以看清楚田野的风光，可以看清楚薄薄的白雾，可以看到一缕又一缕的炊烟的时候，天地间、田野里只剩下刘生根在跑步，刘生根穿着绿色的军裤、白色的背心，头像钟摆一样晃来晃去，跑得悠闲自在，潇洒而又美丽。

　　第二天，情形依然如此，第三天，情形依然如此，一个星期，一个月下来，就有人跟上刘生根的脚步了。村里的一些女人也加入跑步行列，她们的衣服更加奇怪，有黄底红花的、白底蓝花的，系扣子的、不系扣子的，扣子在前边的，扣子在后面，五颜六色，五花八门。她们嘻嘻哈哈地跟在那帮男人的后面，不像是跑步，倒像是做一种游戏。我们这帮小孩子，也不再三三两两、稀稀拉拉地走着上学，而是将书包带顶在额头，书包挂在身后，跟在大人后头，跑出村庄，跑到田野，跑到岔路口，然后集体跑着上学了。

　　我们村不再是一个普通的村庄，而是一个集体奔跑的村庄了。

　　很快，县上通知刘生根参加市农民运动会，这一次，村里的男人不像从前那样笑话、漠视跑步这件事，他们围住下通知的秘书吵闹：
"我们村所有的人都在跑步，不光男人，还有女人，还有上学的孩子，我们都在跑步，凭什么，凭什么只让刘生根去跑?"

女人和孩子说："我们不去参加比赛，我们就是喜欢跑。别人跑，我们就跟着跑。"

秘书不理女人和孩子，他看着那帮男人说："因为他是县上的长跑冠军。"

"凭什么，凭什么说他是长跑冠军，他生下来就是长跑冠军吗?他不也是后天练的吗? 我们现在也练了，我们练得很辛苦，为什么叫他去不叫我们去?"

"对了，刘生根的头还晃来晃去呢。他的头晃来晃去不是个正常人，我们的头不晃来晃去，我们是正常人，凭什么叫不正常的人去，不叫正常的人去。"

我跳起大声喊："他不光头晃来晃去，他的手还晃来晃去呢。"

我姐一把抓住我说："不说话，你会死吗?"

秘书说："他是村、镇、县层层选拔出来的。"

"咦，别提那个选拔了，我们村选拔时，只有他一个人跑，那还叫选拔吗? 那样的选拔跟不选拔有什么两样?"

支部书记说："不对，我跟他一起比的。"

"咦，咦，咦，快别提这个事了，你那么胖，那么笨，跑得那么慢，这样的选拔跟不选拔有什么两样?"

"你们说怎么办?"

"怎么办? 再重新选拔一遍，再重新比赛一遍。"

好，比赛就比赛。秘书在场院划了一条长长的白线，男人在白线上一字排开，秘书大喊一声"各就各位，预备，跑"，男人撒腿跑起来，他们跑的模样千形百状，有张着嘴的，有龇着牙的，有咬着嘴唇的，有拍打着胸脯的，看上去一副不要命或是拼了命的模样。秘书没有规定跑多远，跑多长时间，这帮男人就围着我们村的庄稼地跑，女人和小孩子远远地跟着看，最后，所有的男人都跑不动了，只剩下刘生根一步步晃荡着双腿。

刘生根坐上秘书的小汽车，去了市里。

村里的男人无法接受这个事实，不知道为什么，他们无法接受刘生根独自去市里比赛，上一次到县里比赛还是村里人陪他去的，这一次，凭什么，凭什么，刘生根自己坐着小汽车去。男人说：不行，不行，我们也要去。是的，我们也要去。

女人和孩子说："不行，不行，你们去，我们也要去。"

大家就像魔怔了一般，男男女女老老小小，拿着水拿着干粮，学不上，地不种，家不料理，猪不喂，鸡不喂，狗不喂，浩浩荡荡奔赴市里。那是何等遥远何等艰难的路程，年龄大的人说："只记得小时候躲避日本鬼子时走过这么远的路。"年龄小的人说："累死了，他娘的累死了。"虽然这样说，大家还是咬着牙一心一意往市里赶，赶到市里已是第三天早上，到体育场时正听到广播播报："10000 米长跑第一次预报，请运动员到点入处点名。"

村里人一听又喜又惊，喜的是终于赶上了刘生根跑步，惊的是跑步马上就要开始。他们涌向体育场的入口，入口处有武警把守，没有门票严禁入内，有人就向武警求情，有人就跟武警吵闹，有人就在武警的胳膊底下钻来钻去，叽叽喳喳，吵吵闹闹，轰轰隆隆，一片喧嚣，这当口，10000 米长跑开始了，体育场里响起"加油"的声音。我们村的那帮男人与那帮女人、那帮孩子，突然使出蛮力，将武警挤了个四脚朝天，冲进了体育场。那是何等壮观的场面，一帮奇形怪状、蓬头垢面的男人、女人、孩子，呼呼隆隆地跑进了体育场，他们站在跑道边看了一会，然后突然大叫了起来，他们看到了刘生根，刘生根在白线围成的圆环里，钟摆一样地晃着脑袋，慢慢悠悠、松松垮垮地迈着步子。村里的男女老小丢了手里的东西，欢呼雀跃地跑过去，他们挤掉了刘生根身后的选手，跟在刘生根的后头跑了起来。看台上所有的人都站起来，他们被眼前的景象惊呆了，这些电影、电视或是小说里都不能出现的景象出现在生活里面，使他们感到了神奇与魔幻。播音员忘记了播音，领导忘记了交谈，所有与我们没有关系的人都傻怔怔地坐在那里、站在那里、蹲在那里看着我们村的人奔跑。刘生根晃着他的脑袋，回头看了我们村里人一眼，我就是这时看到他如同雕像那般的眼神，那样有神、有力、有灵的眼神，一下子把很多东西纷纷扬扬地洒进了我的心里。我不禁叫了起来，我们村所有的人都叫了起来。我们跟在刘生根的身后跑出体育场，跑到街道，跑出城市，跑进了田野里，起初一些城里人跟在我们身后，记者、警察、纺织工人、商店售货员等各种各样的人，跟在我们身后一起奔跑，他们跑着跑着就跟不上了我们了，偌大的天地间，偌大的田野里，只有我们村的人跟在刘生根的身后跑呀跑呀，跑呀跑呀，跑呀跑呀。跑着跑着，我们的身后又多了些东西，狗、猪、鸡、羊、床、柜子、锅、房屋，草垛……天呀，这些东西怎么这么眼熟呀，这些东西都是我们村子的呀，我们已经跑回了我们村子，可是我们的脚步停不下来了，我们村子所有的东西都跟着我们跑了起来。这个时候太阳升起来，红通通的太阳像个最大、发电量最不足的灯泡，晕乎乎、红乎乎地照着我们，它的身边是红乎乎的朝霞，我们冲着这两堆红乎乎的东西跑呀跑，跑呀跑，跑呀跑，跑呀跑，突然之间，一下子消失了踪影。

成年之后，我无数次地回想那天的情景，怀疑这件事是否真的发生。可是它真的千真万确地发生过。可是如果它真的千真万确地发生，那么现在的我何以坐在电脑的前面敲下这堆文字，要知道我是参与奔跑的村民之一。我的姐姐也参与了奔跑，可是我的父母现在居住在山东淄博，我的姐姐在另一个城市结婚生子。

如此推算，那天的情景就不是真的了。可是我们那个村子它真的消失了，与它相关的一切，曾经在地理位置上的标注，曾经的名字，村子里的人，村子四周漫山遍野的苹果树，每到春天就会开出带着酸味的白花的苹果树，还有那些房子，那些家具，那些家畜、农具全部消失了。当然田野没有消失，可是田野已经不是我小时候的田野，它归属的村庄也不是我们村的名字。

我与父母寻找我们的村庄。我们先到派出所打听我们的村庄，打听村里那些人的下落，派出所的人将我们当作精神病赶了出来，他们甚至推了我父亲一把，这令我非常生气，可是又无可奈何。

我们沿着派出所前面的路向东走，越过一座小桥，来到我们村子曾经占据的那片田野，田野里全部是绿油油的麦苗。风吹过来，麦苗一波一波地晃动，像地毯一样漂亮。我爸爸、我妈妈和我站在田野上，看着麦苗一波一波地晃动，看着，看着，我的爸爸突然哭了，然后我的妈妈哭了，再然后我也哭了，我们大张着嘴巴，脸上挂着亮晶晶的泪水，鼻子上挂着黄黄的鼻涕，嘴巴上淌着长长的涎水，面对着绿油油的麦苗，哇啦啦地大声哭起来。

原来你也在这里

1

坐在办公桌前，一抬头，柳叶青就能看到碧绿的树冠，稍远一点的是水红色的房顶，再远一点的是鳞次栉比的楼房。那些树冠归属的名字，柳叶青闭着眼也能说出来。桦树、水杉、银杏、大叶女贞，树冠最高的，如同一截铅笔头直插蓝天的叫作"塔松"。别的树冠都低于水红色的房顶，唯独塔松的树冠高出房顶一大截子。那高出的一截子，随着风摇摇摆摆、晃晃悠悠，看着直叫人担心。

柳叶青拿着铅笔，在一叠报纸上"啪啪"戳着，脑海中浮现出一句话"木秀于林，风必摧之；堆出于岸，流必湍之；行高于人，众必非之"。也许某一天……柳叶青的手一歪，"啪"的一声，铅笔头断了。也许某一天，某个风雨大作的夜晚，塔松的树冠会像这铅笔头一样，"啪"的一声折断。

办公室只剩下柳叶青一个人，走廊里也消失了脚步声。就在刚刚，关门声、脚步声、咳嗽声、说话声还顺着门缝、窗户缝传进柳叶青的耳朵。现在，这些声音仿佛被谁偷走一般，走廊里，不，整个办公楼只剩下结了冰一般的安静。

柳叶青站起身，趴到门缝上。门是老式木板门，镶着八块玻璃，玻璃上贴着灰色的玻璃纸。玻璃纸很薄，可是门里面的人也看不清外面的情形，门外边的人看不清里面的情形，趴在门板上，外边、里面看过来，就是一个黑乎乎的身影。柳叶青知道，如果有人从门口经过，一扭头，便会看到她趴在门缝上向外窥视的身影。办公楼人心复杂，人人心里揣着一个小兔子，表面上若无其事，脑子、眼睛、耳朵、鼻子甚至每个毛孔都在打探别人的消息。可是，即使如此，也没有人明目张胆地扒在门缝上向外窥视。柳叶青添补了这项空白，如被他人发现，背后里不知要怎样编排她。可是柳叶青顾不得那么多，被人当成窥视者，也比直不愣登地碰到人强。

门缝实在狭窄，柳叶青躬着腰、撅着屁股，先是将左眼贴在门缝上，后将右眼贴在门缝上，看来看去，眼前只有细细的一条黑线，什么也没看到。她将耳朵贴在门缝上，用力听，没有听到一点点声音。确实，办公楼除了她，其他人都走掉了。

柳叶青打开办公室的门，手里提着红色的皮包，包里装着手机、钥匙还有泰戈尔的诗歌选集——《原来你也在这里》、拴着一把黄色钥匙的长着绿色铜锈的钥匙牌、用报纸一角包着的4G手机卡。东西早就收拾好了，只等楼里的人走光了，提起包，迅速离开。

脚迈出门时，柳叶青先探头向外看了看，走廊里仍然没有人，四下静悄悄的，照明灯没有亮，暗淡的夜色正顺着墙壁向屋顶攀爬。一切符合柳叶青的心意。她迅速将脚迈了出去，锁闭办公室的门，抬腿就走。这时，一件意想不到的事情发生了，柳叶青突然放了一个响亮的屁。

顺着屁声，一股污浊的气息像蛇一样从走廊尽头爬了过来。柳叶青叫了声不好，退回来时，办公室的门却已锁得紧紧的。她摸办公室的钥匙，偏偏摸不着。哗啦啦的冲水声从厕所传出来，一个男人边扎腰带边冲柳叶青走来。他显然没料到走廊上有人，看清是柳叶青时，已是措手不及。男人一侧身，背对着柳叶青，两手依然忙活着，试图在最短时间内将腰带扎好。

柳叶青擦着男人的后背过去，走廊有点窄了，她的后背几乎要贴到男人的后背上。她不惧怕男人那张牙舞爪的腰带,她只怕男人跟她说话。她要赶在男人说话之前快快离开。可是男人怕来不及似的,忙不迭地将那句话抛了出来,"知道常有忌去哪儿了吗?"

常有忌是柳叶青的丈夫,已经不声不响消失十天了。如果没有那些传言,柳叶青不会将这当一回事。她与常有忌关系不睦,吵架、怄气、三五天不交流是常有的事。常有忌经常出差、加班,遇到两人生气时,话都不跟柳叶青说一句,电话、短信更是没有一个,他去了哪里,在做什么,柳叶青还不如常有忌的同事清楚。柳叶青懒得生气,一个人过日子更觉清静。只是碍于脸面,邻居、亲戚、同事问起常有忌的行踪时,她需要编出一个去处。表面上,他们还是一对恩爱夫妻。

柳叶青没有回答同事的话,蹬蹬下楼,满楼道都是她细碎的脚步声。那个屁、同事张牙舞爪的腰带成为她拒绝回答的理由。第二日,同事讲起这件事情,会认为,她是出于尴尬或是窘迫而不是无法回答才匆匆忙忙跑掉的。

2

回到家,柳叶青掏出那张 4G 手机卡和长着绿色铜锈的钥匙牌。这两样东西都不是她的,可是它们一个在中午,一个在下午来到了她的手里。

每天中午,柳叶青都要小寐一下,入睡之前,她需要读一点东西。柳叶青喜欢读书,读的书加起来,多得她数不清楚。柳叶青家里有六个书橱,放的都是她读过的书,从上学到单身到结婚到现在,她搬了无数次家,这些书一本也没有丢掉。因为这些书,柳叶青与身边的很多人不同。怎么不同呢?二十岁那年,柳叶青读《张爱玲文集》,一位刚刚清洗完机器配件的同事将书拿去,翻了翻,说:"里面的女主角都是柳叶青嘛。"柳叶青将书抢过来,原白色的缀着暗花的封面上印着两个散发着汽油味的手指头印。柳叶青的眼泪一下子掉

原来你也在这里

了下来。

这天中午，柳叶青读的是泰戈尔的诗歌选集——《原来你也在这里》，一朵好看的百合花下面，写着一首诗——夜与落日接吻，轻轻地在他耳旁说道："我是死，是你的母亲。我就要给你新的生命。"涔涔的汗从柳叶青的额头冒出来。屋里空调开得很足，为了防止感冒，柳叶青还盖了一床夏凉被。柳叶青将诗反反复复读了几遍，不知道为什么要流汗。这个时候，她的手机响了，屏幕显示一个陌生号码。柳叶青的手哆嗦起来，千万个念头从心头闪过，最终还是按了接听键。汽车喇叭声、说话声，还有太阳热烘烘地照在马路上的声音顺着手机听筒传过来。外边是个太平盛世，柳叶青的心安定下来。

"请问是柳女士吗？"一个小伙子说，"有你的快递。"

柳叶青不记得自己在网上买过东西。她下楼取来快递，没进办公室就将信封打开，里面是一个本子。柳叶青奇怪，好好的，谁寄给她一个本子。她拿着本子乱翻，上面没有一个字。突然，一个黑色的小东西从本子里掉出来，在空中划了几道弧线，掉到地上。

地上铺着大理石地板，灰色的底面上缀着圆形的黑色小点，黑色小东西掉在上面，如同被吞噬掉一样，消失得无影无踪。柳叶青弯下身子找，没有找到，蹲下身子找，也没有找到，她索性趴到地上，像扫雷兵排除地雷一样，一点一点仔细搜寻起来。寂静的走廊有了声音，眼见午睡的同事要起床开门了。柳叶青心里着急，暗暗祷告上帝帮忙，果然，找到黑色小东西了。

柳叶青将它攥进手里，回到办公室。办公桌上放着一张报纸，柳叶青将它放到报纸空白处。一张薄薄的小卡片，一面嵌着 8 道金属条，一面写着一串黑色字母和"4GB"。柳叶青反反复复看了几遍。是张手机存储卡，用来存储手机拍摄的相片、视频、通话录音，还有各种从网上下载下来的东西。

涔涔的汗又从柳叶青的额头冒出来，怕被同事看到，她撕下报纸角将存储卡包了起来。

一下午，柳叶青都在猜测存储卡上的内容。她断定卡是别人寄来

红酥手

的，否则的话，千里迢迢地寄给她一个本子做什么。卡里存的东西，肯定与常有忌有关。

柳叶青拿出手机偷偷拨打常有忌的手机，以往，她很少给常有忌打电话，即使知道常有忌在外边醉酒醉得回不了家也不打一个电话。可是现在，她一天给他打了二十几个电话。电话里一个女人冷冷地说道："对不起，您拨打的用户暂时无法接通。"

柳叶青昏头涨脑地走出办公室，走廊里人来人往，所有与她擦肩而过的人都在她脸上扫上几眼，有的人一副欲言又止的样子。就是这些人传言常有忌的种种，时间、地点、人物、事件详细而又确凿，常有忌下楼时双腿打哆嗦的细节也被描述得活灵活现。柳叶青最初不相信这些传言，可是他们说得太真了，常有忌消失的时间太久了，柳叶青就有些信了。

柳叶青来到卫生间，拧开水龙头洗了一把脸，她需要清理一下思路，想想应该怎样处理这张手机卡。是上交纪委还是装作不知？从情感上说，柳叶青想"装作不知"，与常有忌关系再不睦，她也不希望常有忌被处分或是被逮捕。常有忌是她儿子的父亲，儿子上高二，正在用心苦读，争取考个好大学、奔个好前程。常有忌出事，儿子必然没有心思读书，一生可能就此毁掉。常有忌的父母……柳叶青的眼前浮现出两张站在柿子树下的苍老的脸，摇摇头，捧起一把水泼到脸上。水溅到洗手池子外边，柳叶青抹那些水，发现一块钥匙牌泡在水里面。钥匙牌上雕着耶稣被钉在十字架上的画像，画像的顶端拴着一把黄色的钥匙。

谁的钥匙？谁放在这里的？柳叶青"呀"的一声，四下里看，水房除了她没有别人。柳叶青记得自己午睡前来过水房，洗手池边没有钥匙。她扔快递信封时，也来过水房，垃圾筐就在水房里，洗手池边也没有钥匙。

想到快递信封，柳叶青慌忙翻垃圾筐，信封还在，上面龙飞凤舞地写着一个南方的地址，柳叶青确信自己没从那个地方购买任何东西。

3

柳叶青与常有忌结婚时，所有人都羡慕她。那时的柳叶青天天穿着工作服用汽油清洗机械配件。常有忌是单位的部门负责人，虽然是二婚，个子矮，相貌平常，但是男人的事业胜过相貌，所有人认为他相中柳叶青，是柳叶青的福分。柳叶青与常有忌结婚不久，便调到车间做仓库保管员，虽然也是工人，但是比清洗配件轻松多了。大家都说是常有忌疏通关系给柳叶青调了工作。柳叶青的单位与常有忌的单位同属一个公司，他找公司领导为柳叶青调动工作应该是件容易的事情。柳叶青却知道她的工作跟常有忌一点关系也没有。常有忌虽然跟她结婚，可是常有忌从不关心她的工作，常有忌关心她的"缺点"。常有忌像个探照灯、放大镜或是监视者一样，天天盯着她，寻找她的缺点。常有忌很少跟她说话，一旦说话便是批评她哪里哪里不好。柳叶青常常奇怪，既然看她满身都是缺点，为什么还要跟她结婚？

相比在家，柳叶青更愿意待在仓库里，仓库里放着各种各样的配件，散发着金属、胶皮、塑料、油脂组合在一起的黏稠的复杂的味道。那种味道叫人感觉实在、温暖和踏实。找柳叶青领配件的都是工人，穿着油腻腻的工作服，手上布满黄色或是黑色的油脂。他们一边告诉柳叶青配件的名称，一边跟柳叶青聊天。聊天的内容除了某某某跟某某某相好，便是哪个领导做了什么坏事。在那些工人的眼里，凡是手里有一点权力的都不是好人，就连班组长，也是一个贪污犯。柳叶青听了笑，说："哪是那样的！他们哪里是那样的！""怎么不是那样的？"工人倒诧异柳叶青的态度，"柳老师，没听说过吗？有权不使过期作废。就连你，就连你，手里有管理仓库的权力，兴许也是个贪污犯。"

"我怎么，我怎么会成为贪污犯？"柳叶青一惊，手里拿的配件掉到地上，一滚滚出老远。

"你敢说这满屋子的东西你没拿回家一件？这灯泡，这螺丝钉，这电线，你没拿回家一点？"

柳叶青当然不敢说"没有"，她不光往家里拿过灯泡、电线，还拿过砂纸、胶皮管子、透明胶带，并且给常有忌住在农村的父母拿过皮帘子。那皮帘子外边是一层猪皮，里面裹着厚厚的羊毛，挂在门口挡风挡寒再合适不过。为了将皮帘子送到常有忌父母家，柳叶青请了三天假，坐火车、坐汽车、坐三轮车，费尽周折才送了回去。她没敢说皮帘子是从单位拿的，只说是自己买的。常有忌的父母非常喜欢，摸着皮帘子，直夸柳叶青孝顺。哪知过段日子，常有忌回去，见到皮帘子立刻脸色铁青，找把剪子将拴帘子的绳子剪断，卷好了，咬牙切齿地对柳叶青说："从哪儿拿的，送回哪儿去。"

柳叶青在车间仓库干了一年，就被调到资料室整理资料，虽然还是工人，但是工作地点在办公楼的二楼，混在了机关人员里面。资料室总共三个人，天天埋头办公桌前，将从生产一线送上来的资料一张一张敲进电脑，装进黄色牛皮袋，分门别类，一摞摞放在木头架上。这个工作不光忙、累，还有些脏，资料上面不仅写着各种各样的数据，还揉得皱皱巴巴的，印着黑色的黄色的手印，散发着难闻的味道。每天，柳叶青都要洗无数次手，她无比怀念做仓库保管员的日子。在商店买灯泡、胶皮管子、透明胶带的时候，更加怀念那段日子。

回忆令柳叶青不快乐起来。她拿起那张存储卡，尔后又放下，拿起那个长着绿色铜锈的钥匙牌，钥匙牌上的耶稣，低着头，绑在十字架上，看不到脸上有什么表情。耶稣的身体两侧各写一个英文单词——JERU、SALEM。翻过来，一个复杂的图案下面，写着四个英文单词——SOUVENIR FROM HOLY LAND。柳叶青拿出手机输进单词，百度一下，很快查出结果，"JERU、SALEM"是一个单词，"JERUSALEM"——耶路撒冷。"SOUVENIR FROM HOLY LAND"——来自神圣国度的礼物。

来自神圣国度的礼物？钥匙牌上面拴着黄色的钥匙？柳叶青的心跳起来。钥匙对应的是锁，锁对应的是房屋，房屋对应的是人——人？女人？常有忌在外面有女人？

这个念头一冒出来，就被柳叶青否认了。她跟常有忌许久没有夫妻生活了，不是他们不想，而是常有忌不行。这样的常有忌怎么会在外边有女人？

4

躺在沙发上，柳叶青咬着右手食指，听着钟表"咔哒咔哒"走动的声音。这声音衬托着屋子越发空旷，越发萧条，越发寂寥。以前，常有忌不在家的时候，柳叶青没有这种感觉。以前，她非常享受常有忌不在家的日子。她可以歪在沙发上，将书、水果核、电视摇控器扔得到处都是。可以将饭碗端到茶几上，一边看电视一边吃饭。可以洗完澡，睡一觉之后再收拾卫生间。可以穿着硬底拖鞋在地板上走来走去，才不管楼下的人生不生气。可是现在，柳叶青觉得这些享受，这样的小儿科，这样的上不了台面。她想起常有忌在家时的种种情形，常有忌总是笔直着身子坐在沙发上，凡是他碰过的东西都有固定位置，都摆放得井井有条。他喜欢干净，时常打扫卫生，家里总是一尘不染。为了柳叶青放在床头柜、写字台、卧室飘窗上的那些书，他坚持不懈地与柳叶青做着斗争。他将它们按照高度、厚度、宽度依次排列，整整齐齐得像一队又一队小士兵。柳叶青总把它们打乱，使它们横着、竖着、翻开着，乱七八糟地摆放着，像一群调皮任性的孩子。

他们就是完全不同的两个人，对彼此的热情和感情就在这"完全不同"，就在这琐琐碎碎的不协调、不一致中消磨掉了。柳叶青从沉默地对待常有忌的批评到激烈地反抗再到漠视常有忌、冷淡常有忌、不关心常有忌。常有忌呢，似乎知道了他的"批评"不仅没改变柳叶青一丝一毫，还引起了她极大的抵触与反感，他也减少了批评柳叶青的次数，可是，他本来就是个话少的男人，一旦不批评柳叶青了，与柳叶青就几乎没有话了。

柳叶青站起身，来到阳台的落叶窗前。深秋季节了，院里几株银

红酥手

杏树的叶子变得金黄。风吹过来，树叶"哗哗"摇动，一片一片落到地上，树底下已是"黄金满地"。儿子五岁的时候，柳叶青与常有忌贷款买了房子，那个时候，常有忌还没当单位老总，两人的收入低，要生活、要养儿子、要还贷款、要赡养父母，钱总是不够用。柳叶青看着那些银杏树叶，忍不住叹气，说："它们如果是真的黄金就好了。只要几片，我们的生活困难便会迎刃而解。"

常有忌不说话，进卧室，再出来，将工资卡、奖金卡全部交到柳叶青手里。从那个时候开始，常有忌就没管过自己的一分钱，单位每年都涨工资，到现在，常有忌都不知道他每个月开多少钱。最初，常有忌还跟柳叶青要零花钱，后来，零花钱也不要了。柳叶青的同事都是工人，对领导有着天然的抵触心理，他们时常在柳叶青面前唠叨，"当官的都是工资基本不动；老婆基本不用；吃喝有人相送；住房有人进贡；公车基本私用"。柳叶青看常有忌吃穿用度一概齐全，也就信了同事的话。只是，除了工资、奖金之外，常有忌从没拿回额外的钱。

柳叶青多多少少跟常有忌暗示过，儿子将来要出国，要娶媳妇，要买房子，家里需要更多的钱。儿子上初中后开始住校，柳叶青在饭菜、衣服上做了节约，明目张胆地给常有忌施加压力。常有忌是爱儿子的，不可能不为儿子的将来考虑。柳叶青不敢保证，常有忌没有瞒着她，给儿子存下一笔巨款。

越过银杏树，榆树、紫叶李、废弃的花盆、自行车、汽车、行人——映入柳叶青的眼帘。柳叶青看到一辆紫红色的越野车停在靠围墙的位置。没有车位或是车库的人家通常将汽车停在那里，所以越野车停在那里并不奇怪，奇怪是越野车的左前轮拴着一只板凳。

柳叶青"呀"的一声，开门，跑下楼去。她站在越野车前，盯着那只板凳发呆。板凳不是院里的居民就是保安锁上的。锁上的原因——这辆车的主人不住在这个院子里，他占了院子的地方，院里的居民或是保安要跟他讨个说法。

越野车果然是保安锁上的，保安说他也不知道车子是什么时候开进来的。他们并不天天守在门口，有时候会围着楼转圈，有时候会到院子前的河边看看，有时候会打个小盹，发现这辆越野车时，越野车已经停了好几天了，他们将板凳锁在越野车上也好几天了。"对了，你老公回来了吗？"保安将声音压低，像地下党接头似的轻轻说道："听说一个人在检察院不能待太久，超过 12 小时，检察院要么放人，要么通知家属。你知道的，放人就说明没有问题，通知家属，就说明问题大了。"

柳叶青冷着脸看保安，保安如何知道常有忌不见了的？谁说常有忌进了检察院？大家——除了办公楼的那些人，就连保安与邻居都盼着常有忌被抓进去吗？也难怪他们这样想，这段时间，身边被抓进去的人真的不少。柳叶青认识的一位副厂长晚上 10 点被叫到单位开会，一进会议室，就见纪委工作人员站在那里等他。那些柳叶青不认识的人，网上一查，被抓进去更多。这种情况下，很多在职的或是退休的领导都想办法证明自己的清白。柳叶青听闻，一位领导到北京开会，刚离开办公楼不久，就被传言拘留在北京。那人从北京回来听说后，心情郁闷，下班也不回家，坐在办公楼门口，见谁跟谁聊，以此证明自己清白。常有忌是单位老总，手下有大笔资金往来，受诱惑犯错误的机会比比皆是。有这么多现成的例子摆着，他们不怀疑常有忌被抓就奇怪了。更何况柳叶青也怀疑常有忌被抓了起来。

可是，如果被抓的话，检察院、法院会通知柳叶青的。没有接到通知，难道是常有忌畏罪潜逃，存心消失？

柳叶青想得头疼了，她围着越野车转了一圈。不知道为什么，她觉得越野车跟她有点关系。常有忌失踪了，它不明不白地出现在这里。难道是常有忌偷偷开回来的？难道是他买了送给儿子的？

5

一进办公室，同事就凑了过来。柳叶青以为她又要问常有忌，心下紧张，不由自主地后退一步。同事一脸紧张地说："柳姐，我表弟给我来电话了，吓得我一晚上没睡着觉。"

"你表弟？哪个表弟？你有几个表弟？"

"柳姐，你忘了？"同事的手举过头顶，又"哗"的一声落下，"就是那个表弟。"

柳叶青知道她说的是谁了。那个表弟，去年，差不多就是这个时候，从医院的十七楼跳下来摔死了。大家都以为他是单位领导或是会计、出纳什么的，因为受到审查畏罪跳楼或是患了忧郁症自杀。事情查下来，才知道表弟只是一名中学教师，跳楼是因为患了痔疮，做了五六次手术没有根除，心理承受不了，自杀了。

死去的人怎么会来电话？

同事拿了手机给柳叶青看，手机屏幕上显示着五六个未接电话，每个电话上都注明"表弟"两个字。

"我接都没敢接，表弟他成鬼了，怎么还来骚扰我？他活着时，我对他挺好的。"

柳叶青将电话拨回去。办公室里响起"嘟嘟嘟"电话拨通的声音。柳叶青的办公室大而空旷，一排又一排木头架子在地上映下一道道黑影。不知道从什么地方吹来了一阵冷风，绕着她们的脚背飘忽忽地飘向莫名的地方。同事"哇"的一声，抱着头蹲到地上。手机里传来一个男人的声音。"是表姐吗？我是你表弟的小舅子。"

表弟的小舅子？表弟的小舅子！柳叶青恼怒起来，冲着手机大喊："人都死了，你用他的手机做什么？"

"姐夫的手机还有话费，不用就浪费了。"

柳叶青按断电话，扔到同事的桌子上。同事站起身，喃喃自语："原来很多事不是我们想的那样。"她转向柳叶青，"柳姐，你家姐夫兴许不是大家想的那样……"

柳叶青来到常有忌的单位。单位像以前一样人来人往，一派忙碌的景象。常有忌的办公室在五楼，从一楼走到五楼，柳叶青感觉到了异样，跟她迎面走过的人眼神都怪怪的，一些从前跟她打招呼的人，现在话都不跟她讲。来到常有忌的办公室前，柳叶青推了推门，门关得紧紧的。旁边的屋子出来一位小姑娘。柳叶青认识她，是办公室工作人员，负责打扫常有忌的办公室，给常有忌送文件、资料什么的。

小姑娘一脸紧张地看着柳叶青。柳叶青说："把门打开。"小姑娘咬着下嘴唇，沉默了一会儿，终于拿出钥匙，打开了常有忌的办公室。

许久无人办公，办公室里充满热乎乎的黏稠的气息。办公室桌、茶几、沙发上蒙着一层灰尘。柳叶青在办公桌上摸了一把，办公桌立刻印下她的五个手指印。

电脑、书、文件、笔筒、报纸……一切摆放整齐，不像被"抄了"的样子。柳叶青坐到椅子上，拉办公桌的抽屉，每个抽屉都锁得紧紧的。她拿着那个拴着钥匙牌的钥匙试，钥匙插不进任何锁眼，手倒被钥匙牌上的耶稣像硌疼了。唯一能够拉开的只有搁电脑键盘的盒子，里面放着一支签字笔和一张没写任何字的白纸。

6

越野车的主人叫赵友庆。

与这个名字相关连的是一个真实的人还是凭空虚构的一个假象？朋友说不上来，他给了柳叶青一个地址，叫柳叶青自己去看看。

这是个环境优美的高档居民区。紧靠一条大河，河两岸种满花草，不远处是座小山。山上树木葳蕤，翠色欲滴，山下碧水西流，满地芳菲。与这个小区相比，柳叶青住的地方就是一个刚到城市的乡村丫头。

不是上下班时间，居民区行人稀少，树木遮蔽的石径路上只有零星的树叶，拐弯处有一个开阔的水池，池上搭着红顶凉亭，水面上漂着枯萎了的荷花叶子。

柳叶青坐在凉亭里，手里攥着长着绿色铜锈的钥匙牌，钥匙牌热乎乎的，像根燃烧的火柴棍。那把黄色的钥匙依然拴在钥匙牌上，钥匙从她的手指缝漏出来，搭在手背上，仿佛一个大大的问号。

钥匙、越野车、赵友庆、与赵有庆名字相连的房子，它们之间是什么关系？它们与常有忌与她是什么关系？钥匙能打开这所房子的门吗？房子是常有忌买下来送给儿子的吗？

柳叶青站起身，走到单元门前面，将钥匙对准单元门的钥匙孔。

钥匙很顺利地插进去。四下里实在安静，安静得听得到钥匙滑进钥匙孔的声音。柳叶青拧钥匙，一下，两下，三下，钥匙拧不动。

柳叶青将钥匙拔出来，退后一步，向楼上看去。楼是欧式建筑风格，贴着明黄色的方块瓷砖，赤白的阳光照在上面，明晃晃地反射回来，如同一把把雪亮的尖刀，扎进柳叶青的眼睛，扎得她的眼睛生疼。

柳叶青按门铃，院子里响起女人单调的声音，"0702，有客人来访。0702，有客人来访"。铃声响了一遍又一遍，没有人接听。柳叶青将头靠到单元门上，冰凉的气息顺着额头沁满全身。她突然害怕有人接听。突然害怕结果的出现，如果房子是常有忌买的，她该怎么办？如果不是常有忌买的，她又该何去何从？

柳叶青回到家。夜色漫满房间，楼前的人家点燃了灯火，长方形的大楼镶嵌着一个又一个正方形的亮块。柳叶青陷在黑暗里面，不想开灯。她想起童年的一个夜晚，母亲抱着她坐在灶屋里，农村的夜晚，屋里屋外全是浓得推不开的黑暗。母亲抱着她，一边晃着身子一边说："如果你爸被定了罪，你这辈子都抬不起头来。所以，从现在起，你没有了爸爸。"柳叶青不知道父亲犯了什么罪，只知道母亲时常在一个小本子上记下父亲的梦话。父亲少语，醒着的时候，几乎不说话，睡着了却滔滔不绝说个不停。母亲说："你爸如果犯了错，不用灌辣椒水，只叫他睡一觉，就什么都交待出来了。"柳叶青眼前浮现出父亲被抓走的情景，两个男人拧着父亲的胳膊，父亲回过头看她，眼睛里面蓄满了泪水……父亲不在家的日子，柳叶青无数次在梦中寻找父亲，眼前大雾弥漫，她在雾中跌跌撞撞地跑着，一边跑一边喊"爸爸，爸爸，爸爸"。摔倒了，爬起来，接着再找。常常地，她在睡梦中哭泣着醒来……

7

房门被人敲响了。柳叶青迷迷糊糊地睁开眼睛，她不记得自己在沙发上躺了几天了。起初她还到厨房找点东西吃，从饮水机里倒杯凉水。后来，她连这些事情都不做了。她躺在沙发上，睡过去，醒过来，醒过来，睡过去，看着日影西去，夜晚来临，夜晚消失，白昼来临，听着肚皮发出"咕噜咕噜"的响声，嘴巴干得连唾沫都没有了。可是她一点都不想起身，她浑身痛得要命，所有的肌肉连同骨头仿佛受过大刑一般。柳叶青不相信自己病了，她怎么能够因为常有忌不声不响地消失生病呢？她在乎常有忌在乎到这样的地步了吗？可是她是真的病了。这样的病十五年前得过。那时儿子一岁零二个月，她为了给儿子断奶，住在了母亲家里。她不吃不喝地躺在床上，头疼恶心，肌肉与骨头痛得要命，起床时竟然栽倒在地上。那时，她以为自己要死了，她要在临死前见儿子一面。她要母亲将她送回自己的家，看到儿子之后，神奇般的，头不疼了不恶心了，肌肉与骨头都不痛了。现在的病与那时的病一样吗？如果见到常有忌，她的病会好吗？可是她会见到常有忌吗？常有忌消失几天了？十三天还是十五天？

门外的人依旧在敲门，"啵啵啵"，锲而不舍，仿佛啄木鸟在啄树里的虫子。柳叶青指望那个人失去耐心，自行离开。可是，那人仿佛认定柳叶青在屋里一样，一下一下又一下地敲门。

柳叶青坐了起来，然后站了起来，还好她没有栽倒在地上，可是她失去了透过猫眼看看那人是谁的兴趣，她抓住门把手，整个人要冲出去一般，一下将门打开。

门外是个陌生的、穿着黑色的西服男人。他笔直地站在柳叶青面前，说："我来给常总拿东西……"

想象了无数遍的情景，变成现实不声不响地来到面前，柳叶青竟然无法接受。她浑身打着战抖，上牙齿敲着下牙齿，糊里糊涂地将东西收拾好了。衬衣、袜子、短裤……，她将它们递给男子。男子用奇怪的眼神望着柳叶青。柳叶青仰起头，可怜巴巴地看着男子，说："常有忌，常有忌在什么地方，可以告诉我吗？"

坐在出租车上，抱着常有忌的衣物，透过车窗，柳叶青看到了马路上的车辆、行人。年轻男子骑着自行车带着年轻女子，手绕过来，摸着年轻女子的胳膊。这样的情形，已经很少见了。柳叶青想到跟常有忌没有结婚前，常有忌也这样摸过自己的胳膊。那一次，俩人不知道为什么半个月没见面。再见面时，常有忌竟然说："想你了。"他骑在自行车上，走了好远，似乎壮了壮胆，才将手绕过来，摸她的胳膊。这样的回忆如同在鸡蛋壳上敲了一道缝，尘封的往事源源不断地涌了出来。刚结婚时，两人去买家具，服务员极力推荐一款家具，说买了这款家具，会赠送五个折叠小凳。服务员是南方人，"小凳"两个字的发音非常奇怪。很长时间，柳叶青都学着那个服务员说"小凳、小凳"，常有忌听了总是哈哈大笑。儿子上托儿所时，无论多忙，常有忌都要赶到托儿所接儿子，见到儿子先举到头顶抛两下。儿子很重，常有忌每次都累得出汗，为了锻炼臂力，他坚持举哑铃……细细碎碎的情节如同一缕又一缕热水浇进柳叶青的心里，将紧紧包裹在心脏上的那层结实的坚硬的冰浇薄了，浇温了。柳叶青发现常有忌是在乎她、在乎儿子、在乎这个家的。

"知识的积淀在我们精神上的覆盖物，如同涂的脂粉一样裂开"，柳叶青想到《背德者》中的一句话："有的地方露出鲜肉，露出遮在里面的真正的人"。她的心脏也露出鲜肉来了，可是造成那个包裹心脏的结实的坚硬的冰层是什么呢？柳叶青觉得问题出在自己身上。她虽然喜欢读书，但是因为学校生涯短暂，因为接触的人都是学问不高的平常人，她的素质总是不高的，见识总是短浅的。平常的日子，她可以用书本上学来的知识伪装自己，遇到紧急情况或是情绪激动时，内心深处的劣根性便会暴露出来。柳叶青不记得自己跟卖菜的、卖油条的、开公交车的、擦皮鞋的人吵过多少次架。儿子曾经说："妈妈，如果你在外边被人打一顿，我一点也不感到奇怪。"常有忌批评她、指责她、修正她，总是换来她像母老虎一般的暴怒，有一次她竟然将拖鞋扔到了常有忌的脸上。常有忌，常有忌，常有忌，柳叶青想起来了，常有忌为什么不行，为什么不能与她进行夫妻生活，是因为她用这个为难他、威胁他、惩罚他、羞辱他，时间长了，常有忌真的就不行了。

眼泪从柳叶青的眼里流了出来，她发现自己真的就是一个罪人，她犯了那么多的错误，她害了常有忌，害了他们的婚姻。她应该被抓起来，而不是常有忌被抓起来。

出租车沿着马路驶出市区，车辆、行人逐渐稀少，半个小时后，整条马路只有他们一辆车在行驶。马路的一侧是座大山，山上种着密密麻麻的树木。陌生男子坐在副驾驶座上沉默不语。为了叫他带着自己来见常有忌，柳叶青用了粘人、耍赖的办法，就差抱着他的腿躺在地上，不叫他走了。

出租车驶离马路，驶上一条崎岖的水泥路。水泥路是通往山上的，蜿蜒向上，路陡而窄，路两边的树木连在一起，树叶都要扫到车顶上了。柳叶青拿出手机，她要给常有忌打电话，她抱着最后一丝希望，如果常有忌接听就说明没有事情，如果电话依然不通，就说明常有忌被关了起来。

电话没有拨出去。手机没有信号。

8

出租车拐了无数个弯，眼前突然宽阔平坦起来，树木在路的上空分开，明亮亮的阳光洒了下来。柳叶青还在奇怪时，出租车停住了，一座二层小楼出现在面前，楼是白色的，阳光打在上面，白得晃眼。

跟在陌生男子的身后，柳叶青下了出租车，陌生男子付了车钱，出租车逃跑一般地开走了。柳叶青抬眼看着二屋小楼，所有房间的窗户都是方形的，一扇又一扇，全都方方正正的。常有忌在哪个房间？他是坐在椅子上还是躺在床上？

柳叶青想到重新见到父亲的情景。父亲老了，头发花白，脸上的皱纹快把五官给淹没了。他看着柳叶青，又像哭又像笑，手伸出来缩回去，瑟缩着，不敢跟柳叶青打招呼。眼泪又一次涌上柳叶青的眼眶。她从没问过父亲在里面是怎样过的，他都经历了什么？内心的煎熬又是什么？常有忌也要与父亲过一样的日子吗？许多年后，他也要这样面对自己的儿子？

柳叶青想转身走掉，她不想见常有忌了，就当常有忌出差好了。她回家，将家收拾得干干净净，等着常有忌回来。可是，她跟着那名陌生男子进了楼房，浑身打着哆嗦，双腿打着绊，几乎要摔倒一般地跟在男子身后。男子回头，用奇怪的眼神瞅着她，手伸出来，想扶柳叶青一把，可是又将手缩了回去。

一楼长长的走廊里没有一个人，所有的房门紧闭，安静得可怕。楼梯上同样没有一个人，柳叶青的脚踏上楼梯，应该有脚步声的，可是她什么也没听到，她仿佛不是走而是飘到了楼上。二楼，又是长长的走廊，两个男人站在走廊中部，一个男人手里抱着厚厚的文件夹，他们小声地说着什么。

似乎听到了柳叶青的脚步声，两名男子回过身来。柳叶青的嘴张大了，眼前朦胧起来，她仿佛沉在水底看东西，什么都看不清楚。她摇了摇头，使劲眨巴眨巴眼睛。两名男子看着她，似乎也眨巴眨巴了眼睛。

手里的包掉到地上。衬衣、袜子、短裤……从袋子里掉出来。里面还夹着一本书。泰戈尔的诗歌选集——《原来你也在这里》。她什么时候将这本书放进了袋子里？

柳叶青蹲下身，收拾东西。一名男子走过来，帮柳叶青收拾东西，衬衣、袜子放进了袋子里面。男子拿起《原来你也在这里》，他读封面上的字——夜与落日接吻，轻轻地在他耳旁说道："我是死，是你的母亲。我就要给你新的生命。"

柳叶青的手在口袋里摸，她记得她将它们放进口袋的，手机卡和拴着黄色钥匙的钥匙牌。她的手摸来摸去，只摸到了手机卡，拴着黄色钥匙的钥匙牌找不到了，它们仿佛长了翅膀飞走了。

哆哩哆嗦的，柳叶青将手机卡递给了那名男子。男子接到手里，眼里露出迷惑不解的神情。他将手机卡递给拿文件夹的男子。文件夹上写着两个大大的黑字，柳叶青想看两个字是什么。男子将文件夹转了个方向，字被遮挡了起来。

"只要能减轻常有忌的罪行，"柳叶青结结巴巴地说，"我愿配合你们做任何事情。"

男子连续眨巴了几下眼睛。他好像被柳叶青弄糊涂了，又仿佛被柳叶青的样子吓坏了。他想说什么，可是没有说出来。

拿文件夹的男子掏出手机，拆开后盖，将存储卡放了进去。关机、开机，热热闹闹的歌声传了出来，"公社是棵长青藤/社员都是藤上的瓜/瓜儿连着藤，藤儿牵着瓜/藤儿越肥瓜儿越甜/藤儿越壮瓜儿越大……"

柳叶青张大了嘴巴，她没想到手机卡里存的是这样古老的一首歌曲。纷纷扰扰的事情从她脑海中过了一遍，她发现自己掉进了自己挖的一个坑里。不，这个坑不是她自己挖的，帮她挖坑的，还有她的同事和机关楼里的那些人。

柳叶青抓住男子的手，力气回到了她的身上，她将男人手上的一件东西抓到了自己的手里。她问："常有忌，常有忌在哪里？"

办公室的门被柳叶青推开了。满屋子的烟气争先恐后地涌到门口。烟气缭绕中，柳叶青看到常有忌坐在一堆人里面。这个消失了这么久的男人，这个叫她提心吊胆、吃不饭、睡不着觉、生了病的男人就坐在她的面前。虽然脸瘦了，胡子长了，头发乱七八糟，可是好端端地坐在那里。

柳叶青将手里的东西丢过去。那件东西越过重重人头，躲过任何可能击中的面孔，像箭一样射到常有忌的身上，尔后落到桌子上。那件东西，柳叶青看清了，是泰戈尔的诗歌选集——《原来你也在这里》。

"常有忌，常有忌，常有忌，"柳叶青大喊起来，像两人常常吵架时那样，柳叶青不管不顾地大喊起来，"这么长时间，你竟然不打一个电话。你心里还有这个家？还有我？还有儿子吗？"

常有忌过来了。柳叶青都不知道他是踩着桌子过来还是从那些人的身旁绕了过来。他站在柳叶青的身前，烟味、汗味、体味网一样罩住了柳叶青。两人仿佛又回到了刚结婚的时候，相爱着，可是为了那些琐琐碎碎的事情，吵来吵去，像两只小兽一样咬来咬去。柳叶青以为常有忌会像那时候一样指责她。"柳叶青，你就不能提高一下素质？柳叶青，不要像个没有文化的妇女好不好？柳叶青，你就不能变得好一点？"

可是常有忌的脸上堆着笑容。这个男人长得不好看，笑起来也不好看。常有忌说："我们协助上级部门查办案件，走得匆忙没来得及告诉你。查案期间有纪律，不能与任何人联系。同意你跟小张来，也是因为案情有了进展，可以跟家里人联系。再说……"常有忌捏捏柳叶青的胳膊，声音压低了，说了一句只有两个人才能听见的，他们谈恋爱时只说过一次的话："想你了。"

柳叶青低下头，感觉两朵红云浮上了脸颊。一缕阳光不知从什么地方照到她的身上，她浑身上下，从头发丝到脚趾头都热烘烘的。这个男人，眼前的这个男人原来并不讨厌……

大　理

1

下午两点到三点，是清水巷最清静的时刻。纪肖兰坐在电脑前，探头向外看看。巷子里少了车辆与行人，阳光洒在青石板、菜叶子、垃圾堆上，弄得到处热烘烘的。临近火车道的白墙仿佛一面镜子，反射着阳光，照得人睁不开眼睛。墙下是一溜摊位，卖菜的、卖鱼的、卖肉的、卖各种熟食的，刚刚还拿着秤、拿着菜、拿着鱼、拿着肉吵吵嚷嚷、讨价还价的小贩，现在都在各自摊位前打瞌睡。卖鱼的摊位上，一条黑色大鲤鱼不知为什么，从红色大塑料盆里跳出来，尾巴一翘一翘，打得青石板噼哩啪啦乱响。卖鱼的女人穿着灰色防水围裙，躺在竹椅上睡觉。听到响声，探起身，睁眼看看，又放平身子，继续睡觉。旁边卖菜的女人看不下去，拿起鱼兜捕鱼，鱼跳得厉害，罩了四五下才罩进兜里。鱼立刻变得老实，卷着身子，沉甸甸地坠在兜底。女人一反手，"啪"的一声将鱼丢进水盆，乌幽幽的水面一阵喧嚣，旋即恢复平静。鱼在水盆的各个地方，静悄悄地悬浮着身子，大约，它们也到了午睡的时候。

纪肖兰正在淘宝上看衣服，她买了一件民族风刺绣上衣，胸前一段咖啡色抹胸，绣着一朵牡丹花，大红的花瓣配着碧绿的叶子，衣摆

红酥手

是红绿相间的纯棉布，缀着紫色的细小流苏。对于颜色搭配，纪肖兰老家流传一个顺口溜："红配蓝讨人嫌，红配绿赛狗屁，红配黄喜死她娘。"讲的是颜色搭配的禁忌，民族风服装却偏偏喜欢这样的颜色搭配，大红配大绿，大红配大蓝、大黄配大紫，对比强烈，惹人注目。大多数人穿上这种衣服，显得俗不可耐，纪肖兰穿上，却是说不出的韵味，说不出的好看。买上衣的同时，纪肖兰还买了一双波西米亚铆钉串珠凉鞋，黄鞋底，蓝鞋面，装饰着无数闪光的金属珠珠，卖家一再申明：罗马尼亚风格，搭配民族风服饰再合适不过。名字如此洋气，价格却很便宜：48元。只因为这样便宜，纪肖兰才买得起。

上淘宝网之前，纪肖兰去了一趟银座商城，她想买一条裤子配这件上衣和鞋子，二楼女装部逛下来，纪肖兰信心全无，最便宜的裤子也要八百多元，贵的一千八百元。纪肖兰摸着裤子问："什么料子？这么贵。"两个服务员正在聊天，一个服务员说："他老笑话我老公，说我老公：'理个发才五元钱啊，我理就理十元钱的'。"另一名服务员捂着嘴笑，转头看纪肖兰，说："桑蚕丝的。"

桑蚕丝的就这么贵吗？纪肖兰搓搓裤子，沙沙的、皱皱的，贴到脸上有些凉凉的。她想起小时候跟着妈妈养蚕。春日的早晨，妈妈带她到农业站领蚕帘子。农业站的柜台高高的、黑黑的，纪肖兰踮起脚，手把着柜台边沿，仍然看不到柜台里面放着什么。她记得拿着粮票到粮站换馒头时，粮站的柜台也是这样高、这样黑，她踮着脚，一手把着柜台边沿一手将粮票递上去。换馒头的是个年轻女子，长发，貌美，只是两腮布满芝麻粒一般密密麻麻的雀斑。这些雀斑并不影响女子的美，在纪肖兰眼里，这些雀斑平添了很多神秘、很多奇幻。成年后的纪肖兰，总在自己腮上点画几个雀斑。柜台里面的男子递给妈妈一样东西，妈妈拿给纪肖兰看，说："这是蚕帘子，上面的黑点是蚕卵。"纪肖兰盯着那些黑点，一个一个，密密麻麻，像极了女子脸上的雀斑。妈妈拿着蚕帘子走在前面，纪肖兰跟在后边，从镇上回村里的路漫长、狭窄，两边布满庄稼地，快进村时是一眼望不到边的梨树园。纪肖兰上坡、下坡、过河、过桥，一直盯着脚下看，唯恐那些雀斑纷纷扬扬掉下来，掉得到处都是。回家，妈妈将蚕帘子放在阴凉处，待几日，雀斑变成小蚂蚁一般的蚕，一个一个钻出来，头转来转去，寻找吃的。妈妈捉住公鸡，将它夹在胳膊与腿之间，一用力，从鸡屁股上拔下一根雪白挺实的翎毛，公鸡"扑棱"一声挣扎出去，翅膀扎撒着，拉出一滩黏稠的黑屎。妈妈拿着翎毛，小心翼翼地将蚕扫到一张纸上，平端着，放到筐箩里面。筐箩的旁边放着草帘子，铺着碧绿的、洗净、晒干了的桑叶，妈妈拿着剪刀，抓起桑叶，十指微动，桑叶变成形状万千的碎片，纷纷扬扬洒到筐箩里面。一层又一层，蚕很快不见了身影。纪肖兰只以为它们被压死了，站在筐箩旁边跺脚，眼泪都要流下来。妈妈说："不着急，不用着急。"果真不用着急，很快桑叶消失了，蚕重新露出身影，只是大了，胖了。妈妈说："喂勤喂懒，40天结茧。"无论懒人还是勤快的人，养的蚕，40天必定结出茧子。妈妈是个勤快人，夜间几次起床给蚕喂桑叶。每次起床，纪肖兰都会惊醒，闭着眼躺在床上，听着一片"唰唰唰"的声音，下雨一般。那是蚕在吃桑叶。纪肖兰突然感觉恐怖：人生所有的时间都用来吃，人生所有的意义都是吃，这样的人生有什么意思？她将头埋进被子，感觉头大得要命，四肢大得要命，房间却小得要命，小得如火柴盒一般，而大得要命的她就藏在这个小火柴盒里。有黑压压的东西罩下来，纪肖兰偷偷地流下眼泪。自此不再看蚕。蚕却一天一天长大，变成白乎乎胖乎乎的食指、中指、无名指，有的身子变得透明、金黄，如同肚子里安了小小的灯。它们不再拼命吃食，大部分时间趴在筐箩里一动不动。妈妈说："蚕在睡觉，喜欢睡觉的蚕准备结茧了。"妈妈一边说一边抖动着竹帘子，竹帘子本来挂在门框上的，纪肖兰隔三岔五就抽下一根竹条，用它扎灯笼架，扎蝈蝈笼，抽得竹帘子七零八落的。妈妈就用这个七零八落的竹帘子搭了一个窝棚，棚顶罩一件碎花破棉袄，袄上放一朵鲜红的月季花。月季花是刚摘下来的，鲜艳如同婴儿的脸蛋，花瓣缀满细细的绒毛，如同婴儿脸上的汗毛。妈妈说："这是蚕的家，蚕的家要穿衣戴花。"窝棚盖好，妈妈将扎好的草把子放进去，将胖胖的蚕一把一把抓起，撒到草把上。蚕在草把上慢慢蠕动，好像要掉下来的样子，纪肖兰看着，汗毛一根一根竖起来，蚕却一个没掉下来。妈妈："这时候，最怕你表姐来，她来了，就要跟蚕念叨：你也懒我也懒，咱俩合起来做个茧。那蚕偏偏听她的话，偏偏两个趴在一起结一个茧，这样的茧卖不出去。这个时候，你表姐千万别来。"纪肖兰不记得表姐曾在蚕结茧的时候来过，印象中，表姐很少到家里来。纪肖兰认为妈妈的记忆出了问题，是那些白乎乎、胖乎乎的茧使妈妈的记忆出了问题。为了证明妈妈的记忆出了问题，纪肖兰偷偷在心里念叨："你也懒我也懒，咱俩合起来做个茧。"一遍又一遍，唯恐蚕听不清、听不见。待几日，草把子上挂满白的、黄的、彩色的茧，密密麻麻的，好像草把子结下的果子。果真就有大的、丑得出奇的茧，剥开，里面趴着两个蚕蛹。妈妈奇怪，说："你表姐没来，它们怎么也跑到一起?"纪肖兰站在一边，抿着嘴偷偷笑。

结好的茧，拽去碎毛，装在筐子里，挑到收购站。满满两筐子茧，分量却不重。收购站的人将茧抓在手里，看大小，看成色，过了秤，递给妈妈一把钱。纪肖兰忘记两筐茧卖了多少钱。她只记得妈妈带她到商店买了一包桃酥。她相中一个大红缎面笔记本，央求妈妈买。妈妈在看一双鞋，黑色的平跟布鞋，售货员说："进货进错了，一顺了。一顺了，所以便宜。"妈妈似乎没听见纪肖兰的话，拿着鞋翻来覆去地看，看鞋底，看鞋面，手伸进鞋里面，这按按那摸摸，拿出来时，顺势捏了一下鞋带。纪肖兰以为妈妈要买，可是妈妈放下鞋，拉着她离开商店。

想到这儿，纪肖兰一阵心酸。如果妈妈知道她辛辛苦苦养的蚕，结的茧，抽成丝，织成布，做成裤子后，要一千八百元才能买到，妈妈准会吃惊地张大嘴巴，准会拍打着腿说"要死呀。穿这么贵的衣服，要准备死呀"。

纪肖兰放下裤子，装作看别的衣服的样子，一步一步走开。两个服务员还在聊天，似乎没看出纪肖兰买不起这条裤子。又似乎看出来了，但是没有瞧不起纪肖兰，因为她们也买不起这条裤子。

从女装部逛到一楼，每样东西都贵得叫纪肖兰难以接受。两个做饭的锅子要一万元。什么样的饭菜才配得起这样的锅子? 怎样高超的做饭手艺才对得起这样高级的锅子? 纪肖兰想象不出来。她站在一个卖鞋的篮子前拔拉里面的鞋，印象中，大商场搁在篮子里的商品都是降价处理的便宜货，纪肖兰只有胆量在这些篮子里挑选商品。她拿起一双粉红镂空鞋子问："多少钱?"服务员头都不抬，说："八百三。"纪肖兰尖叫一声，扔下鞋子跑掉了。

<h1 style="text-align:center">2</h1>

一条裤子吸引了纪肖兰的目光，宝蓝色裤身镶大红色裤腰，裤腰正中绣两朵紫红色茶花。茶花十分漂亮，花瓣翘翘，仿佛沾了清晨的露水。纪肖兰将图片下载到电脑桌面，将那件民族风上衣配过来，果然十分搭调，两件衣服样式独特，颜色抢眼，穿出去，回头率绝对百分之百。可是这样的衣服具有难以克服的缺点，就是穿好了，妩媚飘逸，穿不好，俗不可耐。纪肖兰在马路上看到一个女人，穿着咖啡色缀水红花、浅绿叶的民族风上衣，搭一条深蓝色布裙，脖子上挂一串五彩石项链。女人长发、窄脸，嘴唇抿成一条直线，手插在口袋里，斜斜地站在马路边，服装与人，单独拿出来，哪一样都是好的，搭在一起，却是鬼一般。纪肖兰觉得奇怪，细细看过去，知道那女人不适合这种衣服。女人瘦小，不挺拔，衣服肥腰宽袖，花色突出，穿在身上，仿佛套了一个麻袋，只见衣服，不见人。除此之外，女人脸窄，肤色白，头发却又长又黑又密，一部分撩在前面，遮住了大部分面庞，看上去，就如同鬼一般。这女子如果穿一件原白色贴身及膝长裙，搭一条水红与浅蓝相间的丝巾，长发扎到脑后，涂点粉红色唇彩，双手在身边随意一摆，身板一挺，马上就显得精神与好看。

那么，网上挑的服装适合自己吗?纪肖兰犹豫着是否将裤子放进购物车内。她看了一眼价格，78元，价格能够接受，又看快递费，"大理"两个字一下映入了纪肖兰的眼帘，裤子的生产地是大理，哦，大理，那个有着竹楼、芭蕉、绿水和丰满身材的女人的大理。纪肖兰内心一片潮湿，一片温热，一阵欢喜，她按动鼠标，毫不犹豫地点击了购买。

接到快递员的电话时，纪肖兰正在楼下买鱼。穿着灰色防水围裙的女人从红塑料盆里抓出一条锂鱼，鱼在她的手里张着嘴，尾巴一甩一甩，鱼鳞一晃一晃，反射着日光。女人说："这条行吗？不大不小，你自己吃正合适。"纪肖兰诧异，女人如何知道她一个人吃？点点头，说："行。"女人将鱼放到案板上，那案板布满了鱼血、鱼鳞和看不出面目的剁碎了的鱼器官。女人一手按着鱼身子，一手拿一根中空铁棒，"叭"的一声敲到鱼头上。纪肖兰闭了一下眼睛，睁开，鱼身子还在动，嘴巴一张一张的。女人扭头跟一名顾客说话，又一棒子敲下去，鱼不动了。女人继续说着话，一边说一边将鱼扔进秤盘，算出价钱，问："杀不杀？"纪肖兰点头，说："杀，洗净。"女人立刻拿起一把刀子，按着鱼身，"噌噌"刮鱼鳞。椭圆形的、黑色镶着金边的鱼鳞四处飞溅，这边刮完了又翻转身子刮另一边。鱼鳞刮净，揪出鲜红色的鱼鳃，刀子倒个个，在鱼肚上一划、一搅，鱼肚子立刻分成两半，白白的、沾着红血的鱼腹翻出来，女人戴着胶皮手套的手伸进去，手指一拢一抓，出来时，满满的一把鱼内脏，白色的鱼鳔、黑色的鱼胆、红色的鱼肝，长长的鱼肠子……没等纪肖兰看仔细，女人手一甩，内脏齐刷刷掉进脚边的塑料桶里。桶旁，红塑料盆里的鱼一阵躁动。鱼腹空了，剖开的刀口软塌塌合在一起，鱼身子由圆鼓鼓的凸面，变成波澜不惊的平面，它躺在案板上，嘴张着，睛睛张着，一动不动，气息全无。鲜红的血依然沾在女人的皮手套上，她看都不看，在胸前蹭了两把，揪下一个黑塑料袋，把鱼装进去，递给纪肖兰。纪肖兰有些心惊肉跳，拿着鱼像拿着一把杀人刀或是拿着一堆心事，她怪罪自己突然兴起吃鱼的念头，一条活蹦乱跳的鱼，因为她一刹那的念头，开膛破肚，命归西天，连个全尸都没捞着。依照佛教的说法，她犯了杀生的罪。可是这鱼又犯了什么罪落得个被人打、杀、咀嚼、消化、排泄的命运，她买它、吃它、消解它，使它化作营养，化作粪土，是不是在帮助它消除罪孽？使它获得重新投胎的机会？那么她是在杀生还是在行善呢？这些绕来绕去的念头，弄得纪肖兰有些糊涂了。就在这个时候，快递员打来电话，说裤子到货了。纪肖兰与他约好在巷口的双洞子桥下见面。纪肖兰说："我穿着粉红上衣，黑色及膝裤，手里提着一只黑袋子，袋子里装着一条鱼……"

"好了，好了，不用说这么详细，哪个是客户，哪个不是客户，我们一眼就看得出来。"

双洞子桥是水清巷附近有名的地标。桥上是火车道，桥下是公路，公路分成上行、下行两股道路，因此就有了两个桥洞，当地居民就称它为双洞子桥，双洞子桥喊起来麻烦，索性简化为"双洞子"。其实双洞子有一个正式名字，城市地图与铁路运行图中，它的名字是"水清巷铁路桥"，可是这个名字说出来，大家茫然不知，一提"双洞子"，才恍然大悟，说："双洞子就双洞子吧，还什么水清巷，巷后面偏偏还加个铁路桥，真是别扭死了。"

双洞子桥仿佛城市的南北分界线，桥以北一片繁华，火车站广场、长途汽车站、公交车站、市政府、公安局、大型商场、医院、高档居民区、娱乐设施等全在桥北。桥南相对落后，除了老居民区、城中村，就是田地、农村、通往乡镇的公路、一所警察学校、一个技工学校和几个污染环境的小企业。老居民区分成几片，有铁路宿舍、化工厂宿舍、制药厂宿舍、水泥厂宿舍等，与城中村交织在一起，形成错综复杂的地理结构。居民区与城中村的交界处有一条玉珠河，据说源头在一座遥远的山上，水从山上流下时，波涛汹涌，漫过了桥面，当地就有"水在桥上流，人在水下走"的说法。河水过山过村过田野，到了城市立刻变得污浊，河水浑浊不清，散发出难闻的恶臭。河两边的居民却习惯了这种恶臭，在河北岸开辟了菜市场，像清水巷一样卖鱼、肉、菜、凉拌小菜和各种熟食。居民拿着布包、菜篮子、竹筐子，步行或是推着自行车买菜，常常人挤人、人挨人，一片吵闹。经常有缺了腿的男人坐在木板上，拿着搪瓷缸子，在拥挤的人群中穿行。瓷缸里放着十几个硬币，男人晃动着它，发出哗啦哗啦的响声，仰着脸，向人讨钱。河南岸是城中村村民盖的平房，红砖墙面、毛毡屋顶、水泥地面，出赁到各种各样的人手里，有的开成了理发店，有的开成了炸货店，有的开成了水果店，有的开成了粮油店。靠着大树的几间平房没有任何招牌，搁着一条沙发、一个茶几、一个矮柜，坐着一个或是两个女人，看不出做什么生意。河北边的菜农，河南边租房子的人，毫不客气地将菜叶子、生活垃圾扔进河里，也有人拿着拖把到河里涮。纪肖兰经常在河边走，看到涮拖把的男女就忍不住想：这样的拖把涮出来，肯定比河水还臭。

此时正是上下班高峰，"双洞子"一片喧嚣，汽车按着喇叭，艰难行驶，一辆蓝色卡车蹭了一辆白色面包车，两个司机从驾驶室探出脑袋，大声吵吵。人行道上，自行车聚在一起，你塞我，我塞你，互不相让，仿佛到此不是为了走路，而是为了不叫别人走路。提着菜的，拿着包的，面目焦虑或眉开眼笑的行人见缝插针，泥鳅一般蹿来蹿去。纪肖兰站在桥洞边，皱着眉看了一圈，没有看到快递公司的三轮车，她寻思快递员还没到，就提着鱼，找个阴凉地方站着，耐心等待。阴凉地已经站了三个男人，面红耳赤地吵着一件事情，纪肖兰转头去听，听了两句，扑哧一声笑了。三个男人在争论武松当年打虎是否真的喝了十八碗酒。一个穿着蓝白相间T恤的男人说："肯定喝了不到十八碗。先说那酒坛子，倒酒时会洒出一些，碗装不满，武松端碗的时候，又洒出一些，此时大约只剩半碗。等到喝到嘴里，又从嘴角淌出一些，那碗酒也就剩个碗底，十八碗加到一起，顶多三碗。"

纪肖兰忍不住插话，说："争论这些有什么意思？愿意喝几碗，喝几碗。"

三个男人一齐看她，穿T恤的男人说："咦，来了也不说一声。"将手里的一个灰袋子，一下子扔过来。纪肖兰慌忙接住，说："什么？什么？"

"你的裤子，淘宝网上买的裤子。"

"你是快递公司的？怎么不见你的三轮车？"

"我哪是快递公司的。"男子撩了一下头发，眼睛一眨，看上去比刚才精神了一些。"我是公司职员。替表弟来送裤子的。知道吗？我是个白领，哪能做快递员。"

纪肖兰又扑哧一声笑了，在快递单上签了字，说："骗谁呢！公司职员还替人送快递。"

当着那人的面，纪肖兰打开袋子，裤子装在透明塑料袋里，宝蓝的颜色格外抢眼。她撕开塑料袋，将裤子一抖，宝蓝色的裤身，大红色裤腰，紫色茶花，果然跟图片上一样，做工还算精良。

"嗯，这裤子漂亮。"纪肖兰扭了一下头，看到男人的手指伸过来，捏住了裤脚。

3

男人名叫赵有财，这是纪肖兰后来知道的。赵有财说他真的是替表弟送快递的，表弟知道"双洞子"难行，所以委托他送货，反正他闲着也是闲着。他没开汽车，没骑摩托车，而是骑自行车来的，绝对低碳环保。说这些话时，赵有财又撩了一下头发。

赵有财有个特点，对什么事情感兴趣或是得意的时候，总要撩一下头发。他说："你看，我是不是一个难得的好人？"

按照赵有财的描述，他家所有的人都是好人。父母是知识分子，姐姐是企业工会主席，妹妹——"嗨，"他趴在纪肖兰耳边悄悄说，"妹妹的职业很神秘，是个作家。名字在网上能搜出来。"

纪肖兰偏了一下头，她跟赵有财还没熟到可以亲密接触的地步，即使到了这个地步，她也要做出冷漠的样子。她不想跟他过于亲近，为什么？为什么？为了给他留一个冰清玉洁的印象。

赵有财的描述中，他的表弟特别有意思，表弟买了一辆面包车送快递，别人汽车的副驾驶上兴许会坐美女，兴许会坐领导，表弟的副驾驶却坐着他的爸爸，他的爸爸是赵有财的姑夫。姑夫患了老年痴呆症，忘记了自己的姓名、家庭住址、子女的姓名还有模样，出门就找不到回家的路，都走丢好几回了。为了防止再次走丢，表弟就天天带着他送快递。"如果，"赵有财说，"如果，看到一个带着老头送快递的年轻人，那老头穿着深蓝色上衣，胸前挂着红色牌牌，牌牌上写着名字与联系电话，那年轻人就是我表弟。"

纪肖兰的眼睛潮潮的，说："你表弟真是个好人。你全家人都是好人。"

纪肖兰与赵有财的交往没有一点波澜，平淡得如同人走路，走着

红酥手

走着口渴了，见到路边搁着一瓶水，想都不想，拿起来一口气喝干。纪肖兰拿走裤子不长时间就接到赵有财的电话，这一点都不奇怪，纪肖兰在淘宝网上买的裤子，快递公司自然有她的联系电话。纪肖兰看着手机屏幕上的陌生号码，甜腻腻地"喂"了一声，赵有财在那边说："你买的裤子真好看。买这样裤子的人肯定不是一般人。"

纪肖兰眼前立刻浮现出赵有财的模样，她感到奇怪，为什么一下子想到赵有财，而不是别人。紧跟着，纪肖兰想到赵有财与人辩论武松喝酒的情景，心头一松，笑起来，声音恢复平常，说："看不出来，你挺会说话的。"

"真的，真的，我不是一个俗人，所以不俗的人，一眼就看得出来。"

打过几次电话，赵有财约纪肖兰喝咖啡。纪肖兰经常自己买咖啡喝，拿铁、卡布其诺，有次还在网上买了一大堆据称包罗世界各国咖啡的咖啡包。咖啡包上写着各种各样的外国字，纪肖兰看不出所以然，却还是一包一包拆开喝了。

赵有财约纪肖兰喝咖啡，纪肖兰满心欢喜，想一口答应，又怕被赵有财小瞧了，扭捏一番才答应下来。赵有财要她挑喝咖啡的地方，她不挑，要赵有财挑，赵有财坚持她挑。纪肖兰想了半天，说："柳荫河畔的'两岸咖啡'吧。"

柳荫河是围着城西转了一圈的护河城，古代曾经阻挡过凶恶的入侵者，它与玉珠河不同，河面宽阔、水质清冽，两岸种着成排的柳树与成排的杨树，柳树与柳树之间间隔着石榴树。树底下种着绿草和各色鲜花。鲜花根据季节不同依次开放，春天是金黄的迎春花，夏天是粉红的月季花，秋天是紫色的紫露草，冬天则是郁郁葱葱的冬青。冬天，柳树与杨树都落了叶子，河面时常结出雪白的冰层，入眼的颜色除了灰色就是白色，单调之外加了些许难看。但是冬季有两个重大而热闹的节日——春节与元宵。每年这个时节，市政府都派人开着汽车，扛着梯子，拿着杆子，给每棵树挂上灯带，每根树干缠上灯带，夜幕来临，安置在某个隐秘处所的开关打开，沿河两岸立刻灯光璀璨、万紫千红，使人想到"火树银花不夜天"的句子。那沿河而建的石桥，每座桥底下安了五彩灯棍，灯棍一齐打开，五彩缤纷、闪烁迷离，与洁白的冰层相互映照，好似人间仙境。柳荫河离市政府办公大楼近，离新建的体育场近，正月十五、十六的晚上，市政府组织人在体育场放烟火，河两岸挤满看烟火的人，天上流光溢彩，河边人声鼎沸，那番景象，竟抵过了春、夏、秋的自然美景。

纪肖兰从未在外边喝过咖啡，更没有在"两岸咖啡"喝过咖啡，之所以选这个地方，是因为她坐公交车屡次从"两岸咖啡"门口经过。那是栋二十几层的商业楼，"两岸咖啡"的招牌挂在二楼位置，碧绿的底色配着雪白的宋体字，透着无比的时尚，无比的优雅。

穿上那件民族风上衣和宝蓝色裤子，脖子挂一条和田玉籽料项链，腕上戴只亮晶晶的银手镯，耳朵缀两个圆形的水晶耳坠，头发中分，随意一披，纪肖兰在镜里照了，果真是一个超凡脱俗的女人。她拿起口红，在嘴唇上淡淡一抹，心想：穿这样的衣服，谁也猜不出我的职业。

走进商业楼，纪肖兰扫了一眼大厅，大厅正中放一个装修公司的广告牌，对面两架电楼，东边一道咖啡色螺旋木质楼梯，楼梯的每个台阶贴着碧绿色纸片，上面印着白色宋体字：两岸咖啡。

纪肖兰拾级而上，进了咖啡厅，她的装束立刻将服务员的目光吸引过来，她们也是阅人无数的女子，可是仍然忍不住上上下下打量她，稍后才问：包间还是座位。

纪肖兰没看到赵有财，她不清楚包间的价格，挑了靠墙的座位。服务员按亮头顶的灯，金色的灯光泻下来，纪肖兰抬头看了一眼，眯起眼睛。服务员端来一杯白水，天蓝色的透明玻璃杯，旋即递过餐单，退到吧台。

纪肖兰打开餐单，不看品种，先看价格。一看，惊出一头汗来。最贵的咖啡二百八十元一杯，最便宜的三十七元一杯，最贵的茶水的五百三十元一壶，最便宜的九十八元一壶。纪肖兰暗自计算，一般情况下，两人不能只喝一杯咖啡，即使点最便宜的，各自两杯也要一百四十八元。如果聊的时间长，不如点一壶茶，最便宜的黄山贡菊，九十八元一壶，可以抵挡两个小时。如果赵有财要她点，她就点一壶菊花茶，可是只点一壶茶，是不是太少了，还需要果盘与瓜子吗？

罢，罢，罢，纪肖兰合了餐单。女人与男人消费都是男人买单的，哪用她如此费心思。寻思的功夫，就见服务员端了四杯咖啡走向前面的桌子，再待一会又端了布满各色水果的果盘过去。

纪肖兰探头看坐在前面的人，男子只看了个背影，女子穿着白色短袖汗衫，搭一件灰色背心，头戴一顶方格格帽子，看不出是冷还是热，也看不出有钱还是没钱。纪肖兰听女子说："我去年元旦结婚的，结完婚就辞职了。"再去听，却见男子回头看她。纪肖兰莫名其妙的心虚，慌忙转过头去。

沙发上放着一只布制小熊，穿着牛仔裤上衣、条绒布裤子。纪肖兰将小熊抓到手上，掀起它的裤子，露出毛绒绒的大腿，又放下裤子，再掀起来，反反复复十几次，就见赵有财顺着楼梯上来。她招了一下手，赵有财咧嘴一笑，走了过来。

赵有财穿着蓝条纹衬衣，灰色小格格裤子，咖啡色皮鞋，手里拿着一只皮包，挺精神挺利索的样子。看了纪肖兰的打扮，赵有财眼睛亮了一下，说："果真好看，像艺术学校的学生。"

"还学生呢。"纪肖兰笑，"这个年龄了，老师差不多。"

"对，对，老师，应该是老师。"

赵有财拿着餐单点餐，纪肖兰看他目光浮来浮去，打水漂一般，知道他在留意价格。看了一会儿，赵有财冲吧台扬手。吧台服务员看都不看他们。赵有财跑过去，服务员才过来，脸上透着不耐烦，说："这有按铃。"

纪肖兰才看到桌上有一盏灰蓝色台灯，台灯底座镶一个嵌入式按钮。

赵有财点了一杯卡布其诺，纪肖兰点了一杯红玫瑰夫人，两杯加起来，七十多元的样子。赵有财推掉餐单，不再点其他东西。纪肖兰心下失望，眼皮垂下来，一副淡淡的模样。赵有财问她老家哪里的。纪肖兰说："你怎么知道我不是当地人？"

赵有财笑："太简单了，不是当地口音嘛。哪的？"

"很远，东边。"

"东边，烟台？"

"算是吧。"

"做什么工作？"

"什么挣钱做什么呢。你看我像做什么工作的？"

"看气质、装束，应该是艺术家吧。"

纪肖兰冷笑："算是吧。"

"算是，是什么意思？不是艺术家，是什么？"

"公司职员。跟你一样，是公司职员。"

"嗯，嗯，公司职员也有这样超凡脱俗的。"

咖啡端上来，卡布其诺盛在敞口描金边的白瓷咖啡杯里，红玫瑰夫人盛在敞口绘玫瑰花的粉红瓷咖啡杯里，每一杯都盖着一层厚牛奶。亮晶晶的小勺趴在描金边的托盘里。纪肖兰一勺一勺挖牛奶吃，无意间看到赵有财的手，中指与无名指的指甲藏着厚厚的污垢，小指的指甲开裂。纪肖兰心一抖，问："你真是公司职员？"

"为什么要骗你？"

"具体做什么？"

赵有财偏头想了一下："技术工作，助理工程师。"

没等咖啡喝完，纪肖兰的手机响了，她看了一眼号码，按了拒听键，只一会儿，手机又响，纪肖兰又按了拒听键，可是手机又响起来。赵有财说："接吧，接吧，兴许是公司的要紧事。"

纪肖兰转到屋角接电话，手捂了手机，只点头不出声。接电话的空档，看前桌的男子与女子起身离开座位，男子扭头看纪肖兰，纪肖兰慌忙垂了头，却用眼角看男子，确定不认识他时，纪肖兰松了一口气。

赵有财没问电话的内容，纪肖兰对他的印象有了一些好转。两人又一边喝咖啡一边说话。咖啡喝完了，赵有财没有再点餐的意思，纪肖兰说话说得口渴，只好又要了一杯白开水。慢慢地，窗外的夜来临了，马路上的汽车尾灯连成一片，屋内的灯光越发闪烁、迷离。这是一个暧昧而又含糊不清的时刻，单独相处的男女通常要做出一些事情。纪肖兰太熟悉这样的时刻，也熟悉这样的事情。她担心赵有财要做出来，她不知道应该拒绝他还是迎合他。迎合是很熟练和简单的，拒绝却有一些难度。

纪肖兰身子靠到沙发背上，又拿起那只玩具熊，将它的裤腿撩上去，露出毛绒绒的大腿，又将裤腿放下来。她感觉头晕得厉害，汗从额头与后背淌下来。赵有财身子探过来，纪肖兰要躲，可是无处可躲，手一下子伸进玩具熊的裤腿里，觉得那里软得厉害，温柔得厉害。赵有财伸头拭她的额头，说："这么浓的咖啡，你不习惯。"

纪肖兰说："第一次到咖啡店喝咖啡。"

赵有财说："不瞒你说，我也是。我不是没有钱，也不是不舍得花钱，我就是觉得不能乱花钱。"

"可是这钱怎么就花到了我的身上？"

赵有财抓住纪肖兰的手，手上用力，说："因为我喜欢你。因为我想与你谈恋爱，是可以谈婚论嫁的那种恋爱。"

纪肖兰心头呼地一热，说："如果这样，你这样吝啬，倒可以原谅了。"

4

出租车沿着柳荫河一直向南，过了铁路桥，景色立刻杂乱起来，河两岸的绿树、鲜花不见，取而代之是种着小松柏的花池子。小松柏蒙了厚厚的灰尘，显得灰头土脸，毫无生气。花池子里扔着塑料袋、卫生纸、一次性筷子和一次性纸杯。卖烤羊肉串的，炒菜的，卖馄饨、麻辣串、海鲜拼盘的，沿着人行道一溜排开。年轻的、年老的、男人、女人、孩子穿着短袖、背心、裙子或者光着脊梁坐在小马扎上，对着小方桌的各种吃食，鼓动着腮帮子，嚼个不停。光着脊梁的男人端起大杯扎啤，说声"喝"，一齐将杯子举到脸前，嘴巴含住杯沿，变戏法一般将一杯啤酒演化得无影无踪。个头瘦小的男人与露着大腿的胖乎乎的女人碰了一下杯子，女人嘴唇不动，喉咙一耸一耸，一杯啤酒喝得一干二净。穿着 T 恤衫的年轻男子拿着一根羊肉串，咬下顶端的肉，一边嚼一边说："我可以找人打他一顿，五十元钱雇一个人，好雇得很，可是做生意，不能这么做。"坐在他对面的女人，拿两根羊肉串钎子放到炭火上，上面搁一张薄饼，这边烤得焦黄了，翻过来，烤另一边。两边都烤得焦黄了，女人将饼拿起来，摊到左手上，右手拿一根羊肉串放到饼中间，左手一握，右手一抽，烤好的羊肉全都抽到饼里，再拿起一根，再抽到饼里面。女人将饼卷成一卷，底部折一下，递给身边的男孩子。男孩子一边吃一边晃动着腿一边看着马路。孜然的味道、生菜倒进油锅里，沸腾的味道、啤酒的味道、煮馄饨的老汤味道，还有各种说不清道不明的味道，顺着青蓝色的空气飘进出租车内。纪肖兰耸耸鼻子，感觉头晕好多了，摸摸额头，汗退了下去。

出租车左拐，离开柳荫河，驶过五个十字路口，右拐，直行不久就到了城中村。再向前，就是那个白日无比拥挤的"双洞子"。纪肖兰下车，进城中村，七拐八拐，来到玉珠河的南岸。岸边灯火朦胧，河里的水影影绰绰，垃圾隐藏在黑暗之中，可是难闻的味道依旧无所不在。卖水果的店子、炸货的店子、粮油的店子、理发店都开着门，亮着灯，因为没有顾客，店主人或是看电视，或是清点货物，或是按计算器，或是盯着房子的某处发呆。理发店的老板拿着扫帚扫地上的头发，服务员坐在沙发上，翘着腿，一上一下地嗑着手里的瓜子。纪肖兰从店前走过，没有人多看她一眼，她走到那些没挂招牌的屋子中间，一名穿吊带裙的女人坐在沙发上涂脚指甲油，一名四十岁左右的女人站在矮柜前面。矮柜上一尊财神爷像，像前的香炉燃着香。

纪肖兰走进去，穿吊带裙的女人抬头看她一眼，不说话，依旧涂脚指甲油，鲜红的脚指甲油弄得她的十个脚趾头血淋淋的，仿佛被汽车轮子轧过一般。四十岁左右的女人冲纪肖兰牵动一下嘴唇，看不出是笑还是哭，说："这人有特殊要求。"她从矮柜拿出个袋子，递给纪肖兰，同时递来一张写着字的纸条。

纪肖兰拿着袋子和纸条走出屋子。面前景色带给她十足的恍惚感，从"两岸咖啡"到没挂招牌、灯光暧昧的小屋。从风光无限的柳荫河畔到弥漫着臭气的玉珠河畔。时空的转换似乎太快，快得只是坐着出租车的半小时的时间。纪肖兰想起与赵宝财的会面，想起她对他的怀疑，一下子羞愧得不行。

纪肖兰知道接下去的内容，她要扮演另外的女人。即将扮演的女人是生活在世上的真实的人？还是这个穿着民族风上衣、宝蓝色裤子，看上去无比飘逸的自己？从她自身扩展一步想，眼前的世界是真实的，还是她通过想象臆造出来的？如果眼前的世界是虚假的，那么梦中的世界是真实的吗？如果眼下的一切是梦，那么，这些房屋，这条河流，这些树，这必须挣钱、吃饭、睡觉的世界，这挥之不去、不招也来的生活有必要存在吗？

脚步软绵绵起来，头晕再一次重新袭击了纪肖兰，摸摸额头，所幸没有出汗。纪肖兰顺着胡同，七转八转，拐了许多弯，来到马路上。她拦下一辆出租车，话都不讲，直接将纸条塞进司机手里。

酒店的卫生间里，纪肖兰打开袋子，袋子里装着一套新衣服，她脱下身上的衣服，将新衣服换上，此时，她是一个穿着白衣服、戴着白帽子、戴着红边眼镜的女护士或者女医生。

纪肖兰将民族风衣服、宝蓝色裤子叠好，连同项链、手镯、耳环一齐放到袋子里。照照镜子，嘴唇上的口红已经没有了踪影。她抿抿嘴唇，走出卫生间，乘电梯来到一个房间门口。

只敲了一下门，门里倏地伸出一只手，将她一把抓进房间。

回清水巷已是第二天上午，纪肖兰依旧穿着民族风上衣、宝蓝色裤子，所有的首饰与护士服一起放在袋子里。经过"双洞子"时，纪肖兰四下看看，担心遇到赵有财。这样看看，又为自己感到好笑，"怎么会遇到赵有财，赵有财怎么会在这里？"

清水巷已经热闹起来，菜贩子、鱼贩子、肉贩子、熟食贩子各自在自己的摊位前忙活。穿着防水围裙、雨靴，戴着胶皮手套的鱼贩子，拿着一只脸盆，将鱼盆里的水倒来倒去，倒得脚下一个又一个水洼。看到纪肖兰，皱着鼻子问，"吃鱼不？吃不吃鱼？"

纪肖兰不理她，转过拐角，上楼。楼实在太破旧了，楼梯两边的花墙都塌了。破碎的、红色的砖块这一块那一块的，没有掉下来的砖块蒙着厚厚的灰尘，都看不出原来的颜色了。楼梯与楼道铺着灰色的水泥地面，因为日子太久，水泥地面竟然磨得光滑了，有些地方亮晶晶的，仿佛被摩挲久的玉石。纪肖兰爬到二楼，开了挨着楼梯的一个门，是个一间半的屋子，半间搁着一张沙发，沙发对面是水池子，水池子一侧放着一台电视机，一间搁着床、挂衣橱，还有电脑。

看到床，纪肖兰的心一下子变得非常脆弱、非常柔软，她扑到床上，撩了水红色的床罩蒙到脸上。脸上、身上依然是污浊的气味，连同手指头、脚趾头，每一个毛孔、每一根头发都弥漫着污浊的气味。纪肖兰觉得自己像扔在垃圾箱里长了绿毛的蛋糕或者那些被扔进塑料桶的鱼内脏，剁碎了的看不出眉目的鱼的器官，每一丝每一点每一寸都透着腐烂、肮脏的气息，是从内到外全都坏透了的，全都烂透了的气息。眼泪大颗大颗地掉下来，纪肖兰一边流泪一边不明白自己：这是怎么了？这种事情又不是第一次做。自己又不是二十出头的样子，已是接近三十岁的女人了，怎么突然就委屈起来，突然就小女儿态起来。

起身，拧开水龙头，不管流出来的水还是凉的，女人这个时候又是最怕凉水的。纪肖兰两手捧了水，一把一把向脸上撩去，撩得头发、脸、脖子连同身上的衣服全都湿漉漉的。可是纪肖兰仍然觉得不过瘾，索性将衣服脱光，捧了水，一把一把向身上撩去。

手机嘀的一声响了。带着一身水，纪肖兰打开手机，是赵有财发来的短信："病人问：医生，为什么我拉屎很臭？医生说：拉屎臭，说明肠胃没有问题，消化功能好。另一名病人问：医生，为什么我拉屎不臭？医生说：拉屎不臭，说明你的鼻子有问题。"

这是一个惹人发笑的短信，赵有财发来想博纪肖兰一笑。可是纪肖兰一下子想到嵌在楼道拐角的公共厕所。厕所本是三户人家共同使用的，可是巷子里的菜贩子偏偏来上厕所，上完了又不冲，大滩的粪便明晃晃地摆在茅坑里，纪肖兰要上厕所，必须提了水冲走那滩污物。黏稠的褐色的、散发出难闻气味的、无法查清主人的污物坦露在纪肖兰的眼前，有时候上面还趴着两只绿头苍蝇。

纪肖兰大口大口吐起来，一边吐，眼泪一边汹涌地流出来。

5

纪肖兰问了几次赵有财所在公司的名字，赵有财总是含含糊糊说不精确。赵有财也问纪肖兰所在公司的名字，纪肖兰随便指了一处高楼，说："就是这里。"此时，两人坐在人民公园的长椅上。纪肖兰指的这座高楼是一幢写字楼，一层楼是一个公司，一个办公室也是一个公司，一幢写字楼隐藏秘密一般隐藏着无数个公司。纪肖兰寻思好了，如果赵财兰问公司的名字，她就编一个，如果再问她在公司做什么，她就说："做物流。"纪肖兰在公交车上遇到两个女人聊天，一个女人说她在姐夫的公司做物流，不用坐班，打打电话，联系几辆大卡车将姐夫公司的货拉到目的地，一年就挣十万元。另一名女人羡慕得不行，说："你挣钱怎么这么轻松？"

女人说："我姐夫照顾呗，他做经理，叫我做物流也是做，叫别人做也是做，为什么不叫自己家人做？"

纪肖兰也羡慕得不行，想：自己怎么就没有这么有本事的姐夫，自己怎么就没有姐夫呢？

赵有财握着纪肖兰的手，紧一下，松一下。两人的关系已经近了一步。赵有财可以握纪肖兰的手，可以搂她的腰，没人的时候，嘴唇可以在她脸上贴一下。赵有财还想再进一步，纪肖兰却不让。纪肖兰说："我是个传统的女人，传统的女人啊。"

赵有财笑，说："我也是传统的男人。"按照赵有财的描绘，他谈过几个女朋友。别的男人谈女朋友，见几面就上床。"考察性生活是否和谐啊，这当然是对的，要知道，性是生活的重要内容。"可是，他却坚持不上床，把持不住的倒是女人，手伸进他的衣服，在胸脯上摸来摸去，胆子大的，直接去摸他的裤裆。

"那你还是，还是……"

"当然不是，当然不是。你呢，你是吗？"

"我也不是。我这个年龄了，肯定也不是了。不过，你得相信，我是干净、纯洁的女人。"

赵有财将纪肖兰的手举到唇边，将手指一个一个捋直，食指含到嘴里，一下一下地吮，说："我知道，我相信。"

为了确定赵有财的工作，纪肖兰来到快递公司。她没有想到快递公司这样小，小到只有一男一女两个人。女人坐在电脑前处理货单，男人清点仓库的货物。一辆面包车停在仓库门口。面包车是白色的，后面的座位全部拆掉，装了满满一车厢货物，副驾驶座上空空荡荡的，没有人，更没有穿着深蓝色衣服、挂着红色胸牌、胸牌上写着姓名与联系电话的患痴呆症的老人。

纪肖兰抓住男人问："认识赵有财吗？"

"赵有财，谁是赵有财？"

"你表哥，替你送过货的，你的表哥。"

男人笑起来，说："我哪有表哥？我在这个城市孤身打拼，走到哪都是一个人，我哪里来的表哥？"

纪肖兰有些惊讶了，既然男人不认识赵有财，那么赵有财如何拿到她的宝蓝色裤子，并且送到她的手里。纪肖兰拿出手机，拨快递公司的电话，男子的手机立刻响起来，他接听，"喂"了两声，看到纪肖兰拿着手机，立刻不满道："就在眼前，打什么电话呀。"

带着满腹困惑，纪肖兰离开快递公司。她一边慢慢走，一边梳理头绪，她确实不明白赵有财为什么骗她，骗她的钱吗？他从未跟她要一分钱，也从未说他经济困难，他只是比较小气，不过，每次吃饭或是出游都是他买单。记得有次两人到花艺博览会玩，许多饭店走过去，赵有财挑了一间极不起眼的小店领着她进去。老板说店里只卖北京炸酱面，纪肖兰一下子想到宽宽的面条、厚厚的酱、剁得碎碎的肉丁、洗得干干净净的小葱和盛在碟子里的辣酱，口水流出来，说："就在这吃。"赵有财点了两碗面，真的是宽宽的面条盛在大碗里，没有汤，雪白雪白地端上来。纪肖兰问："酱呢？"老板说："自己盛。"

"在哪？"

老板领着纪肖兰到一个铁架子前，铁架子上摆着数个不锈钢方

红酥手

盒，里面果然盛着"酱"，这"酱"却是各种蔬菜加热了拌在一起的另一种菜，有西红柿丁炒鸡蛋、豆角丁炒菜、黄瓜丁炒肉，还有鱼香肉丝。纪肖兰各自盛了一点，拌到面里，完全没有北京炸酱面的味道。她不喜欢吃，却不说，赵有财看出来了，出门，一会儿进来，变戏法一般从怀里掏出一只德州扒鸡。

想到这儿，纪肖兰笑了。不舍得花钱也不是坏事，说明是个过日子的人，跟这样的人在一起，心里踏实，不用担心他拿钱出去看媳妇。纪肖兰发现自己不那么生赵有财的气了，即使赵有财骗她又如何呢，没有骗她的人，没有骗她的钱，只要他有一个正当的工作，喜欢她，将来肯与她一起过日子，别的都不重要的。

纪肖兰给赵有财打电话，约他到家里吃饭。怕赵有财找不到门，她到楼下等他。正是下班高峰，清水巷挤满买菜的人，询问声、吵闹声、讨价还价声，沸水一般，此起彼伏。纪肖兰已经买下茄子、土豆、西红柿、里脊肉，准备做一个红烧茄子、醋溜土豆丝、西红柿鸡蛋汤和糖醋里脊，她难得这样丰盛地款待自己，因为赵有财，今天破例了。离纪肖兰不远的地方，一个长发瘦脸的女人站在墙角，眉眼一闪一闪地看着过往的男人。纪肖兰经常看到她在墙角站着，遇到"愿意"的男人，便领着他往后面的楼房走。通常她走在前面，男人跟在后面，隔着一步远，相互之间不说话。纪肖兰看着女人，女人却不看她，张嘴打了一个长长的哈欠，纪肖兰的身子突然就抖起来。

赵有财撞到一个女人身上，女人劈手打他，肉手碰到肉胳膊上，挺远的距离，纪肖兰却听到"啪"的一声脆响。纪肖兰慌忙跑过去，抓住女人的手，替赵有财赔礼道歉，女人才罢休。赵有财整理一下衣服，说："不就碰了一下吗？现在的女人比男人还厉害。"

纪肖兰盯着女人的后背，说："看她面熟呢，不知在哪见过。"

"面熟？"赵有财也看女人的后背，说，"见女人面熟没事，就怕你见了男人面熟。"

纪肖兰一下子恼了，说："什么意思？什么意思？你说这话什么意思？"

赵有财挽住她的胳膊，嘻皮笑脸道："哪有什么意思。好好的，怎么就生气了？"

走到鱼贩子摊前，赵有财说要吃鱼。两人站在红塑料盆前，挑了一条黑鱼。鱼贩子像以往一样一铁棒子将鱼敲死，过了秤，开膛破肚。赵有财站在旁边，看得津津有味，纪肖兰却转了头，感觉鱼贩子一刀一刀全都切在自己身上。鱼贩子将鱼递到纪肖兰手里，说："不大不小，两人吃正合适。"

不用纪肖兰动手，赵有财扎上围裙，钻进放在楼道的破木屋里，一阵忙活，四菜一汤摆到茶几上。纪肖兰挨个菜尝，味道鲜美无比。她主动搂住赵有财的腰，说："没想到你会做饭。"

赵有财说："我们工厂的男人都会做饭。我还在食堂上过班。"

"工厂？你不是说在公司上班吗？"

"是，公司。说错了呢。"

赵有财夹了一块鱼肉塞到纪肖兰嘴里。纪肖兰咽下，仍然问："食堂？你在食堂上过班？"

"什么食堂？什么食堂？我哪里在食堂上过班？我是公司的技术人员，助理工程师呢，怎么会在食堂上班？"

纪肖兰不敢确定是否听错，还想问，赵有财又夹了一块红烧茄子塞进她的嘴里。红烧茄子的油太多，纪肖兰一咬，油呲出来，溅到赵有财衣服上。纪肖兰拿着卫生纸擦，手在赵有财胸前蹭来蹭去，赵有财抓住她的手，撩起衣服下摆，将纪肖兰的手放了进去。赵有财的皮肤光滑、细腻，女人一般。纪肖兰犹豫了一下，手慢慢移动起来，赵有财一步步后退，退到屋里的大床上，搂着纪肖兰倒了下去。

整个过程，纪肖兰极少动作，像个不喜欢性事的良家妇女，闭着眼睛，任凭赵有财忙活。赵有财似乎很久没做这种事了，只一会儿，就从纪肖兰的身上下来。

赵有财躺在一侧，闭着眼睛，说："兰，我们的关系已经不一般了，我们可以说说心底的话了。"

纪肖兰"嗯"了一声。

赵有财说："我见你第一面就给你打电话，知道为什么吗？"

"不知道。"

"说了不能生气啊！"

"不生气。"

"知道吗？你身上有股风尘味道。我以为你是个风尘女子。"

纪肖兰"呼"地坐起来，赤裸着身子，乳房果冻一般颤个不停，她说："赵有财，你不能这样侮辱人。"

"看看，说好不生气，怎么就生气了。"赵有财将纪肖兰拉进怀里，"如果认定你是风尘女子，我会跟你交往吗？如果认定你是风尘女子，我不成了嫖客了？我这不是在糟蹋自己吗？"

纪肖兰背对着赵有财躺下，手指缠住一缕头发，缠了一圈又一圈，赵有财搂着她，一手搁在她的乳房上。纪肖兰说："这个居民区里真的有妓女。风尘女子是雅称，其实她们就是妓女。"

赵有财不说话。

纪肖兰继续缠头发，她突然叫起来，说："我想起来她是谁了！"

"谁？那个妓女？"

"不是，那个打你的女人。怪不得看她面熟呢。她是看澡堂的女人，我经常去洗澡的。她在澡堂上班，上班从来不穿衣服，光着身子坐在热腾腾的蒸汽里收钱，光着身子冲洗地板，我一直没看到她穿衣服的样子，所以穿上衣服，我就不认识了。怪不得，怪不得，感觉面熟呢。"

6

纪肖兰决定带赵有财回老家。她说："我们俩谈半年恋爱了，我们俩的年龄都不小了，我们俩看对方都顺眼，如果觉得合适，就叫父母看看，父母相中了，我们就结婚。有财，赵有财同志，你说这个样子，好不好？"

赵有财一口答应下来。

赵有财答应得如此痛快，纪肖兰又心理不平衡起来，说："得先让我见你家父母呢，得你家父母先同意，再征求我家父母的意见。"

赵有财不同意，说："我家父母听我的。我妈经常说：不管天南的，海北的，只要儿子相中了就是儿媳妇，等结婚时再告诉他们。"

纪肖兰寻思一下，赵有财的父母、姐妹不是知识分子，就是企业管理人员。更可怕的，那个妹妹还是个作家。纪肖兰虽然文化程度不高，但是"作家洞察社会，感悟人生"这句话还是知道的，在她心里，作家是个能够把人一眼看穿的人。总而言之，赵有财一家都是"人精"，跟"人精"接触早了，难免被看出破绽。等到生米煮成熟饭，再见他们也不迟。到那时，即使他们反对，结婚证书拿在手里，反对也无效。

商量完了，两人就到商场买礼品。纪肖兰的父亲病逝，只有母亲和弟弟在农村生活。赵有财给母亲买了一件真丝衬衣、一条黑裤子，据说裤子面料与"哥弟"牌裤子面料相同，穿在身上，有穿"名牌"的感觉。给弟弟买了一身纳迪亚运动服，一个仿鳄鱼皮包，另外还有烟、酒、茶，满满地塞进旅行箱里。赵有财拖着旅行箱，纪肖兰提一只天蓝色布包，两人于深夜坐上开往烟台的列车。

这是趟极慢的绿皮车。凌晨时分过了胶州市，天空放亮，窗外的景色鲜丽起来，树木油绿，水洼增多，空气中透着凉爽。碧绿的庄稼地与远处的村庄相连，村庄绿树成荫，房屋都是白墙红瓦，件件入眼，异常好看。

中午时分，两人在靠近烟台的一个县城下了火车，在小吃摊吃了两碗面条，坐上中巴车继续赶路。中巴车里坐满了乘客，男人、女人、老人、孩子，说着赵有财听不懂的方言，赵有财要纪肖兰翻译给他听，听了十几句，赵有财就倦了，不要纪肖兰再翻译。烟台地区属于丘陵地带，公路一直沿山而行，上上下下，一个坡接一个坡，一个转弯接一个转弯。路两边全是高大的杨树，杨树不远是种满绿树的山体。纪肖兰说："山上有松树、枣树、栗子树。"说话间，山中间出现一个岔口，一条蜿蜒的土路伸在岔口里面。纪肖兰说："这是我姥姥村呢。过了岔口就是一条大河，河水清得呀，没法形容了。我舅年轻时候经常到河里捉鱼、摸蛤蜊、钓虾，有次摸到一只小乌龟，在水盆里养了许多天，不知什么时候偷偷跑掉了。河两岸全是沙地，种着梨树、苹果树、山楂树。山楂树开花最早，一到春天，河两岸全是紫花，天上的朝霞一般。山楂花落了就是梨花，雪白雪白，就像天上的云彩，梨花落了就是苹果花。等到花都落了，小小的果子就长出来了……"纪肖兰说着话，见赵有财冲她挤眼，她一愣，才发现满车的人都静悄悄的，满车的人都在听她说话。纪肖兰慌忙住口。车上的人看着她，"哗"的一声笑了。

下了中巴车，就到了镇上。没有通往村子的汽车，纪肖兰与赵有财只能步行。因为拿的是拉杆箱，走起路来并不费劲。两人一边走一边说话，过了一座桥，爬了一个坡，又过了一座桥，爬了一个坡，又过了一座桥，眼前出现一个村子，村口一棵树干乌黑的大槐树，树后不远，成排的白墙红瓦的房子掩在绿树丛中。纪肖兰高兴地说："到家了，到家了。"

村子静悄悄的，街道上少见村民，就连鸡、狗也不见踪影。只见一个一个黄色的草垛、紧闭的院门，院门上贴着掉了颜色的对联，"家住平安地，人在幸福中"的字样还清晰可见。村口到纪肖兰家，只见到四五个人，他们立下脚，大声跟纪肖兰打招呼。"翠翠回来了。"又看赵有财，"谁呀，女婿吧?"

纪肖兰抿着嘴笑，不说话。

纪肖兰的家在村东头，三间小屋，一个小院，院门口一棵大刺槐树，树荫罩住整个院子，弄得四处凉嗖嗖的。纪肖兰与赵有财身上的汗一下子没了。纪肖兰踏进院门，喊："妈，我回来了。"

房门响动，一个白发的胖女人走出来，说："真回来了，也不提前说一声。"

纪肖兰招呼赵有财："这是我妈，这是有财。"

进屋，屋子小且暗，适应一会儿，才看到屋内的光景。中间的屋子是灶屋，东西两边各垒一个灶，灶上放口黑色的大锅，锅上盖着黄色玉米秸编的盖子。南墙放一只方桌，铺着天蓝色塑料布，桌面放一瓶塑料花，有玫瑰红的月季花、黄色的喇叭花、紫色的地瓜花、白色的百合花，还有两片绿色的叶子。东边是卧房，坐着一名青年男子，冲着纪肖兰与赵有财笑，纪肖兰说："这是俺弟。"又指着赵有财，

"这是有财哥。"

男子张口喊道："姐夫。"赵有财打了个趔趄。

西屋是纪肖兰妈妈的卧房，炕、矮柜、长条桌、挂衣橱，再无他物。

纪肖兰屁股搁在炕沿上，腿一偏就坐了上去，她招呼赵有财也到炕上坐，说："屋子是村里最小最破的，不过，不着急，我的钱都攒着呢，等地基批下来，就盖新房子。是不是，妈?"

纪肖兰的妈不说"是"，也不说"不是"，一直盯着赵有财看，问赵有财做什么工作的。赵有财说是公司职员。问具体做什么，赵老财说："助理工程师。"纪肖兰妈妈的眼中露出疑惑的神情。赵有财说："操作电脑，用电脑办公。"纪肖兰的母亲更疑惑了。纪肖兰捅了她一下，说："就是城里人，就是不种地、不打工的人，城市户口呢。"

纪肖兰妈妈的眼神松弛下来，又问父母、兄妹是做什么的。赵有财一一回答。纪肖兰妈妈的嘴角抽搐几下，说："门不当，户不对，我家配不上你家。"

赵有财慌忙说："什么门不当，户不对。跟我过日子，又不是跟我家过日子，只要我俩愿意就行。"

陆陆续续，家里人多起来，村里人都来看新女婿，又是"做什么工作、父母做什么工作、兄妹几个、都做什么工作"的问了一遍，赵有财起先回答得磕绊，说得多了，就流利起来，甚至不等别人问，自己先主动介绍个人与家庭情况。村里人都说他条件优秀，夸纪肖兰有眼光，说纪肖兰不仅在城市有好工作，还有个有好工作好家庭的女婿，老纪家的苦日子到头了。

听到这样的话，纪肖兰与母亲一齐掉了眼泪。纪肖兰说："俺爸得肝癌去世的，俺弟出去打工，摔断腰成了半身不遂。前些年挣的钱都给他们治病了。好歹，现在有了一些存款。"

赵有财握着纪肖兰的手，说："我会帮你，我会帮你。"

纪肖兰妈妈端给赵有财三个荷包蛋，蛋汤里放了白糖，甜得叫人浑身打哆嗦。纪肖兰说："我们老家，新女婿上门都得吃荷包蛋。"

硬逼着赵有财将三个荷包蛋吃得干干净净。

7

晚上，纪肖兰跟妈妈睡西卧房，赵有财跟弟弟睡东卧房。弟弟长年下不了炕，拉屎、撒尿都在炕上，虽然妈妈认真收拾了，并且开门开窗通了几天风，屋子里仍然有一股说不清楚的黏稠的气息。纪肖兰担心赵有财睡不习惯，半夜起来，开了门看他，果真看到赵有财瞪着眼看屋顶，被子搁在胸前，而不是脖子底下。纪肖兰知道他嫌被子有味。不仅赵有财，她也嫌被子有味道，家里仅有的几床被子似乎很多年没有洗清，很多年没有日晒了。

纪肖兰轻声说："睡不着？出去走走？"

"这么晚？"

"村子里安全，几百年没出治安事件。"

赵有财起身穿上衣服，两人开了屋门、院门，来到街上。街上静悄悄的，连同整个村子、整个田野都静悄悄的，没有狗叫，没有鸡鸣，没有猪哼哼，连同虫子的"嘶嘶"声也听不到。两人仿佛来到了一个没有声音的世界。这个世界偏偏月光好得出奇，硕大的月亮挂在天上，真如同书中所写的"银盘"一般，清亮亮的月光洒得到处都是，地面上、房顶上、树叶上、土墙上，流水一般淌来淌去。月光照不到的地方是幽幽的黑暗，这黑暗呈现出千奇百怪的模样，有树的模样、房屋的模样、人的模样，还有老虎、狮子、狼的模样。世界在这里颠倒了，往日，只有白天看云彩的时候，才会出现这种情景，各种各样的云彩飘浮在碧蓝的空中，幻化出大象、老人、群山的模样，此时，在黑夜，这个幽静的小村庄，因为月光，幻化出白日才会有的景象。

两人一时间没有说话，仿佛被这千奇百怪的异样震住了。许久，许久，手才牵到一起。纪肖兰感到赵有财大手的温暖、宽厚，将自己的手拢成一团，塞在他的手心里。

纪肖兰说："现在，此刻，我才知道什么叫幸福。说起来，还得谢谢那条来自大理的裤子。知道为什么要买那条裤子吗？不为别的，只为大理。"

纪肖兰牵着赵有财的手，来到一户人家门口。与所有的人家一样，它的屋门紧闭。明黄色的大门当中安着小小的银色暗锁。白色的墙体顶端是一截花墙，用水红色的砖块垒出种种好看的形状，一些叫不出名字的花摆到花墙上面。月光下，花颤颤地摇动，仿佛正在开心大笑。

纪肖兰说："这户人家的女人来自大理。不是自由婚配，是男人花六千元钱买来的。那个时候，经常有人去云南买媳妇，有的人买回来，有的人钱花掉了，却买不回来。这家女人买来时，穿着天蓝色上衣，红色曳地百褶裙，跟在男人身后，低着头，赤着脚板，走回村里。村里人都去看那个女人，印象中，她是第一个从遥远的地方来到村里的人。女人开始不出门，天天待在家里，生了小孩后，开始出门干活，到河里洗衣服，到地里种庄稼。那个时候，我读初中，每天穿过村前的路到镇中学上学，她家的地就在路边上。我每天都能看到她穿着百褶裙，戴着彩色头巾在地里干活，有时在早上，有时在傍晚，她一边干活，一边抬眼看我，有时候，会唱一支叫不上名字的歌曲。有一天，她突然跑到我们学校，谁也不知道她来干什么，她就那样跑到我们学校，站在操场上，看看这看看那。同学都远远地看着她，看着她的百褶裙，看着她的彩色头巾，看她手腕上亮晶晶的银手镯，脚腕上亮晶晶的银脚镯。我们都感觉她那么美，她就是天底下最美的女人，美得就像天上的仙子。你知道吗？我们大部分人没见过女人这样打扮，黑色镶红边的斜襟上衣，配杏黄色长裙，粉红色半袖上衣，当胸绣一朵大红花朵，配一条长裙，这样亮丽的颜色搭配，我们这里没有的。我们这边的人都是穿裤子和褂子的，裤子不是蓝颜色，就是灰颜色，褂子不是纯色就是小碎花。结了婚的女人没有穿裙子的。这个女人使我们看到了另外一个世界，一个可以将花、将云彩穿在身上的世界。更要命的是，女人突然开嗓唱起歌来，歌声美妙、婉转，像天上的鸟鸣一般。"

红酥手

赵有财握住纪肖兰的手，赵有财说："兰，我的心仿佛泡在温水里面，我的心从里到外透着软。你知道吗？你的口才非常人能比。你知道吗？我觉得我那么爱你，因为爱你，有些事情一定要告诉你，你要接受的，兰，你要接受……"

"不是我口才好，是这个女人好呢。后来，同学们都长大了，都出去打工了，很多人都说，同学出去打工，是因为这个女人，大家都想出去看看，外面的女人是不是都是这个样子。有的人回来说外边的女人比她好看，有的人回来说外边的女人没有她好看。可是这个女人一直在村子里待着，她不出去打工，也不叫她男人出去打工，她说家里的日子好，好得不得了呢。"

这个时候，纪肖兰的手机突然响了，在这万分安静、万分祥和、万分美丽的小村庄，突如其来的手机铃声，仿佛丑陋的入侵者，"哗啦"一声将所有的东西打碎了。纪肖兰与赵有财看看对方，身子都抖了一下。

纪肖兰摸出手机，屏幕上显现一个陌生号码。她按了拒听键，可是电话又打进来。纪肖兰看了赵有财一眼，赵有财正盯着一处角落，眉毛一跳一跳的。纪肖兰走到树底下，巨大的树荫一下子罩住她，远处看来，她与树荫溶在一起，只有树荫，没有纪肖兰了。

接听电话，一个清脆的方言极重的女音传进纪肖兰的耳朵。纪肖兰觉得方言熟悉，却想不起在什么地方听过。女人说："我知道你是纪肖兰。你不要问我是谁，你先听我讲一个故事。"

"这么晚了，我不想听故事。"

"不，你一定要听完这个故事，兴许，这不是一个故事，这是一个真事，这个真事与你的生活有关。"

女人一声接一声地说起来。一个男人出生、成长于农村，因为某种机缘进工厂做了工人。进厂之前，父亲在农村为他娶了妻子，妻子是个农民，给他生了三个儿子，是一次生了三个，三胞胎，不是三次生了三个。妻子指望他挣钱养家养孩子，哪知男人喜欢看媳妇，挣了钱就去看媳妇。他看的媳妇不是好人，全是鸡。年轻的，嫩得能掐出水来的鸡。有一次被个年轻的鸡缠上了，为什么缠上了，他骗人家是大老板，那鸡吵着嚷着要嫁他，他带着鸡回老家过年，当着父母的面，当着媳妇的面，当着儿子的面跟鸡一起吃，一起睡，钱花完了，带着鸡回城，鸡知道他不是大老板，就是一个破农民工，就和他掰了，继续做鸡。掰之前，鸡去工厂看了他一眼，寻思他如果有个正当工作，是个干净体面的男人，嫁给他也成。到了工厂，正见他蹲在房檐下面，蓬着头，穿着油腻腻的工作服，一帮人围着他取笑，说："开工资了，又该出去找小姐了。开钱多了找城里的小姐，开钱少了找桥下的小姐。"那鸡年轻，打扮得摩登，走进工厂，立刻吸引了大家的目光。大家以为她是谁家的未婚妻，没有人认为她是一只鸡。鸡两手抱在胸前，在众人的注视下，抬着下巴，看着肮脏、窝囊的男人，感觉到了耻辱，她觉得跟这样一个有了钱就找鸡的男人在一起，真的是侮辱了自己。这男人，鸡都看不上他，本该老老实实守着老婆、孩子过日子。哪知他又相中一个公司职员，三天两头打电话给老婆，吵着离婚。这个时候，他爹带着他老婆在地里种庄稼，为了省租机器的人，他爹要他老婆拉着耧播种。村里人都说："这哪是把女人当女人使，这是把女人当驴使呢。"老婆带孩子、伺候老人，驴一般地出力，不跟邻居打架，不偷男人，不盼望跟他到城里过日子，这么好的女人，他不喜欢，偏偏喜欢城里的鸡。那公司职员，八成也是只鸡。哪有城里的公司职员相中他……你肯定会问我是谁，猜我是那个男人的老婆或者是那个年轻的鸡，或者是男人找人打来的电话，你肯定在想，我从哪里得到你的电话号码。告诉你，我谁都不是，我就是一个普通的女人，一个路见不平一声"吼"，不要我"吼"就非常难受的女人……

纪肖兰的耳边"哇"声一片，女人还在喋喋不休地说着，纪肖兰竟然听不清她说了些什么。眼前月光一片，黑影一片，清亮一片，树荫一片，纪肖兰只觉得恍惚，心一紧，又松了。一大片痛涌过来，又全部消散了。

纪肖兰的心清静下来，她挂断电话，担心女人再打进来，将手机关了，放进口袋。赵有财还在盯着某个地方，眉毛却不跳了。纪肖兰走过去，他不问谁打来的电话。纪肖兰也不说。她拉着他走。沿着洒满月光的，静悄悄的土路，南行、东拐，出了村子，走进一片苹果园里。

　　苹果树长得茂盛，青色的果子藏在毛绒绒的绿叶里。空气中弥漫着青草的味道，仔细闻，又闻出农药的苦味。树底是刨得松软的泥土，围着树根形成一个又一个圆圈，有些圆圈种着西瓜、西红柿或者茄子，有些圆圈光秃秃，什么都没有种。纪肖兰找了一个什么都没种的圆圈钻进去。她坐在泥土上，抬头向上望着，银盘般的月亮就挂在头顶，虽然有树叶、树枝挡着，仍能完整地看到它的身影。月光透过树枝、树叶的缝隙洒进来，形成一个又一个不规则的暗影。赵有财也坐进来，挨着纪肖兰，左手搁在腿上，右手插进两腿之间的泥土里面。纪肖兰身子靠过去，她的手放到赵有财的两腿之间，轻轻地摩挲，如她所想，那里很快有了反应。纪肖兰拉开赵有财的裤子拉链，手伸进去，穿过短裤，摸到了想摸的地方。赵有财配合地张开两腿。纪肖兰的手指快速移动，一会儿，又将嘴整个趴上去。赵有财喉咙发出含糊不清的声音，手伸进纪肖兰的衣服摸她的乳房。纪肖兰配合着活动身体，他终于忍耐不住，将纪肖兰掀翻在地，趴了上去。

　　两人欢爱过无数次的，可是从没以这种方式欢爱。赵有财想亲吻纪肖兰的嘴唇，纪肖兰头摆来摆去，就是不叫他亲。纪肖兰两手揉着自己的乳房，一边活动身体，一边发出呻吟。以往，赵有财对纪肖兰都是深情款款，无限温柔，一边做爱一边问："爱不爱我？爱不爱我？"这一次，赵有财猛烈地撞击身体，一边撞一边说："真他妈过瘾。"

　　时间也比以往要久，赵有财从纪肖兰身上下来，纪肖兰看他拿起裤子，从裤兜掏出一样东西，掏到一半时，看了纪肖兰一眼，又放了回去。

8

　　吃早饭时，纪肖兰说要回城。妈妈万分惊讶，筷子举在嘴边，说："才住一晚上就走？"纪肖兰说："早回去早挣钱。这吃的喝的穿的用的，哪一样不用钱。再说弟弟治病也用钱，还得帮他娶媳妇，咱总不能伺候他一辈子。"

妈妈说："有财，我对你挺满意，如果没什么事，你们就把婚事办了。"纪肖兰打断妈妈的话："结什么婚，我这种人结什么婚。什么时候，干不动了，一个人死了，就算了。"

赵有财喝一碗汤，嘴贴在碗沿上，"咻溜咻溜"出声，就是不说话。妈妈叹了口气，筷子往桌上一拍，说："死了算了，我这样的人死了算了。"

走时，妈妈拿出一堆地瓜、土豆硬塞进旅行箱里，箱子比来时反倒沉了。纪肖兰阴沉着脸，一副不高兴的样子。妈妈一直送她到村口老槐树下，纪肖兰走好远了，回头，看妈妈还在树下面站着。纪肖兰一下子非常难过，蹲下身，哗啦哗啦哭起来，说："我怎么就该这样活着？我怎么不能活得干干净净的？"她抬着泪眼，看着赵有财说，"有财，你总比个农民强吧。有财，你看我像个鸡吗？"

"瞎说什么呢，瞎说什么呢。"赵有财也蹲下身，拍着纪肖兰的后背，说："你就像个仙女呢，穿着那件民族风上衣、宝蓝色裤子，你就像个仙女呢。对了，你怎么不穿那身衣服回来？那身衣服配这绿树，配这清水才好看呢。"

"是吗？是吗？那身衣服很便宜的，虽然看着好看，可是很便宜，我买不起贵衣服。所以说，我哪能是鸡呢。鸡都是有钱的，对不对？无论年轻鸡还是年龄大的鸡都是有钱的对不对？噢，你是公司职员，你家里人除了知识分子就是企业高管，你妹妹还是个作家。对不对？你不是农民工，你家也没有当农民的老婆，你没有三胞胎儿子。"

赵有财站起身，瞪着纪肖兰，说："你说什么，说什么呢。"

纪肖兰猛地意识到失言，眼泪一下子干了，也瞪着眼看赵有财。两人都张了嘴，要说话，这个时候，突然飘来一阵歌声，清凉的空气里，碧绿的庄稼旁，流着河水的小桥底下，歌声仿佛就从这些地方飘出来的。飘逸、空灵、悠长，一声一声直沁人的肺腑。赵有财说："这是不是传说中的天上的声音？"

纪肖兰说:"是那个女人,那个从大理来的女人。"

赵有财四处张望,果真,在路北的庄稼地里,看到一个女人身影,因为远,身影显得小而朦胧。看得清穿着黑色镶金边的百褶裙,上衣缀着天蓝色的流苏,头上戴着彩色头巾,头巾一角飘着天蓝色的流苏。

赵有财拔腿向前跑,纪肖兰问:"干什么?干什么去?"

赵有财说:"看看这个女人,唱出这样好听歌曲的女人必定长得天仙般美丽。"

"回来,快回来。"纪肖兰一边跺脚,一边声嘶力竭地喊。赵有财立住脚,回头,奇怪地看着纪肖兰,"为什么?为什么?"

"看到了,梦就破了。"纪肖兰用手捂住脸,"有财,你为什么要叫我把话说到极尽?我们这样骗自己不好吗?为了活得自尊一些,为什么不能这样骗自己?"

兴许因为一旅行箱的地瓜与土豆,通往镇上的道路艰难而又漫长,两人轮换着拖旅行箱,仍然累得大汗淋淋。走到镇外的桥上,旅行箱的拉杆断了,箱子越发沉重起来。赵有财提议将地瓜与土豆扔了,反正在清水巷菜市场上,这种东西多的是,买两旅行箱也花不了多少钱。纪肖兰不同意,说:"这哪是地瓜,哪是土豆。这全是我妈的心。"

赵有财不说话,可是更加不高兴,纪肖兰提不动旅行箱,只能他提,三步一挪,两步一挪,终于到了公路旁,等了半天,终于等来一趟中巴车。中巴车里全是人,纪肖兰与赵有财在人缝里站着,旅行箱占了个大空,售票员要他们多买一张车票。这一次,纪肖兰没有说话,倒是车厢里的人叽叽喳喳说个不停。窗外的山还是来时的山,树还是来时的树,道路还是来时的道路,可是一切似乎变了,山不再美,树不再美,道路不再美。为什么变了?因为换了另一辆中巴车?因为同行的人变了吗?

到了火车站,等了两个小时才等到回城的火车。硬座车厢,人多得无法立足,赵有财补了两张卧铺票,拖着旅行箱,穿过长长的车厢,找到铺位,安顿下身子,赵有财劈头说道:"这地方,交通太不方便,我再不来了。"

纪肖兰看他一眼，说："想来，也不叫你来了。"

列车西行，仍然在胶东地界，窗外的绿树依旧浓密，树叶绿油油的，仿佛水洗过一般。纪肖兰坐在卧铺上，对面是一位年轻女子，怀中抱着一个小孩，小孩头发稀薄，小脸通红。纪肖兰问："孩子多大了？"

女子说："五个月。"

"到哪？"

"回娘家。"

"一个人？"

"不，还有孩子他爸。"纪肖兰看到一名年轻男子坐在靠窗的便座上，手里握着一只包，低头玩着手机。

女子怀中的小孩一直瞪着眼睛看纪肖兰，半天不眨巴一下眼睛。纪肖兰将他的小手握在自己手里，说："看什么呀，看什么呀？"

女子笑了，说："兴许，看你美呢。他喜欢的人就愿意盯着看。别看他小，他什么都知道呢。"

纪肖兰心里一动，她美，她真的美吗？

靠窗坐着的男人站起身，随手将包放到中铺上，他向车厢连接处走去，走到厕所门口，停下脚步，发现厕所里有人，男人站在门口等，一边等一边向这边张望。厕所里的人出来了，男人进了厕所，似乎解大手，待了很长时间才出来。纪肖兰站起身，她的手里提着天蓝色的布包，她与男人错肩而过，她也进了厕所。出来时，纪肖兰的装束变了，是那身非常漂亮的民族风上衣和宝蓝色裤子，长发挽成一个髻，耳朵戴三色长条耳坠，手腕戴一只银镯子，鞋上的带子盘在脚腕上，带子镶着金属珠子，弄得脚腕也像戴了镯子。

看见纪肖兰的人，眼睛都亮了。纪肖兰回到铺位，将袋子塞进旅行箱。年轻女子轻轻张了嘴，说："姐，你真漂亮。"

她怀中的孩子依旧盯着纪肖兰看，眼睛亮晶晶的，一眨不眨。女子晃动着他的手，说："长大了，讨个像阿姨这样漂亮的媳妇。"

小孩嘴一瘪一瘪，"哇"的一声哭了，一边哭，一边看着纪肖兰。

回到座位的男人一直玩手机，这个时候，突然站起来，看看孩子，看看纪肖兰，看看赵有财，看看其他乘客，又坐下来，依旧玩手机。他的手机响了，他将手机贴在耳朵上，一边听一边向车厢连接处走去。纪肖兰看着他隐在车厢连接处，躺到铺位上，闭上眼睛。

　　列车员拍醒纪肖兰的时候，纪肖兰正在做一个梦，她梦到自己站在一朵云彩上面，怀中抱着一个像云朵一般洁白、柔软的孩子。她将嘴唇轻轻地贴在孩子的脸上，孩子瞪着亮晶晶的眼睛看着她，孩子那么小，可是孩子却会说话，孩子说：“你这么美，你这么好，你做我的妈妈好不好？”

　　纪肖兰说：“你不嫌弃我？”

　　孩子说：“你是世界上最好的人，我怎么会嫌弃你。”

　　眼泪从纪肖兰的眼里流出来。她睁开眼睛，看到列车员站在铺位前面。她躺的是中铺，列车员的胸就在她的脚头，如果她伸直腿，就能踢到他的胸上，可是踢过去，她又能怎样呢？列车在田野里行驶，这样一个密封的急驶的空间，她能到哪里去呢？

　　纪肖兰叹了一口气，下铺，穿上鞋，看到乘警在一步之外的地方看着她。她跟着他们来到餐车。纪肖兰说：“别审问了，是我干的。”

　　根据乘警的经验，纪肖兰是个初犯，她毫无犯罪经验，并且没有丝毫抵赖之心。她说她穷，看到男人的皮包就起了贪心。男人皮包里有两个身份，五张银行卡，一千八百元现金，六张现金是连号的。趁着去厕所的机会，她将身份证、银行卡全部丢到铁道线上，一千八百元现金放进钱包。钱包在布包里，布包放在旅行箱里。

　　旅行箱被乘警拖进餐车，赵有财跟着过来，一打开，里面的地瓜、土豆“咕噜咕噜”滚出来，赵有财说：“放的好好的，怎么就滚出来了？”

　　乘警问赵有财：“你是她什么人？”

　　纪肖兰摇头，说：“我不认得他，我不认得他。他是公司职员，我怎么会认识他？”

　　“既然不认识，为何知道他是公司职员？既然不认识，为何与他共用一只旅行箱。”

　　纪肖兰的钱包被拿出来，里面不仅有被盗男人的一千八百元钱，还有她的一千二百元钱、一条金项链。

年轻男子一直站在旁边，他说："她哪里穷，她一点都不穷。她就是品质恶劣，就是一个叫人恶心的坏女人。身份证与银行卡扔垃圾桶多好，她偏扔铁道线上，找都没法找，敬爱的警察同志，我要看着你们办案，你们一定要严惩她。对了，我会送锦旗给你们。"

乘警说："锦旗不用了，保证旅客的人身、财产安全是我们的职责。你这个女人，长得这么漂亮。你看你，如果把身份证与银行卡扔垃圾桶里，我们会帮你说说情。现在，这情况，少说得判你一年。"

乘警给纪肖兰戴上了手铐。纪肖兰扭头看着窗外，心里无数个声音在尖叫，眼睛里却一片淡然。高大的铁路桥，停着密密麻麻货车的铁道线，红砖砌成的平房，诸多熟悉的景致映入她的眼帘，纪肖兰知道，她委身的城市到了，这个城市隐藏着她太多的秘密，现在，她用这种方式将这些秘密封存了。

年轻女子抱着孩子来到餐车，她们应该在这座城市下车。她抱着孩子来到纪肖兰面前，她看着纪肖兰，说："你长得这么美，我以为你是个多好的女人！"

她张开嘴，喉咙发出一声脆响，嘴唇噘起来，一口浓痰从嘴里喷出来，划出一道弧线，落到纪肖兰的脸上。

这个时候，女子怀中的孩子醒了，他的头在女子怀里拱了一下，脸在女子胸前蹭着，慢慢地转了过来。纪肖兰"啊"了一声，头俯下来，她不想叫孩子看到她的手腕，她想用长发将手腕盖起来。乌黑的发隙间，她看到一个天蓝色的布包飘过来，那是拿在赵有财手里的布包，它像一朵蓝色的云飘过来，稳稳地落到纪肖兰的手腕上，将纪肖兰的手连同手腕上的东西包裹得严严实实。布包上有朵硕大的百合花，它在纪肖兰的手上鼓起，仿佛真的绽开了一样。

孩子的脸转了过来，他看到了纪肖兰，他仍旧用那双亮晶晶的大眼睛，一眨不眨地看着纪肖兰。纪肖兰感觉时间凝滞了，一切变得那么漫长，一切变得那么清亮，一切变得那么美好。孩子的嘴角牵动，纪肖兰以为孩子要哭，可是，可是，孩子"哗"的一声笑了。

这个时候，列车到站了。

红酥手

我的丈夫姚向前

1

　　有时候，我想：如果姚向前不叫姚向前而是叫姚向后、姚退步、姚落后或是姚狗蛋、姚狗尾巴草，那么后来的事情就不会发生。他就会像所有安分守己、胸无大志的男人一样上班、下班，到菜市场买菜，光着脊梁做饭，坐到路灯下打扑克，偶尔喝点小酒，不醉的时候围着楼房瞎转，醉的时候，跟我吵吵或是攥起拳头打我两下。如果那样，被他打得趴在地上我也心甘情愿、欢天喜地、兴高采烈，也许我会抬起汗津津的脸，对他大叫大嚷："好样的，再来两下"。

　　我爸说："你纯粹就是瞎想，姚向前那个人，即使真叫姚退步、姚落后，他还会做那样的事情，最后还是那个结果。说好听点是江山易移、本性难改，说不好听是狗改不了吃屎。"

　　"什么狗改不了吃屎？"眼泪一下溢出我的眼眶，我不擦，就那样泪涟涟地看着我爸，我说，"你从没瞧得起过姚向前，不是因为你瞧不起他，他还不会那样。"

　　"这事难道怨我？"我爸看着我的可怜相，眼圈一下子红了，说，"千错万错，就错在你和他谈恋爱。"

　　和他谈恋爱？看着父亲的嘴我有些愕然。脑海中，无论如何不能够将姚向前与"谈恋爱"这样的字眼联系在一起。姚向前？谈恋爱？谈恋爱的对象是谁？我看看自己，又看看我爸，我爸的怀里还偎着一个男孩，那是我与姚向前的儿子。既然是我与姚向前的儿子，那么，与姚向前谈恋爱的女人就是我了。

我想起来，那个女人确实就是我。

我跟姚向前谈恋爱的时候，他还在段内上班，天天拿着铆钉枪在货车底下安铆钉。货车不远处放着一只铆钉炉，燃着熊熊大火，里面放着烧得通红的铆钉。姚向前的工友用铁钳夹起铆钉装到货车底下，姚向前坐到木头椅子上，铆钉枪支在腿上，一只手托着枪托，一只手托着把手，"哒哒哒"将铆钉安进车体里面。这是一份非常不好的工作，脏、累不说，强烈的噪音还对人的心脏、耳膜有影响，姚向前的心脏好像没有问题，但是他的耳膜出了问题，他说话声音特别大，并且别人跟他说话也必须大声。这使姚向前显得有些粗野，无论跟谁讲话都像打架。他第一次跟我回家，我姐、我哥都不正眼看他。我姐偷偷跟我妈说："都是你们害了小妹，非叫她顶替，自己做了工人不说，还找了个工人做对象。"我姐跟我哥大学毕业，姐夫在商场做经理，未来的嫂子在药店做经理，都是有头有脸的管理人员，他们自然瞧不上姚向前。

我姐说这些话本不想叫我听见，可是偏巧被我听见了，我说："做工人有什么不好？咱爸不就是工人吗？咱爸的工作不见得比姚向前好，烧电焊，我们小时候不是很崇拜爸爸吗？我哥曾经的理想还是电焊工呢。"

我姐白我一眼，说："懂什么。你真傻。"

我的话一点不假，小时候，我姐、我哥、我还有我妈在农村生活，我爸在段上做电焊工，他用段里的废铁和轴承给我们焊个了小拉车，我们拉着它在街上跑来跑去，别的小孩羡慕得不行。我奶因病半身不遂，我爸给她焊了小铁桌，上面铺着厚塑料布，能高能低非常方便。村里谁要做个小铁车，都是买了材料，喊我爸去焊，我爸戴着电焊帽子，拿着焊枪，电焊条在铁上一点，"哧哧"的火花冒出来，要多威风有多威风。我哥小时候的理想真的是做一名电焊工，他给同学讲故事，说一个小孩会电焊，给自己焊了条铁裤子，穿上之后，迈不动腿，低头一看，两条腿焊一块了。可是长大后，我哥抛弃了这个理想，因为他跟我爸去了一趟段上，回来后就决定考大学，不再做电焊工。这个时候，我爸要退休，80年代的规定，退休职工可以有一个子女顶替，我爸本想叫我哥顶替，可我哥不去，我哥不去，我爸就叫我去，于是我到了段上，成为一名年轻的铁路职工，再后来就跟姚向前谈上了恋爱。

姚向前技校毕业，追我的手段非常简单，每天中午将块铁放到铆钉炉里，烧红后拿出来，红色褪后搁上一块生地瓜，不长时间，生地瓜就变成了香喷喷的烤地瓜，姚向前用纸包了，送到我的单身宿舍。送了五十块地瓜后，我喜欢上了姚向前。

我姐跟我哥的态度刺激了姚向前，并且姚向前看出我爸也不喜欢他。我爸不喜欢姚向前的原因很简单，姚向前是个工人，我爸希望我找个干部谈恋爱而不是找个工人，他感觉自己在段上做了一辈子工人，女儿跟女婿再做工人，两代铁路人没混出个人样，怪丢人。

姚向前看出我家里人不喜欢他，心里非常生气，中午到我姑家吃饭就吃得格外多，我姑做的豆馇馇他一口气吃了五个。我姑一边看着他吃一边笑，说："这孩子实诚，实诚，真实诚。"

姚向前咽下一口豆馇馇，用他的大嗓门说："我们段上写了一幅标语，十二个字：说实在话，办实在事，做实在人。"说完，瞅我姐跟我哥一眼。

我姐、我哥是知识分子，她们缺少的就是实在。

我姑拍着手称赞："好，说得好。"指着我爸跟我妈，"将来，你们就得靠这小女儿跟小女婿。"

可是我姑的态度决定不了我家的事情，我爸、我妈、我姐、我哥都要求我跟姚向前分手。一再痛苦之后，我向姚向前提出了分手。姚向前看着我，不说分手也不说不分手，半晌，他说："跟我坐趟火车吧。"

我们段在个小山沟里，坐火车需要步行三里地，穿过两个村子一个镇子，到达一个叫作老虎坡的小站。这小站一天只停靠两趟列车，一趟上午十点二十分东行，一趟下午五点十分西行。东行的列车自然赶不上，我们只能坐西行的列车。

下午四点半，姚向前带着我从段上出发，他没骑自行车，拖着我的手步行穿过村子和镇子，一路指东指西、说说笑笑，丝毫看不出伤心的样子。出镇子不长时间是一座高铁路桥，爬上铁路桥就看到两条笔直的钢轨如刀子一般将平整的田野划成两半。钢轨旁边是人为踩出的蜿蜒小路，顺着小路走五六分钟便可到达老虎坡车站。

我与姚向前刚爬上铁路桥就看到一趟绿色的列车停在老虎坡车站，一个穿着铁路制服的男人拿着信号旗站在列车旁边冲着我们这边张望。

姚向前说："不好，到点了。"握紧我的手撒腿狂奔。我被他硬拖着，跑得跌跌撞撞，几次要挣脱出来，一头栽到地上。可是姚向前的手像只铁钳一样夹着我，就是不叫我挣脱。我感觉快要死的时候，老虎坡车站到了，在拿信号旗的铁路职工、列车员、乘客们诧异的目光中，我张着嘴、喘着气、弯着腰，手脚并用，狗一样爬到列车上，刚一爬上去，列车就开了。

姚向前双手掐着腰，身子一上一下剧烈活动，嘴里喷出热乎乎的气息，说："华，快要开的火车都被我们追上了，我们还有什么追不上的。追上火车就追上了幸福，跟着我，肯定有好日子过的。"

我抬头看着姚向前，他那被汗水包裹的脸上挂着不安的讨好的笑容，雪白的衬衣被汗水湿透，紧紧贴在身上，显出刀片一样的肋骨。

我的眼泪一下子出来，头搁到姚向前的胸前，说："嗯，我就跟着你追火车。"

年底，我与姚向前结了婚。段上分的房子在火车站附近，头伸出窗外就能看到停留在站台的火车头。每天早上，我与姚向前坐火车到达老虎坡车站，再坐汽车到段上上班。

姚向前总是在火车到达车站时带我出门，一锁上房门便是狂奔，下楼、穿过菜市场，穿过火车道旁边的栅栏口，到达站台，登上火车头后面的第一节车厢，往往踏入车厢的一刹那，列车就开动了。

所以，在姚向前离开我的很长时间里，一想到他，我就想到跟他一起追火车的情形；或者是姚向前独自在前面狂奔，我跟在后面掐着一侧的腰，喘着粗气小跑；或是他握着我的手，拖死狗一般拖着我奔跑；或是他站在车厢门口，手把着扶手，看着我蓬松着头发，惊惶失措地穿过铁路。

2

关于追火车，发生了很多有意思的事情，在姚向前离开我，我非常想念他的时候，我就回想这些事情，它们一幕一幕如同电影在我眼前放映，弄得我眼泪汪汪，心里像有一只虫子一拱一拱地爬，痒痒的、酥酥的、酸酸的而又暖暖的。

我与姚向前每天早晨追火车，成为街道上、站台上的一道风景，经常有人像等待情人一样等待着我们狂奔追火车，也有人将我们当成一个钟点，一看我们在马路上或者站台上狂奔，就准备送孩子上学，准备下夜班，或者准备在列车旁打一个喷嚏。站务员对我们的行为非常反感，因为我们跌跌撞撞奔进站台的时候，站台中间的信号员和列车尾端的运转车长正互相挥动旗子准备发车，我们的出现常常打断他们的计划，使他们放慢发车的速度。有时候，我们刚进站台，列车员就放下踏板，站在车门口准备关门，姚向前不管三七二十一，抓住扶手爬上列车，然后一把拽上了我。还有一次，列车已经缓慢启动了，姚向前竟然跟随列车小跑，抓着扶手，一下子跃上了唯一敞着车门的行李车。他在车上向我伸手，我却怎么也不敢抓他的手，眼睁睁地看着列车提速，姚向前像个绿色的小点，迅速地离我远去。这些行为不仅违反规定，而且非常危险，如果姚向前与我掉下站台被火车轧死或是轧残，受损失的不光是我们俩，还有车站的站务员与列车上的列车员。因此站务员、列车员非常反感我们，常常用他们的大白眼珠子瞪我们。站务员几次三番跟我们进行语言交锋，几次三番被姚向前的大嗓门顶了回来，姚向前说："有本事，你不叫我进站，有本事你不叫我上班。我这是上班吗？我这是振兴祖国，你不允许我振兴祖国，祖国就会找你的麻烦。"列车员看到我们恨不能不到开车点就关闭车门。他们的态度令姚向前非常恼火，姚向前决心整治一下他们。

我与姚向前这种天天坐火车上下班的铁路职工俗称通勤职工，单位发通勤票，一年更换一次，也就是说我们不需要每天到售票口买票，拿着通勤票就可以在单位与家之间来回乘车。星期天，姚向前换了一身衣服，从老虎坡车站乘车来到我家附近的这个车站。下车后，他做出一副鬼鬼祟祟的样子，慢悠悠地往外走。这种样子自然会引起站务员的怀疑，站务员冲他大喊："你站住。"姚向前偏不站住，加快步子往外走，站务员跑起来追他，姚向前也撒腿跑，站务员跑不动了，他就蹲下身系鞋带，站务员见他蹲下，又跑起来追他，姚向前又跑，看看站务员又跑不动了，又蹲下身子系鞋带。反反复复四五次，最后终于被气喘吁吁的站务员追上了。站务员说："跑什么？跑什么？肯定逃票了吧？票，票，拿出来给我。"姚向前掏出通勤票，站务员一看，血差点吐出来，说："你有票，跑什么跑？"

姚向前说："谁规定我有票就不能跑？"

姚向前还想整治列车员，可是，在站台上遇到的一幕使他放弃了整治的念头。那一天，我们又是一路狂奔进站，刚刚立住脚，姚向前就被一个迎面跑来的男人撞倒在地，没待反应过来，男人就踩着他的胸脯，跃过半人高的铁栅栏，跳下站台，穿过铁路，再跃过铁栅栏，穿过水泥路，消失在居民区里。姚向前爬起身，正要用他的大嗓门叫屈，却见一名男列车员捂着血淋淋的脖子站在列车旁边发愣，一边的乘客说："那男人太狠了，不买票，还用酒瓶子扎人，有这么坏的人吗？"

姚向前的嘴张开，又闭上，摸摸被摔疼的后脑勺，摸摸被踩疼的前胸，拉着我上了车。我一边替他揉胸，一边抱怨他："如果早五分钟出门，如果不跑着追火车，就遇不到这样的事情。"

姚向前冲着车厢张望，车厢里挤满了旅客，看不到列车员的身影，姚向前说："我以前挺烦列车员的，今天，感觉他们真不容易。"

姚向前与我追火车的日子并没有维持多久，我爸跟我妈的到访就结束了这种生活。

我与姚向前结婚三周年，我爸跟我妈来看我。那时，我们仍然住在火车站附近的房子里，房子只有一间半，一间放床、挂衣橱和两个小沙发，半间放长沙发、茶几，茶几对面是个洗手池，洗手池南侧放着电视机，做饭在楼道里，一个破木头箱子锁着液化气罐、灶头与炒瓢放在木头箱旁的铁架子上。我爸跟我妈在农村住着一百多平方米的房子，挺大的院子铺着水红色的砖块，种着芋头花、地瓜花，墙头上摆着一长溜花盆，从春天到秋天，满眼都是姹紫嫣红，一团锦簇。出门是宽阔的街道，不远是一层又一层延伸到山顶的苹果园，春天时满园花朵，夏天时满树苍翠，等到秋天就是数不尽的累累果实。我爸退休后不用做农活，天天站在门口看这些画一般的风景，提高了对生活环境的要求，因此一到我家，踏进黑咕隆咚的房间，他就撇了嘴。

　　姚向前将一间房让给我爸、我妈睡，我俩睡在半间房的长沙发上。房外是条马路，形成了一个自由市场，夜里九点，市场里的人群散去，但是做生意的邻居或是夫妻开始吵架，扔酒瓶子的声音、对骂的声音不绝于耳。我爸听了心烦，不管我与姚向前躺在沙发上，推门出来。他到楼道里透气，不承想这座楼80%住户将房子租给了外地人。我家隔壁就将房子租给了一家东北人，他们夫妻、小姨子、两个儿子住在一起。妻子与小姨子性情豪放，守着儿子、姐夫就穿着胸罩在屋里晃来晃去，我爸无意间回头看到，立即像烫着了一样将脸扭过去。这时候，他看到一名年轻女子走到一排自行车旁，"哗"地推倒几辆自行车，气哼哼地骑上一辆走了。另一名瘦得只剩下骨头的，披着长头，面孔抹得雪白，好像鬼一样的女子领着一个男人往黑黝黝的楼洞里走去。

　　眼前所见，令我爸非常失望。他没想到城市的居民生活竟然是这样的。虽然失望，但是他没有做声。第二天，他早早从床上爬起来，市场的吵闹声像水一样渗进屋子的各个角落，使他无法继续睡，兴许他一晚上就没睡着过。我爸从床上爬起来，仍然不管我和姚向前躺在沙发上，推门走了出来。他下楼，来到马路的菜市场上，走来走去的行人，碰着人腿的自行车、菜贩子、菜摊子令我爸产生恍惚的感觉。他再一次对城市产生了怀疑，退休后十几年的农村生活美化了他对城市的印象，他脑海中的城市是洁净的，马路是宽阔的，人们的衣着是整洁的，举止文明的。我爸闭上眼睛，试图在脑海中还原他想象中的城市的印象，然而火车的嘶鸣声、自行车铃声，卖豆浆、油条的吆喝声，讨价还价声还有争吵声争先恐后地传进他的耳畔，这些声音构筑成了一个争吵的、低等的、世俗的、充满烟火气的生活世界。这个世界有快乐有希望吗？我爸睁开了眼睛，这时候他看到姚向前握着我的手，逃命一般往火车站飞奔，而我一边奔跑，一边挥舞着一根油条。我爸记得我回老家的样子，穿着铁路制服，腰板挺得笔直，引得小孩跟在身后喊："公安来了，公安来了。"可是眼前的我，完全一副没有文化、没有出息，整日为生活疲于奔命的样子。我爸再也忍受不了了，回我家，写了一张纸条：我闺女不能一辈子跟着你追火车，日子过不好，不要见我。怕姚向前看不到纸条，我爸将它贴在房门上，然后领着我妈回家了。

这一天，我们老家的一个男人突然来到段上。那男人是个司机，开着一辆油罐车到处拉油，他不知怎么走到了我们段上。跟门卫打听我，门卫就将他领到我工作的班组，我正穿着工作服拿着扁铲铲配件上的油污，男人站在我面前愣是没认出我。我领他去找姚向前，姚向前抱着铆钉枪在车底下干得热火朝天。干完活钻出车底，脸上黑一道、灰一道抹得跟小鬼一样。姚向前伸出手，跟油罐车男人握手，男人后退了两步，好歹将手伸出来，净白的手背立刻被抹上两道黑扛。

我与姚向前洗了澡，换下工作服，油罐车男人看我们的眼神才有了转变，说："你们上班的样子跟回老家的样子真不一样。"

姚向前笑，用他的大嗓门说："远看是个要饭的，近看是个捡破烂的，仔细一看，是个干铁路的。我们就是这样的工作环境，有个同事谈了女朋友，女朋友来找他，他穿着工作服从车底下钻出来，女朋友硬没有认出他。"

我捣了姚向前一拳，人家已经瞧不起我们了，他还在那自我嘲讽、自我贬低。我说："我们铁路工人虽然累点、工作服脏点，但是人实在、老实，对人真，对人好，对人实诚。"

坐着这个男人的油罐车去我家，下车时，姚向前还在菜市场买了很多菜，里面有我爸喜欢吃的猪蹄子，一上楼，姚向前就看到门上的

红酥手

纸条，等到撕下来，读完，姚向前的脸色就变了。

油罐车男人看出姚向前不高兴，于是饭不肯吃，开着车离开。姚向前握着纸条说："华，你爸瞧不起我，你们村开油罐车的男人也瞧不起我。"

我说："你别胡乱寻思，你堂堂的铁路工人，他们哪敢瞧不起你。开油罐车的男人还是个农民，我爸不也是铁路工人吗？他在段上住了一辈子单身宿舍，城市的边都没摸着，一退休就被赶到农村，再回城市还得住咱们家，不是因为咱们，他在这个城市连个过夜的地方都没有。"

姚向前说："华，你爸这代铁路工人跟咱们不一样，他们做工人多光荣，一提就是老大哥。现在什么年头，有几个人瞧得起工人。他们瞧不起咱们，也算顺应潮流。"

"什么顺应潮流，管他们瞧得起瞧不起。只要你瞧得起我，我瞧得起你，咱俩不吵不闹，开开心心过日子就行。"

姚向前不说话，我以为我的开导起了作用，于是洗菜做饭，我爸走了，我就替他吃了那只猪蹄子。

我二天早晨，我才知道我的开导没起作用，因为姚向前不想上班了，他躺在被窝里宣布，要在家里思考人生。

这一天，我比往日早十分钟出门，出门时火车还没有到站，没有火车头嘶嘶作响的铁道线空虚而又空荡，给了我虚幻与奇异的感觉，那些熟悉我的人用诧异的目光看着我提着包，老太太一般，慢悠悠地晃着步子。走到站台上，火车仍然没有来，跑通勤的铁路职工三三两两凑在一起说话，散漫、悠闲、自在的气息笼罩在每个人的身上，弥漫在各个地方。我长吁一口气，第一次发现不追火车的生活如此简单、轻松和幸福。

3

姚向前思考人生的结果是从今以后不再上班，他要做生意，要挣钱，要过上叫我爸、我们村里人瞧得上的生活。我苦口婆心劝他。

"别人瞧不瞧得上你无所谓，只要我瞧得上你就行。多少钱算多，多少钱算少，现在咱俩挣的钱尽够花，甚至有些花不了，你看，"我拿出几百元钱铺到床上，"昨天晚上我还为花不了这些钱犯愁。"

姚向前一点也听不进去，他说："这个世界上有穷人有富人，我们为什么要做穷人，为什么不做富人。这世界上无数的钱在流通，为什么流通不到我们这里，全部流通到了别人那里。华，你不要再说了，你再说，就是在拉我的后腿了。"

我确实不能再说了。这个年头似乎人人都为钱发疯了。单位很多人请了病假做生意，甚至有人辞了职。也有人下了班做生意，卖服装、卖皮包、卖菜，到夜市炒菜，甚至拿着水壶到车站卖开水。像我这样老老实实上班的都是异类，都是没本事的人。人人都在疯，为什么不允许姚向前疯一回？

我说："好，姚向前既然你想做生意，你就做生意，不过我有个条件，你赔再多钱，也不能赔我的工资，因为我得靠工资养活我、养活你、养活我们的孩子。"

姚向前摸我的肚子："啊，你怀孕了？最近我们没在一起，你怎么怀孕了？"

我打了他一巴掌："现在没有怀孕，将来就不能怀孕吗？"

不知道别的不上班的男人是否挣到了钱，反正姚向前没有挣到钱。他先歇病假，在人民商场包柜台卖工艺品，每天上午 8 点起床，洗把脸去商场，晚上十点回家。一个月到苏州或是无锡进一次货。他进货的时候，我去站柜台，经常一整天一整天卖不出一样东西。这样过了一年，姚向前将柜台退掉，改做别的生意。退柜台那天，一名东北男人到我家要账，他放了木板画在柜台代卖，姚向前以货没卖为由不给钱，男人跟他要货，姚向前又不给货。男人坐在我家沙发上，对着水池子不断咬嘴唇，我吓得额头冒汗，担心他打姚向前。男人走后，我家的房门被人一脚踢开，进来的是邻家小伙子，邻家的电表与我家的电表接反了，他家替我家交了电费，我家替他家交了电费，我家的电费多，他家的电费少，邻家男人几次三番跟姚向前要钱，姚向前就是不给，也不让我给。这会儿他家的儿子来找姚向前算账。我又一次吓得额头冒汗，姚向前坐在沙发上一动不动，皱着眉头低低的嗓子说："把我家的门关上。"

小伙子说："电费。"

姚向前仍旧低低的嗓子说："把我家门关上。"

小伙子突然就软下来，怯怯地说："你总不能赚我家的便宜吧。"

姚向前突的一声站起来，大嗓门在屋里炸开："踢我家的房门，滚出去。"小伙子吓得夺门而逃。

我看得目瞪口呆，说："姚向前，你什么时候变成这样了？姚向前，你真的学坏了。"

姚向前又开始做别的生意，开饭店，倒卖钢材、汽油，种种我能想到与想不到的生意他都做过。他在家的日子越来越少，有时候，半个月不在家里睡一觉。几年时间过去，他有时候挣到钱，有时候挣不到钱。单位不允许职工休病假，鼓励停薪留职、辞职自谋职业，姚向前就办了停薪留职，休病假时还有一点收入，办停薪留职不仅没有收入，还要给单位交钱。

我一直老老实实上班，怀孕、生儿子、休产假、又上班，因为会写文章调到党办，助勤一年转成了干部。2000年单位福利分房，需要交二万一千元钱，我家只有两千元存款，想来想去，只有跟父母借钱。姚向前穿着西装，扎着领带，头发梳得油光锃亮，一副混得很好的样子跟我回家。那天我哥也在家，他跟我爸一见姚向前，马上变了脸色。外人也许认为姚向前挣了大钱，我家里人却知道姚向前小钱都没有挣到。他的西装与领带兴许都是用我的工资买的。

我爸最终答应借钱给我，晚上还摆了酒席陪姚向前喝酒。他们坐在敞亮的院子里，对着明亮的月光，对着闪烁的星光，吹着习习的凉风，推杯换盏，把酒言欢，很快就有了酒意。姚向前拍着腿讲他做生意的种种见闻，我哥突然打断他，说："妹夫，说句难听话，你能混好，我们村的狗也能混好。"

天呀，这是什么话。我连忙跑过去，担心姚向前将酒泼到我哥脸上，哪知姚向前呵呵笑道："哥，那我就努力，争取叫咱村的狗跟我一起混好。"

姚向前果然更加努力，主要表现就是在家的时间更少了，新房分下来后，装修、买家具、搬家全是我自己的事，等到抱着儿子坐到沙发上，看到自己由一间半屋子搬进两室一厅，看到独立的厕所、独立的厨房时，我禁不住流下了眼泪。

对姚向前的牵挂时时刻刻抓挠着我的心，最初姚向前还对我讲他做什么生意，后来，就什么不讲了。他常常出人意料地回家，待几天，又闷声不响地走掉。一个月、两个月、半年，无声无息，仿佛从世界蒸发了一般。有时候姚向前空着手回来，看他愁眉苦脸的样子，我心疼得缩成一团，有时候姚向前会带一笔钱回来，看着那些或新或旧的钞票，我的心疼得更加厉害。虽然除了上班就是下班做饭、看孩子，但是我知道市场越来越规范，钱越来越不好挣，姚向前不知受多少苦才挣到那点钱。经常地，我怀疑姚向前没有走远，他就在我住的城市里，因为没有混好，因为没挣到钱，他不好意思回家，不好意思出现在我、儿子和我们的同事面前。我变得有些神经质，看到有人醉倒街头，就跑过去看看是不是姚向前，听到有人吵架，也跑去看看是不是姚向前。晚上吃过饭，领着孩子走着走着就走到火车站，走进候车室、走进站台。站台的电线杆上经常铐一些犯了法的男人，大冬天仅仅穿一条短裤，冻得龇牙咧嘴，大喊大叫。这样的男人，我也要跑过去看看是不是姚向前。有一天，车站派出所门口，我遇到一名新疆女子，她坐在台阶上，抱着出生几天的孩子掉眼泪，抬头看着我说："大姐，帮帮我吧。我家男人被抓起来，关在屋子里了，大姐，帮我救救他吧。"

我的眼泪一下子流出来。这个女人还知道她的男人关在派出所，可是姚向前在哪里？他是不是也被关起来了？如果没被关起来，他睡在什么地方？身边是不是有别的女人？

4

段上开始清理休病假、停薪留职、外出务工人员，出台的政策是要么上班，要么辞职，陆陆续续，那些以各种名义不上班，在外边卖服装、开饭店、卖保险、职业炒股的职工回到段上上班。他们没有传说中光彩，有的甚至是灰头土脸，问他们做生意的经历，不是闭嘴不言，就是一脸高深莫测的笑容。想必是没有挣到钱，或者挣的钱不如做工人挣的多，如果不是这样，为什么要回来上班？当然也有两人打了辞职报告，听说一人被一名南方富婆包养，另一人真的发了财。姚向前不属于回来上班的，也不属于打辞职报告的，他消失在茫茫人海之中，不知道在哪个地方流浪或是发财。单位领导几次三番找我，说姚向前再不露面，就要开除他。我眼泪巴巴地看着领导，说："我也想找到姚向前，可是我真的不知道到哪儿找姚向前。"

姚向前两年没有踪影了，这两年我也习惯了姚向前不在家的生活，似乎姚向前从来没在我的生活里存在过。奇怪的是，我的儿子从来不问"爸爸在哪?"似乎，他认为他的生活里就应该没有爸爸。看着儿子在我面前吃饭、玩耍、走来走去，我会突然想：他从哪儿来的，是我跟空气、跟家具、跟树木一起生的吗?

有一天，在楼道里，我遇到个怀孕的女人，她上楼可以到我家，下楼可以到楼下的人家，可是她站在两家之间的楼道上一动不动。我问她："你找谁?"她看着我，眼泪一下子流出来，扭头向楼下走去。我看她没敲楼下人家的门，突然意识到她是来找我的，一个怀孕的女人来找我，找我，我是姚向前的妻子，她一定与姚向前有关。

我下楼追她，追到单元门口也没有看到她的身影，女人仿佛一下子消失在空气之中，消失在我的眼神流转之中。看着净白的阳光，绿得叫人害怕的冬青和尖尖向上拼命生长的朝天椒，我感到茫然和恍惚，我确信这个女人没有真正出现，一切所见都是我的幻觉。

可是，仿佛为了证明自己是真实存在的，第二天，女人又出现在我家楼道里，这次她面对墙壁默默地流泪，仿佛墙壁是她刚刚死去的亲人。我站在身后，小心翼翼地问她："你是来找姚向前的?"女人摇头，又点头。

"你是姚向前的什么人?"

女人摇头。

我说："我是姚向前的妻子，你如果找姚向前，就到我家里来吧。"

女人说："到你家也找不到姚向前。"说完扭头下楼。

仿佛一颗子弹击中心脏，我跌坐在楼梯上。这个女人确实与姚向前有关系，这个女人非常了解姚向前。眼泪一颗一颗滑出眼眶，我揪着胸前的衣服，一声接一声喊："姚向前，姚向前，你可以不挣钱，可以不回家，可是你不能弄个女人到家门口找我。"

我相信这个女人还会来找我，她的腹中怀着姚向前的骨肉，她必须为他（她）找到在世上安身立足的理由。我敞着房门，不时出去看看，等着女人重新出现。楼道里有人上上下下，邻家的孩子趴在我家门口叫了无数声"阿姨"。半夜了，各种声音消失了，院子里狗叫的声音、楼道里走路的声音、邻居说话的声音、电视吵闹的声音还有女人做爱时兴奋的叫声统统听不到了。宁静、寂静、空旷包绕了我所能感知的一切。我又到门外看了看，空荡荡的楼道里，污秽的墙壁反射着电灯泡发出的昏黄灯光。我叹了一口气，准备关闭防盗门，可是不知道哪里伸出来的手一下子把住门。

"谁?"天呀，竟然是姚向前。

姚向前又是一副没有混好的样子，脸瘦得如同刀片，胡子乱草一样堆在下巴上。看着我，嘴唇哆嗦、哆嗦又哆嗦，一句话都说不出来。

我的眼泪流了下来，所有的猜疑、焦虑、抱怨都不重要了，我只感到了心痛、心酸与心疼。这个男人是我的家人、我的丈夫、我的爱人、我儿子的父亲，即使他一辈子不回家，他也是我的人。即使他在外面有了女人，那个女人怀了他的孩子，我也会和他一起面对，处理好这些麻烦事，使他没有任何负担地与我共同面对今后的生活。

姚向前没有吃饭，我炒了一个辣子肉、粉皮鸡、红烧茄子，他吃得干干净净。然后到卫生间洗澡，刮了胡子，换了衣服，人显得精神了一些。这个时候，他才想到看看儿子。儿子在被窝里呼呼大睡，小

红酥手

脸通红，额头上冒出细密的汗珠。姚向前把脸贴在儿子脸上，轻轻地亲他，眼泪滑出来，一颗颗滴到儿子脸上。

我说："向前，回来上班吧。别在外边折腾了。段上那些做生意的人都回来了。"

姚向前摇头，说："华，你不知道的，回不来了。"

床上，没有夫妻久别重逢后应该发生的事情。姚向前躺在离我半只胳膊远的地方，头盯着屋顶发呆。我的手摸过去，他的身子抖了一下，翻了一下身，好在没有朝外，而是朝向我。

他说："华，跟你商量件事，你一定要答应。"

"什么事？"我一边问一边算着家里的存款，借父亲的钱已经还上，省吃俭用，存了不到六千元钱，区区六千元，那女人会满意吗？看她的肚子，打胎已是不可能了。

"华，咱俩离婚吧。"

"啊？什么？"

姚向前坐起来，像女人一样用被子护着前胸，说："我是认真的，咱俩离婚吧。"

"为什么？为了那个女人？"

"什么女人？"

"姚向前，事到如今你还跟我装糊涂。"猜疑、不满、委屈、怨恨、愤怒……各种各样的情绪交织一起，仿佛装在塑料袋里的水，哗地一声倒出来。我趴在姚向前的怀里，捶他、咬他、拧他、抓他、撞他，眼泪、鼻涕、口水一齐抹到他的衣服上。姚向前起初扎撒着手，惊慌失措地看着我，尔后将我抱在怀里，轻轻拍我的后背，摸我的头发，亲吻我的头顶。温暖一丝一丝揉进我的内心，我感觉自己那么软弱，那么瘦小，那么需要姚向前的扶持、帮助与关爱。这些年，虽然一个人带着孩子跌跌撞撞过来，但是我仍然这么爱姚向前，这么需要姚向前，这样离不开姚向前。

好不容易平静下来，我看着姚向前："说吧，多少钱，那女人可以离开。"

姚向前大张着嘴，愣了一会儿，才说："华，我真的没有女人。

这些年，别的事情可能对不起你，在女人方面，我绝对对得起你。"

"不可能，不是因为女人，为什么要与我离婚？"

"你呀，你。"姚向前抓了一下头，"不要管那么多了，反正要离婚，为了你，为了儿子，反正要离婚。"

"你疯了，向前，既然没什么事情，为什么要离婚？"

"你才疯了。我的话你怎么一点不明白，不管你同意还是不同意，我们必须离婚。"

"姚向前，"我大叫起来，"就是死了，我也不可能和你离婚。"

<h1 style="text-align:center">5</h1>

姚向前又一次不辞而别，似乎没有离成婚伤了他的心。我无心上班，请假回了老家。一进门，眼泪就流下来，哽哽咽咽将事情说了一遍，我爸手一拍说："好呀，你个傻闺女，为什么不离婚？这些年，你跟他受苦受得还少吗？"

我妈也说："如果换了我，早跟他离了。这样的男人，在外边闯荡这么多年，不光没发财，钱都没挣到。"

我说："也挣了钱的。"

"挣什么钱，你家的那点事我还不知道，他这些年还不如一个工人挣得多。"

我说："还不都怨你们吗？瞧不起他，看不起他，嫌他是个工人。我哥还说他不如一条狗呢。工人有什么不好，爸，你一辈子不也是个工人吗？"

我爸不再说话，似乎后悔从前对姚向前的鄙视。可是事已至此，后悔又有什么用。段上这几年连续涨工资，如果姚向前老老实实上班，我俩的工资收入养活孩子、孝敬父母、安安稳稳过日子是不成问题的。

我爸分析姚向前要离婚的原因，一是欠了钱，一是吸毒，一是赌博。他这样一分析，我更不想和姚向前离婚了，假如我跟他离婚，没有人帮助他、照顾他，岂不是把他往死路上逼吗？

我爸眼睛瞪起来，恨不能一巴掌打到我脸上，说："你对他的感情有那么深吗？你真是傻得不透气啊。"

我说："可能我对他的感情不那么深，可是我跟他是夫妻，不能眼看他有难不管啊。"

我爸的分析是对的，姚向前欠了一笔巨款，那个怀孕的女人是一名债主的妻子。等待姚向前无果之后，她终于踏进我的家门。这个女人仿佛一篇文章的开头，剩下的债主紧随其后，陆陆续续踏进我的家门。他们手里全部攥着欠条，上面是姚向前歪歪斜斜的字体。姚向前在这个世上消失了，所有的人包括我、他的父母、兄妹，全都联系不到他。我是他的妻子，债主理所当然地认为我应该替姚向前还钱。

从天而降的欠款使我心力交瘁。面对一张张着急的、愤怒的、可怜的脸，我不知道应该说什么，不知道说什么才好。姚向前欠下来的钱，应该我还吗？应该我还吗？姚向前是我的丈夫，可是他没有给我多少钱呀，他既然没有给我钱，他欠的钱我有必要替他还吗？

怀孕的女人扑通一声跪到地上，说："孩子马上要生了。孩子他爹病了，你们不还钱，我家只有死路一条。"

事情真的如此严峻吗？既然能够借给姚向前钱，就能够有钱生孩子呀。

但是女人的眼泪打动了我，我取出节衣缩食存下的六千元钱，加上这几年姚向前给我的钱，先还给女人两万元。

还钱的消息刺激了其他债主，他们争先恐后到我家来，到段上去，打我的电话，打办公室的电话，骂我求我威胁我，找我的领导，更可恨的是还找了我爸、我妈、我姐、我哥。

我爸、我妈、我姐、我哥又一次逼我与姚向前离婚，此时要求离婚不是因为姚向前是个工人，姚向前没有本事，姚向前连累我们村里的狗一起没有混好，这次要求离婚是为了摆脱债主，为了从纷繁的贫困的污浊的生活里摆脱出来。

第一次我犹豫了，面对蜂拥而至的债主，面对家人的胁迫，面对开始变得千疮百孔并且会更加破烂不堪的生活，考虑是不是要与姚向前离婚。这时候，段上发生了一件从未有过的事情，我们这个百年老企业整建制划归为海边城市的另一个段，检修车间、设备车间、段机关全部取消，所有人员到海边城市上班。

有的人高兴，因为能够在海边生活，呼吸洁净的空气，吃海鲜喝啤酒，到海边散步，到海里泡澡，但是更多的人不高兴，这不仅因为对我们段充满感情，更因为家搬不到海边城市，老人、妻子、孩子在这边生活，他们到海边城市上班，住单身宿舍、跑通勤，成为异地通勤职工。

不管愿意不愿意，整建制划归如期进行。年龄大的干部全部内退，党办 12 名干部内退 8 名，其中包括党委书记，他给我下达最后一道命令：到车间拍照，留下影像资料，作为纪念。

中午，我拿着相机进入修车库，热火朝天的生产场景已经不见，天车静静地停留在天棚下方，电焊机放在各个角落，长长的电线蛇一般在水泥地面蜿蜒。铆焊机搁在一个铁架子上，姚向前曾经使用的手动焊铆枪已经淘汰，现在用的是电动焊铆枪，不仅轻巧，而且没有了巨大噪音。车间里散落着零星的工人，他们或者盯着某个设备发呆，或者坐在地板上托着腮出神。有一名职工躺在一张纸板上睡觉，垫在头下的是瓦形的石块。这些情景待几日之后，也会消失不见，工人去了另外的城市，设备拆迁，修车库派作他用。姚向前即使回来上班，也回不到原来的生活了。

我一边看着一边拍照，心里笼罩着深深的忧伤，眼角也湿漉漉的，走到修车库尽头，一块牌子赫然入目，虽然白色的底色已经污浊，红字的字体变得灰暗，有的甚至掉了笔划，但是仍然能够看出来"说老实话，办老实事，做老实人"。我的眼泪呼地下来了，站在牌子底下呜咽出声。

"说老实话，办老实事，做老实人"？姚向前第一次到我家，坐在姑家炕上吃豆饽饽时，说的就是这句话。他一口气吃了五个豆饽饽，高兴得我姑拍着手说："这个孩子好，这个孩子真实在，真实诚。"

真实在，真实诚。姚向前如果一直实在下去，实诚下去，老老实实地"说老实话，办老实事，做老实人"，哪会有这么多的麻烦，我们的生活又哪会如此不堪。

6

我决定替姚向前还债，我爸说我疯了，我爸说我上辈子欠了姚向前的债，我姐说我缺心眼，我哥哥在地上跺了两下脚，说："你呀，你呀，真叫我无语了。"我哥这几年也在外边做生意，与姚向前不同的是，他挣了钱。他能够挣钱的原因，用我姐的话是：坑蒙拐骗，不实在，不实诚。他挣钱不长时间就替我们养了个小大嫂，家里人包括大大嫂都知道小大嫂的存在，可是没有人管这件事情。

我指望我哥借我一笔钱，还上姚向前欠的债，我再慢慢还他。我哥一口拒绝："我的钱不是天上掉下来的，不能不明不白往水坑里扔。明摆着的光明大道你不走，偏走替姚向前还债的死胡同，好吧，你还吧。"

我说："自古以来，父债子还，夫债妻还，为什么到了我这里就变样？"

"你呀，什么年头还讲嫁鸡随鸡、嫁狗随狗、三从四德呀。"

"我也可以跑掉。可是姚向前跑了，我再跑了，那些借钱给姚向前的人，他们怎么办，他们怎么活？"

我爸、我妈、我姐、我哥都要被我气昏过去。他们没有想到，这样精明的郝氏人家竟然培养了这样一个傻得不透气的闺女。

为了省下更多的钱，我将儿子送到老家上学，吃穿用度全叫我爸支付。我爸十二万分不愿意，但是无可奈何。我放弃党办的工作，要求到生产车间上班，生产车间虽然苦点累点，但是每月多挣三百元钱，三百元可以供我一月饮食。我的生活已经简单到除了吃饭，不做任何事情的地步，如果不吃饭可以活命，我宁肯不吃饭。单位发的每一分钱都存起来，存到一定数目，还给一名债主，换回一张签着姚向前名字的借条。

　　这样简单周而复始的生活似乎使我的精神出了毛病，我开始像个道德审判官一样关注周边人的行为，遇到撒谎的骗人的不实诚的，我就要指出来，就要纠正他们，慢慢地我在单位出了名，慢慢地开始有人讨厌我。他们说：有男人守着的女人都出轨，她男人一年两年不回家，她天天守活寡，守得精神出问题了。

　　有一次，我坐火车遇到一个女人带着女儿坐卧铺，她们只买了一张卧铺票，乘务员要她补票，女人死磨硬缠就是不补，还冲乘务员挤眼，夸乘务员长得帅气。我气不过，跟女人吵了一架，逼女人补了票。同事瞠目结舌地看着我，说："不关你的事，你吵什么吵，神经了吗？"

　　还有一次两个男人从北京过来，没出站没买票就登上我们乘坐的列车，列车长来来回回查了几次票，他们就是不补票，还商量如何伪装成有票的样子，蒙混出站。列车长再一次过来时，我指着男人大声喊："他们俩没有票。"

　　男人恨恨补了票，小声地恶声恶气对我讲："多管闲事呀，活得不耐烦了。"下车时，他们用包蹭了我的腰一下。我没当回事，等到列车到站，发现自己起不了身，才感觉事情的严重性，同事白着眼看着我下车，都不肯管我。我急得掉眼泪，大声说："即使一个讨饭的，遇到这种情况，你们也要伸一下援手。"这时才过来一个同事，扶着我下了车。他说："不是我们不愿帮你，是你整天说这个不好，说那个不对，全世界就你一个好人，我们倒想看看你这个好人离了我们这些坏人，能不能活？"

　　腰好之后，到同事家表示感谢，这才知道同事早就贷款买了新房，铁路上分的旧房租给别人住。他与妻子都是铁路工人，工资收入与我差不多，却住着带电梯的一百多平米的房子。我进门的时候，他正在批评妻子："饭还没有端到桌子上，你就先吃，眼里还有没有别人呀？"他妻子娇滴滴地说："我是尝尝这饭里有没有毒。"

　　我的眼泪呼地流了下来，如果姚向前安安稳稳、老老实实地上班，我家的日子不会比他们家差的，我们也会买上新房，我也会这样

红酥手

娇滴滴地跟姚向前撒娇，也会幸福得脸上像开了花一样。

回到家，发现姚向前坐在沙发上，蓬着一头乱发，依然是没有混好的样子，我以为他能够看到我红肿的眼睛，看到我刚刚哭过，能够将我揽进怀里哄我安慰我。可是姚向前什么也没有看到，什么也没有做，他只是一个劲地抽烟，仿佛从没有离开过家，仿佛一直住在家里。

等到五根烟抽完，姚向前才抬头看我，说："我今天去了段上。"

"唔。"

"没想到我们的段撤了，没想到一切都没有了。如果当初我从来没在段上上过班，如果我从来没有遇到你，你就不会受这些苦。"

我抓住姚向前的手，我说："你的理解是错的。"

"我怎么错了呢？你的父母、你的家人都瞧不起工人，这个社会有谁瞧得起工人？一直到现在，不是都在看有钱人、有势人、开发房地产的人吗？我一直努力，一直想摆脱工人身份的铬印，一直想好起来，我有错吗？"

"不是这样的，不是这样的。"

"不是一直在鼓励下海、经商、停薪留职、自谋职业？我一直在跟着潮流前进一直在努力做，我为什么就不能成功呢？"

我已是泪流满面，我感觉姚向前的精神出了问题，他说的话多么幼稚呀，这哪像一个四十多岁男人说的话，这分明是刚毕业大学生说的话呀，分析社会分析人生，这不是一个成熟男人应该做的事情。我说："现在的形势跟以前不一样了，过去人人羡慕下海的，恨不得辞了手头的工作去做生意人，现在多少人羡慕有个正式的工作，有份固定的收入。多少大学生毕业找不到工作，多少大学生走后门，找路子进铁路上班。向前，单位还没有开除你，还有份工作等着你，你不知道有多少人羡慕你。"

姚向前自顾自说下去："我到段上看了，什么都变了，人、机器、工作的内容全都变了，曾经的影子一点都找不到了。那块牌子，你还记得那块牌子吗，也扔到垃圾堆里了，可是上面的字还在：说老实话、办老实事、做老实人。不知道为什么，看到那块牌子，我一下子非常难过，我蹲在垃圾旁号啕大哭。我在想我的人生，为什么会这样？为什么会这样呢？如果一直老老实实地说话，老老实实地工作，老老实实地做人，是不是就不会如此悲惨？"

姚向前一边说一边流下泪来，他不去擦，任凭泪水在脸上纵横，我也哭起来，抓着他的手说："向前，咱们不想那么多了，你回来，咱们上班。老老实实过日子，一定会过好的。这些年，我一直是老老实实的，没偷过人，没欠过钱，没做过坏事，你欠的那些钱已经还掉一部分，咱俩一起努力，很快就会还清的。"

姚向前扭过脸看我，眼里有股小火苗一窜窜地跳，说："华，回不来了。华，回得来吗？"

这一夜姚向前睡在家里，半夜时分突然坐起来，大喊："不要抓我，不要抓我。"我将他搂在怀里，轻轻拍他的背，一下，一下，又一下……他慢慢平复下来，可是只一会儿，又浑身打战，额头冒汗，牙齿紧紧咬住嘴唇，竟然咬出鲜红的血来。我要姚向前去医院，他死也不肯，说："熬过半小时，熬过半小时，熬过半小时就好了。"果然过了半个小时，姚向前平静下来，并且睡了过去。第二日，我做好早饭，姚向前才醒来，瞪大眼睛，做梦一般看看这看看那。

坐在饭桌前面，姚向前进门来第一次认认真真地看我，摸摸我的手，摸摸我的脸，说："老婆，你老了，这些年你受苦了。"说完，探过头吻了我的脸一下。

就是这句话，就是这个动作，弄得我的眼泪稀里哗啦地下来，我边哭边说："向前，有你这句话，我受再多的苦也是值得的。"

"你呀。"姚向前轻轻摇头，叹气，"真的是一个傻女人。"

姚向前一边吃饭一边与我说话，他改掉过去的大嗓门，声音变得低沉、温柔，他从我们认识到谈恋爱到结婚到生孩子一一说起，说得最多的是我们俩追火车的情景。追火车，是呀，追火车，追上了火车就追上了幸福。"其实，第一次追火车的时候，我在心里打了个赌：如果能够追得上，华就会与我结婚，如果追不上，华就不会跟我结婚。终于，我们还是追上了。"

我的眼泪又一次流出来，从前的日子，年轻的时光仿佛就在眼前，追火车虽然有些累，有些狼狈，有些可笑，可是我们是快乐的，是丰满的，是充沛的，我们的生活是幸福的。

"华，我们再追一次火车好不好?"

"追火车? 为什么还要追火车?"

"为什么，为什么不去追火车?"

是呀，我放下饭碗想了一下，是呀，为什么不去追火车呀。火车停在站台上，即将启动，即将奔向前方，是的，是前方，我们在后边追，在千钧一发，眼看要追不上的时候，一脚踏进车门，踏进车厢，这种成就感、成功感是其他事件无法比拟的。

为什么不追火车? 好的，我们就去追火车。

现今，铁路上奔跑的大多数是白色动车，但是找一趟绿色的普通列车也不困难。我与姚向前到结婚后第一次住的房子那儿。房子已经拆迁了，菜市场也搬走了，灰色的笔直的水泥路上洒着净白的阳光，曾经罗列道路两旁的小破房子全部消失不见，取而代之高大的灰色的隔音墙。我们像从前那样，手拉手在水泥路上飞奔，没有人看我们，周边空空荡荡，没有居民，没有行人，没有观众，世界仿佛只剩下我与姚向前两个人。但是火车奔跑的声音仍旧从墙内传出来，是快捷的，轻松的声音，不像多年前沉重、惊人的嘶鸣。虽然看不到火车的影子，但是火车的声音还在。我与姚向前气喘吁吁来到隔音墙之间的铁门旁，从前，这是横亘于长长铁栅栏中的缺口，我们就从这里出入站台。现今一把锁紧紧锁住了铁门，也将我们锁在了站台外边。姚向前抓紧铁门，用力摇，铁门纹丝不动，他加大了力气，脸色涨红、青筋暴出，一副要发火的样子。我急忙拉下他的手："不着急，到候车室，走进站口，一样可以到站台的。"

到候车室必须回头，穿过三条马路，穿过一个铁路桥洞，围着铁路线绕一圈，到达火车站广场，才能进入候车室。姚向前失去了刚才的心劲，像条垂死的狗，慢吞吞地向前走。现在有人看我们了，因为姚向前的样子实在太奇怪了，他们像看神经病一样看着我与姚向前。进入候车室，恰巧一趟西行的绿皮车检票，随着扛着大包小包的旅客进站，我们来到站台。长长的灰色的站台也改变了模样，过去的水泥

217
我的丈夫姚向前

地面全部换成大理石地面，白油漆刷的安全线变成黄色金属嵌成的安全线。地道口巨大的广告牌，上面三位年轻漂亮的铁路女工向我们展示明眸皓齿的八颗牙微笑。

姚向前的眼里有了一点亮兴，但是头仍然低着，他穿过旅客，向站台东边走去，一直走一直走，走到了站台的尽头。我说："为什么在这里？"

姚向前的眼光已经变得兴奋，头也抬起来，仿佛换了一个人，他说："追火车呢。只有在这里才能追火车。"

话音刚落，火车进站了，先是头顶拖着两条长辫子的机车头，再是一节一节绿色的中间镶着一条黄带子的车厢。这种车厢实在太古老了，我有五六年没坐这种车厢了，但是此时它将我们过去的时光呼的一声带了过来。老虎坡火车站，那个拉着我的手拼命追火车的姚向前就在我的面前，追火车，追火车，追上火车，嫁给姚向前，追到我的幸福。

火车一节一节向前，在距我们很远的地方停靠下来，车上的旅客下车，车下的旅客上车，站台空荡起来，列车员前后看看，上了车，站在车门口等待着发车的信号。姚向前仍然站着不动，我着急起来，说："快呀，火车快开了。"

姚向前不说话，向前看着，看着，拿着绿色信号旗的运转车长从行李车上探出脑袋，站台中间的信号员举起了手中的绿旗子，在旗子挥动的一刹那，他还向我们张望了一下。就是这个时候，姚向前一下子跑起来，他挥动着手臂，迈动着双腿，像个运动员一样向前跑去。我呆住了，因为他没有像从前那样拉着我的手，他自顾自地向前跑去。姚向前，姚向前，怎么能够这样呢。我跟在他的身后跑起来。运转车长、信号员张大嘴巴，愣愣地看着我们，但是他们手里的动作无法停下，因为列车已经缓慢启动了。站务员冲着我们这个方向跑来，他们要阻止姚向前追火车，追火车，追火车，这种愚蠢的行为已经多少年见不到了。

姚向前终于追上了火车，在我两手扶着膝盖，弯着腰，大口大口喘气的时候，姚向前追上了行李车，他手抓了扶手，身子一晃，消失

红酥手

在列车里面，消失之前，他甚至没回头看我一眼。

列车很快驶离站台，那些奔跑的站务员停下脚步冲着行车李大喊大叫，他们在指责姚向前，指责他的冒险行为。可是所有的指责姚向前都听不到，所有的指责一无遗漏地传进我的耳朵。没有人看我，没有人管我，我依然站在站台上，两手扶着膝盖，弯着腰，大口大口喘气，同时眼泪大颗大颗掉下来，掉下来，落到光洁如洗的大理石地面上。

列车驶出站台，拐向一个长长的弯道，驶过弯道，就会脱离我的视线，消失踪影，姚向前又会再一次随着火车从我的生活里消失，这一次是一年、两年、三年还是四年？我直起腰看着火车变成了一个小点，我等待着它的急速消失，可是它没有消失，它停在弯道上，扭曲着身子，像一条绿色的虫子。有人从列车上下来，站务员冲着弯道跑去。我的心跳得厉害，两腿开始打颤，我不知道前方发生了什么事情，但是我跟着站务员跑了过去。

有人从列车上跳了下来，面朝下趴在铁路线旁，一摊粉红色的血将几块道砟染得斑斑点点，仿佛盛开的桃花。列车员将那人翻转过来，那人的脸已经变了形状，血依旧从脸的各个部位涌出来，但是他没有死，他睁开眼睛，看着围着他的人，列车员、站务员还有我。

他看到了我，眼睛亮了一下，嘴唇向一边一歪，上嘴唇离开下嘴唇，仿佛要说话。是的，要说话，我趴过去，不知道为什么，没有一颗眼泪，我的耳朵贴到他的嘴唇上，我说："向前，向前，你要说什么？"

姚向前的嘴努力张合，真的是要说话，可是他的喉咙只发出嗞嗞的声音，没有话语流露出来，我抬起脸，看着他的嘴形，辨识着可能的话语："追火车""你终于追上了火车""追上火车就有幸福的生活""幸福的生活"，好像是这些话，又好像不是这些话。我盼望姚向前的嘴唇动得再多一些，可是他明显累了，他的嘴唇半张着不再开合，他的眼睛也闭上了。远远地来了一帮穿白衣服、抬着担架的男人，他们跑过来，将姚向前抬到担架上。列车员大声吆喝看热闹的旅客："不要看了，快上车，快上车。"

站务员紧紧拉着一个披头散发、又喊又叫又跳又踢腿的女人，"闹什么闹？闹什么闹呀？"

　　列车开动了，铁道线空了，净白的阳光洒上去，白花花的晃得人眼睛生疼。姚向前被抬走了，那个又喊又叫又跳又踢腿的女人还在那里，那个女人是谁？那个女人是我吗？

红酥手